Der Vagabundenblog

Vom Leben ohne Geld

von

Silvia Fischer

Impressum

Silvia Fischer
c/o AutorenServices.de
Birkenallee 24
36037 Fulda
E-mail: michellevomvagabundenblog@gmx.com

Internetadresse:
Der Blog von damals ist nicht mehr im Netz,
die Fortsetzung ist zu finden unter
vagabundenblog.wordpress.com

1. Auflage 2020

ISBN 978-2-9570142-0-0

All jenen gewidmet,
die mir geholfen haben so zu leben

Inhalt

Vorwort

Das Buch oder eigentlich Bluch (engl. Blook - Veröffentlichung eines Buches von einem Weblog) handelt vom Leben (fast) ohne Geld in Frankreich. Fast ohne Geld, denn im gesamten Jahr 2009 habe ich 88 Euro ausgegeben. Im ersten Halbjahr, das hier nicht beschrieben ist, lebte ich von weniger als 18 Euro, die man mir, als es schneite und ich mit einer Gitarre auf der Strasse sass - ohne zu Betteln wohlgemerkt -, in die Hand drückte.

Nach diesem halben Jahr begann ich, sporadisch auf Flohmärkten Sachen anzubieten, die ich bei meinen Streifzügen fand. Grosse Einnahmen waren es nicht, einmal 38 Euro, mal 7 Euro oder mal nur 3 Euro. Aber die paar Euro haben mir zum Leben dicke gereicht. Ich kaufte Dinge, die ich nicht so leicht fand: Cremes, Schreibblöcke und eine Gitarre…

Der Untertitel heisst „Vom Leben ohne Geld", weil es um das Leben ohne Geld geht, weil es keine finanziellen Zuwendungen von irgendwelcher Seite gab und ich die paar Euro im Monat nicht wirklich als Geld ansehe.

Das Ganze wurde damals auf myspace als „Vagabundenblog" veröffentlicht. Wenn irgendwo „gefunden" steht, dann war das meistens containert, aber der Begriff war damals noch nicht so bekannt. Da es innerhalb von mehreren Monaten entstanden ist und ziemlich viel war, was in dieser Zeit passiert ist, empfehle ich eindrücklich, das Buch nur häppchenweise zu lesen, damit es nicht zu viel auf einmal wird. Und es mit dem Herzen zu lesen und sich wie in einem Fluss mittragen zu lassen ohne sich am Ufer irgendwo festhalten zu wollen.

Die wiedergegebenen Gespräche entsprechen den persönlichen Meinungen von Menschen und erheben keinerlei Wahrheitsanspruch. Die Namen der Personen wurden geändert.

Aufgrund der Benutzung von Computern mit französischer Tastatur, habe ich wie die Schweizer auf das scharfe „s“ verzichtet und dafür ss verwendet.

Ich benutze bewusst eine einfache Sprache, damit das Buch auch Deutschlerner lesen können.

Mein Dank gilt allen und allem, was mir auf meinem Weg begegnet ist, allen, die mir geholfen haben, so zu leben und dieses Buch zu verwirklichen und vor allem dem Leben selbst.

Und nun viel Spass beim Lesen!

August 6, 2009 – Donnerstag

Eröffnung Vagabundenblog

Aktuelle Stimmung: locker

Habe letzthin über eine Stunde mein Tagebuch abgetippt zur ersten Veröffentlichung als Blog und dann war alles weg. Einfach gelöscht! Es war der letzte Tag, an dem die von mir bevorzugte Bibliothek des Fachbereichs Jura vor den Sommerferien geöffnet hatte. Aber zum Glück gibt's ja noch andere Bibliotheken...

War drei Tage bei Papi, wohin mich Thierry und Luc unabhängig voneinander eingeladen hatten. Papi ist ein älterer Herr um die achtzig, um den sich Luc seit ein paar Monaten kümmert. Luc ist so was wie ein Rastafari, dunkelhäutig mit langen Dreadlocks und coolem Rauschebart und ebensolchen Sprüchen auf Lager. Das Problem ist, dass er den destillierten Tropfen, die unter dem Namen Rum bekannt sind, von da wo er herkommt - nämlich der Karibik - ziemlich zugetan ist. Als Luc das erste Mal in Papis Haus kam, gab es nicht mal Wasser. Luc nahm sich der Sache an und jetzt läuft das Wasser wieder. Und Thierry war seit drei Tagen bei den Beiden.

Ich fand es schön, nach dieser langen Pause mal wieder mit Thierry zusammen zu sein. Im Winter hatte ich öfters bei ihm im Auto übernachtet, aber dann hatte ich ihn lange nicht mehr gesehen. Ich machte viel sauber in der Junggesellenwohnung und am Sonntagmorgen fuhren wir auf einen Flohmarkt, um ein paar Sachen zu verkaufen, die Thierry gefunden hatte. Wir waren aber nicht sehr erfolgreich. Immerhin: die Spesen waren gedeckt.

Während meiner Putzaktion räucherte Thierry die Wohnung mit Lavendel aus. „Das haben sowohl meine Grossmutter als auch meine Mutter auch immer gemacht - mit mehreren Kräutern."
„Ach ja, ich mache das mit Salbei", entgegnete ich ihm.
Als wir alleine waren, erzählte er von Papi:

„Er ist bei der Fremdenlegion gewesen und hat vier Kinder. Er hat neun Kugeln abbekommen und viele falsche Knochen. Deshalb sieht er so aus. Ich sah seinen ganzen Körper. Er hat mir alle Narben gezeigt. Er war in Algerien im Krieg."

Am Nachmittag lief ich noch in den nächsten Ort und fand ein paar Dinge, die von Nutzen sein konnten: eine Fernbedienung für den Fernseher, Einlegesohlen, einen Kalender mit Landkarten...

Nach drei Tagen verliess ich die Herren und trampte zu einem Kloster, in dem sie freiwillige Helfer für den Sommer suchten. Sie nahmen aber nur Schüler und Studenten. Da es schon Abend wurde, blieb ich in der nächstgelegenen Stadt, die mir beim Hinfahren schon gefallen hatte. Ich fand etwas zu Essen vom Bäcker: Quiches, eine Käsestange sowie Kreppel und später ein Haus, in dem ich in einem kleinen Flur vor der Eingangstür übernachten konnte. Die Besitzer waren offensichtlich schon seit längerer Zeit weg.
Zwei flotte Jungs wollten mich abschleppen, aber ich lehnte dankend ab. Mit quietschenden Reifen kamen sie angefahren. Wenn ich nur an sie denke, wird mir angst und bange. „Liebe machen" hörte ich ihn aus dem Wagen zum Fenster heraus rufen.
„Eine Blonde war immer schon mein Traum."
Auch wenn sie mich mit einem Swimmingpool locken wollten, lehnte ich dankend ab.

Es war richtig luxuriös in dem Haus mit Tisch und Gartenstühlen, mit Licht und Wasser aus einem Gartenschlauch. Ich habe sogar am Abend noch schnell damit geduscht – nackt unter freiem Himmel.

Am nächsten Morgen schaute ich bei der Kleiderkammer vorbei und gab dort einen Teil der Kleider ab, die ich kurz zuvor gefunden hatte. Dafür durfte ich mir einen Schlafsack, ein Handtuch ebenso wie ein Strandtuch mitnehmen und Kaffee trinken soviel ich wollte. Das liebte ich besonders.

Ich zog dann von den neuen Klamotten ein weisses T-Shirt und einen indischen Rock mit Pailletten an. Das schien nicht schlecht auszusehen, denn zwei Männer, mit denen ich trampte, einer nach dem anderen wohlgemerkt, wollten mich anmachen. Einer fasste mir sogar wohin, als ich ausstieg! Das war mir noch nie passiert! Ich war wirklich aufgebracht.

Der andere wollte mit mir einen Abstecher in die Berge machen, hörte allerdings auf, mich anzufassen, als ich seine Hand wegnahm. Am Tag zuvor der Motorradfahrer hatte es auch schon versucht... Es war gerade Ferienzeit und muss daran gelegen haben.

August 10, 2009 - Montag

Wieder bei Papi

Aktuelle Stimmung: heiter

Bin am Wochenende wieder aufs Land zu Papi gefahren. Papi nannte man in Frankreich liebevoll ältere Herren im Opaalter. Musste lange warten, aber dafür brachte mich jemand aus dem Nachbardorf direkt vor die Haustür! Thierry hat ihn als Dankeschön zu einem Glas Cidre eingeladen. Er war gerade vor der Tür, als ich ankam und machte Feuer.
„Für das Barbecue", meinte der Fremde.

Da kommt mir: ich hatte in meiner Kurzfassung letztes Mal ganz viele Details vergessen. Zum Beispiel die Sache mit dem Feuer. Laut Thierry hatte es eine Explosion mit dem Gasherd gegeben.
„Sie hatten wohl das falsche Gas benutzt."
Und die kleinen Gasflaschen für den Campingkocher waren alle. Also hatte Thierry eine Metallbox hergenommen und sie auf zwei Steine gestellt. Darin machte er Feuer. Auf einen Rost kamen die Töpfe. Für's Frühstück, Mittag- und Abendessen. Holz gab es im nahegelegenen Waldstück genug.

Ich habe die Tage in der Stadt zwei Kochplatten gefunden und mitgebracht. Thierry hat mittels Klebeband einen fehlenden Stecker daran gebastelt und dann funktionierte das Teil. Beide Kochplatten. Wunderbar. Durch einen Kurzschluss, den es irgendwann einmal gab, gehen nur noch einige Lichter in dem Haus. Und das Wasser hat einen seltsamen Geschmack, weshalb ich vorziehe, Wasser zum Trinken woanders zu holen. Von der nicht zu benutzenden Toilette möchte ich lieber erst gar nicht sprechen... Der Fernseher läuft Tag und Nacht auf extremer Lautstärke. „Ich höre schon wenn ich ins Dorf komme, ob Papi da ist", meinte Luc zum Thema.

Am Wochenende war ich in einem Schwimmbad von Leuten baden, die übers Wochenende weg waren. Als ich das nächste Mal dort vorbeiging, waren sie leider da. Es gab keinen Zaun um das Grundstück und so kam man ganz leicht rein.

Die Sonnenuntergänge waren einfach spektakulär. Die Sonne ging neben der nahegelegenen Gebirgskette unter und tauchte den Himmel fast täglich in orange und rot. In der Stadt kriegte man davon gar nichts mit.

Beim Umherstreifen durch die nahegelegene Kleinstadt fand ich wieder eine Menge nützlicher Dinge: einen Sack mit halbaufgetauter Tiefkühlkost. Eis war auch dabei (Himbeersorbet und Kokosnuss) und ich machte mich gleich darüber her. Leider ging mir ein kleiner neuer Teppich durch die Lappen, den ich nicht gleich mitnahm. Jemand anders hatte ihn gefunden und an sich genommen. Die Nackenrolle und die Fressalien, die ich mitgenommen hatte, liess ich unterwegs stehen und zwar an dem Garten, in dem ich zwei Mal gelegen hatte, als die Bewohner noch im Urlaub waren. Ich lief weiter den rot-weiss beschilderten Weg zu einer Eremitage entlang. Es war mit eineinhalb Stunden Wegzeit ausgeschildert und ging auf einen 650 Meter hohen Berg mit herrlicher Aussicht zu beiden Seiten. Geradezu atemberaubend. Da ich die einzige war, die unterwegs war, ging ich davon aus, dass es eigentlich derzeit verboten war, dort zu wandern wie an anderen Bergen der Gegend nach elf Uhr morgens auch - wegen Feuergefahr.

Ausserdem fand ich unter anderem Bad- und Küchenwandfarbe, zwei mir passende schwarze Röcke und sechs Sitzkissen... Abgesehen von einer Sonnenblume vom Feld um die Ecke, die ich ausserdem noch mitnahm.
Über die Röcke freute ich mich besonders, war derjenige, den ich bisher trug eher ein Rock zum Flamenco Tanzen. Zwar sind die neuen asymmetrisch, aber das passt schon. Sandalen gab es auch dazu.

Mit meinen Streifzügen durch die Gegend verging das Wochenende wie im Flug. Ich liess mich am Tag darauf von Thierry etwa sechs Kilometer von der Stadt absetzen und lief den Rest zu Fuss. Meine Lust zu Trampen war aufgrund der aufdringlichen Männer letzthin etwas gedämpft.

August 17, 2009 - Montag

Unter der Woche

Aktuelle Stimmung: munter

Unter der Woche war ich an meinem Parkplatz, diesmal mit einer ganzen Reihe von Plüschtieren am Kopfende, die ich inmitten von Unmengen von Zeug gefunden hatte. Am nächsten Morgen kam ein Herr vorbei, der über den Zaun lugte und meinte: „Na, Ihnen geht's da ja nicht schlecht."
„Danke."

Um sieben Uhr abends ging ich die meisten Tage ins Schwimmbad. Um sieben Uhr ist nämlich Kassenschluss. Bis viertel nach sieben darf man noch schwimmen, dann hat man eine viertel Stunde, um sich zu Duschen und anzuziehen. Für jemanden, der keinen eigenen Swimmingpool besitzt (und kein Geld, Eintritt zu bezahlen), ist das bei der Hitze nicht schlecht. Besser zehn Minuten im Wasser als gar nicht. Und: das erste Mal fühlte ich mich danach wie neugeboren.

Die beiden Vagabundencafés, die es in der Stadt gab, hatten beide zwei Wochen Sommerpause, das heisst es gab morgens keinen Kaffee und kein Frühstück. Das machte die Sache etwas langweilig. Deshalb fuhr ich letzthin schon am Mittwoch wieder raus aufs Land und brachte eine Menge nützliches Zeug zu Papi: einen fast neuen Duschvorhang (der alte hatte schon Altertumswert), eine Tagesdecke, mit der ich eines der desolaten Betten im anderen Zimmer abdeckte und eine Menge Obst und Gemüse, die ich vom Markt aufgelesen hatte, an dem ich kurz vor Schluss vorbeikam.

Dann ging ich zu Lucs Wohnwagen, wohin er mich schon Anfang Juli eingeladen hatte, den August zu verbringen. Ein Mann, der mich mit meinem Wägelchen vorbeikommen sah, fragte mich, ob er mich irgendwohin bringen könnte und da die Sonne schon am Untergehen war, nahm ich dankbar an. Er zeigte mir auch den öffentlichen Wasserhahn, den ich bisher nicht gefunden hatte und ich füllte meine mitgebrachte Fünf-Literflasche auf. Das würde erstmal eine Weile reichen.

Als ich mich in der Dämmerung auf die Berge blickend am Wohnwagen ausruhte hörte ich ein Geräusch aus dem Gebüsch hinter mir, das mich zum Mich-in-den-Wohnwagen-Verkriechen brachte. Im Wohnwagen flog eine kleine Heuschrecke oder Grille oder so was an mir vorbei und ich fragte mich schon wie ich die Nacht mit ihr verbringen würde. Da sprang sie glücklicherweise aufs Bett, liess sich leicht fangen und rausbefördern.

Am nächsten Morgen waren meine Fressalien, die ich mitgebracht hatte durchwühlt und angefressen; unter anderem mein gutes Olivenbrot! Als am Mittag Luc und Thierry vorbeischauten erfuhr ich von wem: auf dem Nachbargrundstück gab es drei Hunde.
„Als ich am Anfang hier war wurde jede Nacht mein Abfall durchwühlt auch wenn gar nichts drin war. Und immer erst, nachdem ich ins Bett gegangen war. Auch wenn es zwei Uhr nachts war. Einmal blieb ich auf und wartete im Wohnwagen. Dann sah ich, dass es ein Hund war. Ich habe ihn mit dem Besen verkloppt."
Es gab auch wieder Geschichten mit der Brünetten. So erzählte Thierry: „Sie hat dafür gesorgt, dass die Polizei im Haus von Papi war, kurz bevor du das erste Wochenende kamst. Luc hat was mit ihr gehabt, aber er hat eine Freundin und jetzt ist die Brünette sauer. Aus Eifersucht schwärzte sie Luc bei der Polizei an. Jetzt hat sie das Gerücht verbreitet, du seist in ein fremdes Schwimmbad gegangen und hättest Tomaten geklaut (als hätte ich jemals von jemandem Tomaten geklaut). Es würden Tomaten im Garten fehlen."
Die Jungs waren jedoch ganz cool und standen auf meiner Seite.
„Sie ist nun auf Dich eifersüchtig", meinte Thierry. „Sie denkt, Du bist Lucs neue Geliebte. Sie war gestern bis ein Uhr nachts bei Papi. Und auf mich ist sie sauer, weil ich nicht mit ihr schlafe."

August 18, 2009 - Dienstag

Wochenende wie gehabt

Aktuelle Stimmung: zufrieden

Genau zwei Nächte hielt ich es alleine am Wohnwagen aus, dann zog es mich wieder zu Papi. Diesmal putzte ich Wohnzimmer und Küche; damit war ich eine Weile beschäftigt. Als ich gerade mit einem der wenigen übrig gebliebenen Eiscremes spazieren ging, kam Thierry vorbeigefahren und nahm mich zum Supermarkt in der Nähe mit. Dort begegneten wir Luc, der mit seiner Freundin unterwegs und deshalb nur kurz angebunden war.

„Wir müssen noch zu einem anderen Supermarkt einkaufen gehen. Aber bringt diesen Roséwein Papi mit, dann brauche ich nicht bei ihm vorbeizufahren."
Beim Zurücklaufen fand ich ganz teure Nudeln im Container, die wir gleich mampften. Thierry war gewöhnlich der Koch. Er machte eine Oliven-Tomatensosse dazu. Es schmeckte lecker!

Ich klebte ein Bild mit griechischen Häusern über die Platte vor dem Kamin und Thierry tauschte die Lampe mit Glühbirnen um ein Holzrad gegen einen modernen Halogenstrahler aus, den er vor wenigen Tagen gefunden hatte. Ausserdem sorgte er im Flur im ersten Stock für Licht, was mich sehr belustigte, denn die Tapete war dermassen ungleichmäßig geschwärzt und mit Spinnweben versehen, dass man es gar nicht so genau sehen wollte.

Bei meinem Streifzug durch das nächstgelegene Dorf fand ich nicht nur reife madengespickte Birnen, die zuhauf auf dem Boden lagen, sondern auch ein sehr schönes Gartengrundstück. Es hatte zwar ein Tor, aber keinen Zaun drumherum und ich nutzte es zum Ausruhen. Direkt daneben war ein Taubenschlag. Hier war also die schneeweisse Taube, die letzthin richtig fotogen auf einem Autodach sass, zuhause.
Ich fand wieder ewig viel Zeug: drei Rollen verschiedener Tapeten, eine

hölzerne Klobrille, drei moderne Lampenschirme und und und. Wieder zurück bekam ich allerdings einen Dämpfer. Ich wollte wieder kurz in das Schwimmbad gehen, in dem ich schon Mal war, denn beim Vorbeilaufen sah ich, dass niemand da war. Als ich jedoch auf das Grundstück ging und zum Eingang blickte, kam dort jemand mit Gepäck in der Hand genau In meine Richtung gelaufen! Ich nahm Reissaus, aber der Schreck sass mir noch lange in den Knochen. Ich bin jetzt glaube ich, von meiner Manie, fremde Pools zu benutzen, geheilt.

Überhaupt ist das mit den Swimmingpools hier auf dem Land nicht so easy wie in der Stadt. War nämlich hier auch nach Kassenschluss im Schwimmbad, aber die Leute waren alle pikiert.
„Wir schliessen gleich! Und man hat Sie noch reingelassen? Es sind nicht mal mehr zehn Minuten! Aber die Kasse hat doch schon geschlossen..."
Thierry meinte, die Leute hätten hier eine andere Mentalität. In der Stadt sagte einer ganz im Gegenteil, als ich - da verspätet - mal nur eine Minute ins Wasser sprang: „Ich hoffe, dafür haben Sie nicht auch noch bezahlt."

Am Abend reparierte Thierry Lucs Mountainbike und ich drehte damit zu Sonnenuntergang gleich eine Runde.

Am nächsten Morgen nahm Thierry mich mit in die Stadt. Er hatte ein Date mit jemandem. Während der Fahrt redete er wieder ganz viel über Frauen.
„Frauen sind alle gleich. Ich habe grundsätzlich kein Interesse mehr an Frauen. Sie denken, weil man keine Wohnung hat, schlafe man mit jeder. Da haben sie sich aber geschnitten."
Ich hörte nur mit einem Ohr zu.

August 18, 2009 - Dienstag

Back in the city

Aktuelle Stimmung: ruhig

Hatte ausser Birnen nichts zu essen, fand aber vorm Supermarkt Schafmilchjoghurts, Griespuddings und andere Leckereien, so dass der Mittag gerettet war. Am Platz, den ich mir wegen des Schattens, des Brunnens und der Abfalleimer zum Essen ausgesucht hatte, sass ein Araber, den ich vom Vagabundencafé her kannte.
Mit „Hallo Michelle, wie geht's?", begrüsste er mich, während ich nicht die leiseste Ahnung habe, wie er heisst. Er war mit einem Freund zusammen, der mir immerhin zwei meiner Leckereien abnahm. Später lud sein Freund mich ein, bei ihm zu übernachten, wenn ich nicht wisse wo ich schlafen könne. Ich könne einfach bis neun Uhr am Platz vorbeischauen. Mit Arabern bin ich allerdings vorsichtig geworden. Deshalb nahm ich auch die Einladung zum Kaffee des Arabers auf der Nachbarbank nicht an.

Als ich später bei meinem algerischen Freund Momo vorbeischaute, kam auf einmal die Polizei. Zwei Polizisten auf einem Motorrad. Sie wollten seine Papiere sehen. Ausweis und Versicherungsschein. Sie hatten ihn letztens irgendwo mit seinem Roller angehalten und ihn kontrolliert. „Sie sagten, einer meiner Reifen wäre abgefahren gewesen."
Er sprach mit ihnen durchs Fenster, durch das sie zuvor reingeschaut hatten. „Den Reifen habe ich ersetzt, meine Papiere habe ich jedoch nicht bei mir und dürfen Sie mich danach überhaupt fragen?" entgegnete er ihnen. „Schliesslich bin ich bei mir zuhause."
Deshalb war auch das erste, was sie wollten, dass er herauskam. Das tat er aber nicht. Nachdem das Interview beendet war, blieben die Polizisten noch eine ganze Weile vor dem Fenster stehen, bis sie mit ihren Motorrädern abdüsten.

Beim weiteren Umherstreifen stiess ich auf einen Haufen alter Bücher.
Ein Typ gesellte sich zu mir. „Darf ich auch schauen?"
„Aber natürlich."

„Aber Sie waren zuerst da."
Das betonte er immer wieder.
„Eigentlich bin ich aus bürgerlicher Familie. Aber ich kannte mal Leute in einem besetzten Haus, Deutsche, Türken und so weiter. Die sagten: ‚Wenn Du einmal anfängst, im Müll rumzuwühlen, hörst Du nie mehr damit auf, denn im Müll findest Du manchmal wahrhaft Schätze.' Wir haben die Sachen dann auf der Strasse verkauft. Aber das war natürlich verboten und wir bekamen Ärger mit der Polizei. Das war vor zehn Jahren."
Er schaute die Stapel alter Bücher an, um dann mit zwei Stück abzudampfen.

Zwei Abende in der Woche konnte man während des Ferienmonats August an einer Stelle Duschen, etwas Essen und Kaffee trinken. Ich brauchte etwas vom Angebot und so ging ich hin.
„Und Michelle, von was lebst Du?", fragte die Verantwortliche neugierig.
„Von nichts."
„Von Luft und Liebe?"
„Genau."
Ein früherer Freund, den ich gerade nicht sehen wollte (besser gesagt, der mich nicht sehen wollte) war gerade unter der Dusche. Ich hörte ihn mit einem nach mir Kommenden reden. Da machte ich nach einigen Bechern Kaffee und ein paar Croissants und Pains au chocolats die Fliege.

Beim Abendspaziergang durch die Stadt und nach diesmal zehn Minuten längerem Schwimmbad - weil die Dame an der Kasse schon vorher weg war - traf ich an einem Brunnen einen Nachbarn von Momo, der mich zu sich nach Hause einlud. Ich könne gerne bei ihm übernachten. Ich wusste nicht recht, ging aber doch mit.
Als ich seinen leeren Kühlschrank sah, liess ich zwei meiner Joghurts und ein Brot für ihn da. Er meinte: „Im Müll findet man wirklich alles, was man braucht."
Wir spielten 'ne Runde Domino und dann ging ich wieder, weil es mir in der Wohnung echt zu warm war (und weil er nebenbei bemerkte, wir könnten ja zusammen in seinem kleinen Bett schlafen oder auf der Couch...). Da war es draussen im Freien doch erfrischender.

August 25, 2009 - Dienstag

Vom freien Willen, Druiden und Squats

Aktuelle Stimmung: nervös

Papi hatte mir eine Armbanduhr geschenkt. Ich glaube, weil ich immer auf seine Uhr schaute. Eine alte Damenuhr. Am Anfang dachte ich, sie geht nicht, da sie am nächsten Morgen nachging und später ganz stehen blieb. Dann kam ich jedoch auf die Idee, sie aufzuziehen und jetzt geht sie: Eine Ökouhr, wie klasse! Obwohl ich noch lieber ohne Uhr lebe.

Letzte Woche war ich wieder bei Luc im Wohnwagen. Mit der neuen afrikanischen Tischdecke über dem Nachttisch und einer Kerze war es direkt gemütlich. War vorher bei Papi und habe die ganzen Molkereiprodukte hingebracht, die ich am Abend zuvor gefunden hatte, denn da gab es oh Wunder einen Kühlschrank. Lucs Freundin kam ihn abholen und sagte über meine Wenigkeit: „Die ist ja immer noch da."
„Sie ist immer noch eifersüchtig", kommentierte Thierry das Geschehen.
Er hat mich dann die vier Kilometer zum Wohnwagen gefahren.
Ich erzählte ihm von dem Geräusch im Gebüsch letztes Mal.
„Das ist bestimmt ein Fuchs."
Das dachte ich auch. Er sah derweil eine Maus, die unter das Regal krabbelte.
„Gegen Mäuse habe ich nichts. Hab gestern ganz lange eine kleine Maus in der Stadt beobachtet. Die war so süss."
Es ist komisch, aber ich bin immer froh, wenn ich am Wohnwagen angekommen bin, weiss nicht, woran das liegt. Ob daran, dass ich so oft erst nach Sonnenuntergang ankomme oder an dem langen Weg durch die Prärie...

Am Wohnwagen war es toll. Er war ganz abseits am Dorfrand gelegen und man sah von dort fast kein Haus. Nur Landschaft. Ein Bergmassiv zur einen Seite, ein anderes Bergmassiv zur anderen Seite, sonst nur Weinfelder, Wiesen mit hohem Gras und Bäume; das war alles. Kein fliessend Wasser, keine Elektrizität. Nur Holz vom nächsten Baum zum

Kochen und Kerzen. Ich fühlte mich dort ein bisschen wie im Paradies - und wie Robinson Crusoe.
Nur die Nachbarn waren blöd. Sie wollten nicht, dass man den einzigen kleinen Pfad, der zum Grundstück führt, benutzt. Die Frau hatte es mir verboten. Dann hiess es, wenn sie da waren - und das war meist am Wochenende der Fall, - durch das meterhohe Gras eines anderen Nachbargrundstücks gehen. Das war unangenehm und pikte gehörig.

Aber wieder währte mein Glück nur kurz. Ich nahm am nächsten Morgen mittels meiner Fünf-Literflasche eine Dusche in der Nähe des Wasserhahns und trampte zurück in die Stadt. Hatte am Vortag ein Schild gesehen

„Dringend Zimmermädchen gesucht mit Lebenslauf im Hotel soundso"

und das liess mir keine Ruhe. Im Winter hatte ich mal genau das als Job gesucht, aber da war natürlich Flaute.

Am Abend war die Vagabundenversorgung offen und da ich etwas Waschen wollte, ging ich hin. Diesmal war eine Schweizerin da, die für eineinhalb Monate ein Praktikum absolvierte. Sie wollte eigentlich nach Indien oder Afrika, aber das hatte nicht geklappt und so war sie nach Frankreich gekommen, um Vagabunden zu versorgen.

Wir unterhielten uns über die Schweizer Sauberkeit.
„Stimmt. Man kann bei uns fast schon vom Fussboden essen. Aber das ändert sich gerade durch die vielen Ausländer, die da sind."
Ich war wieder zu spät dran für die Sandwiches. Sie waren weg, bevor ich mit der Wäsche fertig war. Als Entschädigung gab es Baguettes und eine Büchse Sardinen, die ich dem Einarmigen gab, der noch da war. Als ich kurz darauf ging, kam er mir entgegen und gab mir eine Packung Kekse. Wir schlenderten gemeinsam durch die abendlichen Strassen und er erzählte unentwegt vom freien Willen.
„Der freie Wille ist das Wichtigste für mich. Nichts geht ohne den freien Willen. Ich respektiere ihn bei allen Menschen."

„Mir ist der freie Wille heutzutage ziemlich Wurst. Ich halte es mit ihm wie einer mal sagte: ‚Den freien Willen gibt es gar nicht, aber wir müssen so tun, als gäbe es ihn'."
Dann wechselte er das Thema. Er sprach von der Seele, die jedem Menschen, aber auch den Dingen innewohnt.
„Die Seele versuchen manche zu zerstören. Julius Caesar zum Beispiel. Früher gab es hier überall Druiden: Sie waren weiss gekleidet. Die Eltern gaben ihre Kinder, wenn sie klein waren, drei Tage den Druiden, die mit ihnen in den Wald gingen und sie beobachteten. Danach sagten sie den Eltern, was aus dem Kind werden soll, ein Soldat oder Bauer... Und die Eltern befolgten dies. Dann kamen die Römer. Und Julius Caesar. Und er sagte zu seinen Truppen: Tötet nicht die Bevölkerung, tötet die weissen Männer. Und so flüchteten die Druiden hier und auch in Deutschland nach England. Das war der einzige Ort, wo die Druiden überlebten."

Nachdem wir uns verabschiedet hatten, schaute ich an den beleuchteten Kunsthandwerkständen auf der Flaniermeile, was es so gab und entdeckte die Bücher eines Schriftstellers aus der Region. In einem Buch war eine Statue abgebildet, die der Autor Buddhastatue nannte, weil sie von der Haltung her genau so aussah wie eine Buddhastatue heute.
„Früher waren hier die Kelten. Die Statue ist aus der Zeit um 700 vor Christi, also noch älter als Buddha und man sagt, die Buddhisten hätten die Art der Darstellung von den Kelten übernommen."

Am nächsten Tag bastelte ich mir in zwei Stunden einen Lebenslauf auf Französisch zusammen - mit dem Foto vom Handy eines der Mitarbeiter vom Jugendzentrum, in dem ich öfters ins Internet ging - und gab ihn im Hotel ab.
Beim Mittagessen im Park traf ich einen Jungen, den ich kannte.
„Wo übernachtest du?", fragte er mich.
„Überall."
„Dann komm doch in meinen Squat. Ich wohne dort nicht mehr, suche aber jemanden, der nach mir einzieht. Die Besitzerin toleriert uns und freut sich, wenn dort jemand Gescheites wohnt. Keiner, der ein Chaos veranstaltet. Es gibt zwei Häuser mit jeweils sieben Zimmern. Und sauber.

In einem Haus gibt es Wasser und Toiletten. Komm, wir gehen hin. Ich zeige dir dein neues Zuhause."

Ich war etwas skeptisch, denn in besetzten Häusern wohnen oft unangenehme Leute. Von den Räumlichkeiten her war's klasse, ich hätte zwei Stockwerke im Haus ohne Wasser für mich, aber in dem zweiten Haus lag im Treppenhaus erstmal ein Haufen Hundescheisse, denn die vier Bewohner hatten drei Hunde.

Als ich vom Schwimmbad zurückkam hatten sie eine Eisenstange vors Tor gestemmt, so dass keiner reinkam. Und rufen oder dergleichen wollte ich nicht, hatte der Bekannte mir nur einen der Bewohner vorgestellt, der noch dazu gerade zuvor noch geschlafen hatte.

Ein um halb acht Uhr abends verbarrikadiertes Haus konnte ich vergessen. „Dann haben die Leute Angst vor irgendwas. Was will ich damit?", dachte ich mir.
Als ich Thierry am nächsten Tag davon erzählte, meinte er richtig:
„Zu gefährlich."

August 26, 2009 - Mittwoch

Dem Sonnenuntergang entgegen

Aktuelle Stimmung: hibbelig

Bin diesmal erst am Samstag zu Papi aufs Land gefahren, unter anderem mit einer Chinesin, die schon seit 23 Jahren in Frankreich lebt und nicht gerne an Selbstbedienungstankstellen tankt. Meine Bewerbung im Hotel hatte mein ganzes Leben durcheinandergebracht und mich - wie ich am Abend nach dem Schreiben des Lebenslaufes feststellte - vollkommen destrukturiert.

Samstagabend bekamen wir Besuch von Fabienne, der Brünetten, mit der ich nun beim gemeinsamen Abendessen das erste Mal redete und das bis spät nachts. Die Männer waren schon im Bett, als wir uns verabschiedeten. So bekam ich noch einige Details der Beziehungskiste mit Luc von ihrer Seite her mit. Fabienne hatte nicht gewusst, dass er schon eine Frau hat. Sie war deshalb, als sie mit Luc zusammen unterwegs war und sie seine Freundin auf der Strasse trafen, schockiert. Fabienne war eigentlich ganz nett und gar nicht so negativ wie Thierry sie immer dargestellt hatte.

Das Highlight an diesem Wochenende waren die Pflanzen, die ich am tropischen Pflanzenladen fand und die Thierry versorgte, indem er sie mit dem Schlauch goss und zurechtschnitt. So bekam ich Lust, noch mehr Pflanzen zu holen, obwohl es einige Kilometer entfernt war - und ich danach so platt war wie der kürzlich reparierte Fahrradschlauch. Aber es war schön, denn auf dem Hinweg tauchte die Abendsonne die Landschaft mit ihren Weinfeldern in herrliches Licht und auf dem Rückweg lief ich durch ein riesiges Kürbisfeld dem Sonnenuntergang entgegen.

Nachdem wir alle Pflanzen verteilt hatten, musste ich feststellen: es hätten noch mehr sein können. Die meisten von ihnen waren nach dem Giessen perfekt. Sie hatten bloss keine Blüten mehr, deshalb waren sie weggeworfen worden.

Am Montag traf ich Luc auf dem Weg zum Wasserholen und wir liefen zusammen zum Supermarkt, wo ich einige Puddings fand und zurück zu Papi. Nach dem Wischen des Bodens ruhte ich mich auf der Terrasse aus, bis die Jungs kamen und sich zu mir gesellten. Als Luc neben mir schnarchte, machte ich mich auf zu einem Abendspaziergang. Ich holte ein paar Birnen aus einem verlassenen Grundstück. Als ich zurückkam, meinte Thierry:
„Lucs Freundin hat einen Eifersuchtsanfall bekommen, als sie ihn abholen kam.
Gut, dass Du weg warst."
Langsam bekam ich irgendwie genug von eifersüchtigen Frauen.
„Eifersucht ist eine Krankheit", schob er hinterher.

Das erinnerte mich an ein Gespräch mit Momo, als ich ihn mit seinem Roller auf der Strasse traf.
„Ich bin enttäuscht. Von Freunden, die immer wieder neidisch auf mich sind und das schon seit Jahren. Die schlimmste Krankheit ist der Neid. Neid ist schlimmer als Krebs und alles andere. Er ist tödlich. Ich hoffe, dass sich nach dem Ramadan etwas ändert. Aber wir hatten letztes Jahr schon Ramadan und das Jahr davor auch schon und es hat sich nichts geändert."

Als ich mich fertig machte, um in die Stadt zu fahren, sagte Thierry:
„Geh nicht mehr zum Wohnwagen. Selbst wenn Du noch Sachen dort hast. Ich kenne das Schicksal..."
Schon öfters wollte er mir den Wohnwagen madig machen. Einmal, indem er erzählte, Luc hätte einen grossen Schwarzen mit Sonnenbrille eingeladen, dort zu leben. Er machte den Wohnwagen ständig schlecht:
„Es ist zu isoliert. Es könnten dort Fixer hingehen oder sonst wer..."

August 27, 2009 – Donnerstag

Schwimmbad ade

Aktuelle Stimmung: friedlich

Traf den rothaarigen Barfussläufer an der Tankstelle wie so oft, wenn ich zu Papi fuhr oder von ihm kam. Er hatte seine Haare zu einem Minischwänzchen zusammengebunden. Er fuhr mit mir mit dem Bus und ging mit mir zum Antiquariat, um mir die vier Bücher abzunehmen, die der Antiquar nicht wollte. Ich hatte die Bücher auf dem Weg zu Papi gefunden, wo ich einmal ohne grosses Gepäck auftauchen wollte. Keine Chance! Die Bücher waren in gutem Zustand, fast alles Biographien von Königen und Königinnen und der Antiquar nahm neun Stück für acht Euro.
„Wir können umsonst ins Schwimmbad", meinte der Rothaarige plötzlich. Dasselbe hatte mir schon einmal jemand erzählt.

Fand schon wieder einen Wischmob und endlich neben Farbe auch einen Pinsel. Dafür wollten sie mich im Schwimmbad um sieben Uhr kaum reinlassen. Es war eine andere Crew da und sie wollten, dass ich an der Kasse eine Karte vorzeige, dass ich umsonst ins Schwimmbad gehen darf. Ich hätte nicht das Recht, nach Kassenschluss ins Schwimmbad zu gehen, der Besitzer wolle das nicht. Mit meinem „aber bis letzte Woche gab es überhaupt kein Problem", kam ich zwar dieses Mal noch rein, aber ein nächstes Mal werde es wahrscheinlich nicht geben - unter diesen neuen Voraussetzungen. Aus der Traum mit dem Schwimmbad. Der Rothaarige meinte zwar, wir dürften umsonst ins Schwimmbad, aber ich hatte mich die darauffolgenden Tage informiert. Das gilt nur für Leute, die das „Minimum" vom Staat bekommen und ich hatte, da nie in Frankreich gearbeitet, kein Anrecht auf diese Hilfe und somit auch nicht aufs kostenlose Schwimmbad. Knall bumm aus.

Am Morgen traf ich Luc auf der Strasse und wir gingen zusammen ins Vagabundencafé, von wo ich gerade kam.
„Freut mich, dich zu sehen, denn es gibt eine Menge zu erklären. Meine

Freundin ist nicht nur auf dich eifersüchtig, sondern auf jeden. Sogar auf Männer. Es gibt absolut kein Problem, wenn du bei Papi bist. Das wollte ich dir sagen. Sie dachten nämlich, du wärst weggegangen, weil meine Freundin eifersüchtig war, aber ich kenne dich. Du wärst so und so gegangen. Thierry hat mal wieder übertrieben. Das tut er öfter."
„Du hast recht. Ich wäre so und so gegangen, aber jemandem mit meiner Anwesenheit schlechte Gefühle zu bescheren, ist mir gar nicht recht."
Ihm war auch aufgefallen, dass Thierry nur schlecht über andere Menschen redet.
„Mittlerweile bedauere ich schon, ihn eingeladen zu haben. Wo wir nun schon in dieser Lage sind, sollten wir relaxen. Und uns nicht noch über andere aufregen."

Bin dann mit dem Einarmigen doch nochmal zum besetzten Haus gegangen, nachdem ich ihn bei der Vagabundenversorgung wiedergetroffen hatte. Alleine wollte ich nicht dorthin gehen, aber mit ihm zusammen war es für mich o.k. Nach uns kam einer, der auch gerade dort wohnte und den ich schon länger kannte. Einer der angenehmen und netten Sorte. Nichts auszusetzen. Er kam sogar zu uns und brachte uns eine Decke.
„Zwischen acht Uhr morgens und sieben Uhr abends ist es besser, sich nicht vor der Tür blicken zu lassen. Wir haben nämlich das Gericht genau neben uns. Sie wissen zwar, dass wir hier sind, aber trotzdem."

Der Einarmige erzählte mir, dass er schon einmal in dem gleichen Squat war. Er war von dem Typ mit den zwei Hunden eingeladen worden. Er kam jedoch um drei Uhr nachts an und da war der Eingang mit der Eisenstange verschlossen.
„Ich habe meinen künstlichen Arm abgenommen und damit die Eisenstange bewegt, aber das machte einen Heidenlärm und davon war der Hundebesitzer gar nicht begeistert."
Mit: „Ich geh mal meine Tasche holen", verschwand er und kam auch diesmal erst mitten in der Nacht wieder. Ich konnte bis dahin in dem leeren Haus nicht einschlafen.

Als Zimmermädchen nahmen sie mich zum Glück nicht; ich hätte gar keine Lust gehabt, dort zu arbeiten. Hatte sogar überlegt, meine Bewerbung zurückzuziehen. Die Dame war äusserst unfreundlich zu mir, als ich vorbeischaute, um nachzufragen, was aus der Bewerbung geworden war, weil ich ja kein Telefon hatte.

Endlich hat es auch mal wieder geregnet, gleich an zwei aufeinanderfolgenden Tagen. Nach vielleicht zwei Monaten mal wieder; das war auch dringend notwendig. Die Dauerhitze unter dem täglich fast wolkenlosen Himmel war schwer auszuhalten. Und ich hatte echt kurz zuvor gedacht, jetzt reicht es mit dem schönen Wetter. Ich will endlich mal wieder Wolken sehen! Und schon sind sie gekommen.

September 2, 2009 – Mittwoch

Von Tobsuchtsanfällen und Nepalihüten

Aktuelle Stimmung: aufgebracht

Liege im Park, esse mein Baguette und erhole mich von einer Tobsuchtsattacke, die Thierry hatte, als ich lesend auf „seiner" Terrasse lag. Es fing am Vorabend damit an, dass er in „meinem" Bett schlafen wollte. Eigentlich ist es Lucs Bett, das ich jedoch immer benutze. Ich hatte jedoch nach meinen Erfahrungen im Winter wenig Bock darauf (damals landete ich, nachdem ich bei Thierry im Auto übernachtet hatte, wegen starker Herzschmerzen für 52 Stunden im Krankenhaus - Erklärung folgt vielleicht später). Ich wollte lieber im Zelt schlafen und sagte es ihm. Woraufhin er das Zelt für sich aufbaute und - wie gewohnt - darin schlief.

Als ich dann am Morgen ruhig auf der Terrasse lag, begann er zu schimpfen: über die Verantwortliche im Vagabundenwohnheim, wo er vor Kurzem drei Wochen geblieben war, über Luc, über Deutsche und Schweizer. Wir wären alle Blödmänner.
Ich sagte: „Vergiss das Vagabundenwohnheim. Da hättest Du gar nicht hingehen dürfen", woraufhin er total ausrastete. Er bekam einen Tobsuchtsanfall und schlug mit seiner Bürste heftig neben mir auf den Boden.
„Pass auf, was Du sagst. Du hast gesagt, ich sei schwul." Er tobte.
„Gar nichts hab' ich", erwiderte ich und bekam es mit der Angst. Sein Gesicht war wutverzerrt.
„Ich bin ein Pirat. Ich bring' dich um."
Auf seiner Todesliste standen schon 25 Kandidaten. Jetzt war ich die nächste.
Ich ging in mein Zimmer, aber er kam mir hinterher und trat mich in den Hintern. Ich flüchtete runter zu Papi und bat ihn, mit mir zu kommen, um meine Sachen zu holen und zu verschwinden.

Ich hatte Angst, dass er mir hinterherkommt, aber dem war nicht so. Ich lief eine Weile ohne auch nur eine Minute Anzuhalten, die Landstrasse

entlang bis eine Frau anhielt und mich mitnahm. War ich froh! Dem Tobsüchtigen entronnen.
Mir fiel ein, dass er sagte, dass sie seit zwei Tagen nichts zu rauchen haben. Der Kühlschrank war auch leer. Die beiden Herren hatten also wieder mal kein Geld.

Umso besser wurde dann jedoch der Abend. Ich fand ganz viele Sachen und brachte sie nach und nach mit meinem Wägelchen zum besetzten Haus: eine Federkernmatraze, einen Teppich mit Tigermuster, zwei Regale und und und. Danach ging ich zu meinem Schlafplatz am Parkplatz - im Haus war es mir zu warm - und machte mich über eine Kiste mit Klamotten her, da ging ein Typ vorbei und lachte. Und das mitten in der Nacht. Ich lachte zurück und wir kamen ins Gespräch. Er war vor knapp einem Jahr in Indien gewesen, genauer gesagt in Pondicherry.
„Nur zwei Wochen war ich da, aber das hat mich verändert. Am Anfang bin ich ganz schnell gelaufen, wie man das bei uns so macht, aber nach drei Tagen lief ich langsam, wie die Leute dort auch. Und das ist was ganz anderes. Man entdeckt eine neue Welt.
Und die Armut. Das ist eine ganz andere Dimension wie hier. Die Menschen, die auf der Strasse leben und nichts haben ausser dem Stück Stoff, den sie um ihre Lenden wickeln.
Ich habe dort bei einer Nichtregierungsorganisation gearbeitet, die sich um nähende Frauen kümmert."
Wir kamen auf Auroville zu sprechen.
„Mir hat hier jemand erzählt, in der Nähe von Pondicherry würde es eine Gemeinschaft von Hippies geben. Mit Hippies, so wie Du. Man sieht nicht mehr so viele derartige Leute heutzutage. Mit dem Hut hast Du irgendwie so einen indischen Touch. Deshalb habe ich Dich angesprochen. In Auroville, ja da besuchte ich - wie heisst es doch noch? - das Matrimandir. Auch so eine verrückte Geschichte... Alles ist miteinander verbunden.."
Er wollte auf jeden Fall wieder mal nach Indien reisen, das war klar.

Mein Hut. Ich nenn' ihn magic hat. Habe ihn auf einem Flohmarkt gekauft, nachdem ich ein paar Sachen verkauft hatte. Er ist aus Nepal und ich hatte gleich das Gefühl, er mache gute Laune. Wenn man ihn aufsetzt, ist man einfach gut drauf. Und den andern gefällt er auch mit seinem lila und schwarzen Velourstoff und den goldenen Stickereien rundherum.

September 10, 2009 – Donnerstag

Ein Unglück kommt selten allein

Aktuelle Stimmung: angepisst

In der Stadt übernachtete ich mal wieder im besetzten Haus und unterhielt mich mit einem anderen Mitbewohner, den ich auch schon lange vom Sehen her kannte. Er ist ein eher ruhiger Zeitgenosse und ebenso einer von der angenehmeren Sorte. Ich war erleichtert.
„Unternimmst Du Amtsgänge?“, fragte er mich.
„Ich mache gar nichts. Habe ich alles hinter mir. Jetzt lebe ich einfach so, ohne Geld. Das ist mir momentan lieber.“
„Ich habe auch so gelebt, ohne jegliche Hilfe. Vier Jahre lang. Ich bin immer durchgekommen. Nicht mal einen Personalausweis hatte ich. Aber dann dachte ich ans Alter. Dass das nicht ewig so weitergehen kann."
Als er meinte: „Es ist jetzt Dein Zimmer“, fiel mir ein Stein vom Herzen, denn ich wusste ja nicht, ob die anderen Bewohner des Hauses mich akzeptieren würden, nachdem mich ein ehemaliger Mitbewohner einfach so angeschleppt hatte.
Ich schob die Matratze vor die Tür, so konnte ich gut schlafen. Bin allerdings leicht gerädert aufgewacht, so als wäre die Matratze doch nicht so besonders.

Vor dem Jugendzentrum traf ich einen der Menschen ohne Zuhause, den ich inzwischen ein wenig kannte.
„Was machst Du da drin eigentlich immer?“, fragte er mich.
„Internet.“
„Internet. Das benutze ich schon lange nicht mehr. Seit fünf Jahren.“
Nach dem Surfen im Internet sprach ich mit einem Mann, der mich eindringlich angeschaut hatte.
„Ich bin ohne Zuhause und wohne im Wohnmobil. Ich reise herum, habe mir aber jetzt hier eine feste Adresse zugelegt. Ich halte es mit Nietzsche, der sagt: ‚Wenn man nicht zwei Drittel der Zeit am Tag für sich hat; ist man ein Sklave‘. Arbeitest Du?“

„Nein".
„Also bist du kein Sklave".
Irgendwann bezeichnete er mich als Babacool. Das wären die, die nicht nur äußerlich Hippies wären, sondern ihre Überzeugung auch lebten.

Der Typ hatte jedenfalls auf alles eine Antwort und sprach ohne Unterlass. Mir wurde es bald zu viel, vor allem mir anzuhören, dass er jetzt in sein Wohnmobil ginge, um sich etwas zu essen zu machen, wo ich selbst gerade nicht wusste, was ich essen würde. Er mich also voll laberte anstatt mich einzuladen; mit so Leuten kann ich nix anfangen.

Die nächste Nacht schlief ich wieder an meinem Schlafplatz am Parkplatz bis auf einmal um sechs Uhr morgens ein Mann kam und mich aufweckte.
„Haben Sie keine Angst", sagte er. „Ist das ein Squat, oder was? Was ist das hier?"
„Nichts".
„Da kann man doch sicher reingehen".
„Ich bevorzuge, draussen zu bleiben".

Er verschwand in die Richtung, in der ich meine gefundenen Sachen untergestellt hatte. Ich hörte ein Knacken. Er versuchte, einzubrechen. Es wurde hell. Irgendwann hörte ich ihn vorbeigehen und dachte, er sei verschwunden. Als ich später wieder aufwachte, schlenderte er jedoch grüssend nochmal an mir vorbei und ich sah beim Inspizieren, dass er all meine Sachen durchwühlt hatte. War ich ja schon gewöhnt. Kam öfters vor. Der Decke nach zu urteilen, die auf dem Boden lag, hatte er dort geschlafen.

Im Laufe des Tages wusste ich eins: dort würde ich heute Nacht nicht mehr schlafen. Ich hatte keinen Bock auf nächtliche oder morgendliche Besucher.
Ich wollte ein paar Sachen wegbringen, die vom Flohmarkt übrig geblieben waren und ging deshalb früher als gewöhnlich nochmal hin. Es hingen Zettel überall:

„Privatgrundstück.
Es wurde Anzeige erstattet
Nehmen Sie Ihre Sachen
bis 4. September 2009 12:00 Uhr weg,
sonst wird alles geräumt“.

Der 4. September, das war der nächste Tag. Ich war schockiert.
Ich brachte also wie beabsichtigt die Sachen weg und schaffte fast alles, was ich behalten wollte in das besetzte Haus, indem ich drei Mal mit Sack und Pack mit meinem Wägelchen, - das dabei langsam kaputt ging, - hin und herlief.

Die Anzeige, das war sicher durch den Typ, der vorbeigekommen war oder wegen ihm zustande gekommen. Er war bestimmt neidisch auf meinen schönen Schlafplatz mit Matratze und Plüschtieren. Egal. Das Ergebnis war das Gleiche. Ich musste weg.

Am nächsten Morgen brachte ich nochmal zwei Ladungen zur Wiederverwertung weg und das wars. Den Rest liess ich mit einem Zettel da, dass die Sachen zum Spenden bestimmt sind. Die Matratze legte ich ein Stück weiter hinter einen Hügel ins Gras und dann wollte ich weg, nur weg. Es war genug passiert.

Ich packte meinen Rucksack und auf ging's Richtung Berge. Lange genug hatte ich in der Region verbracht. So lange, dass ich mich selbst schon gewundert hatte.

September 12, 2009 - Samstag

Zu Besuch bei Mona

Aktuelle Stimmung: friedlich

Die erste Frau, die beim Trampen anhielt, brachte mich etwa zwanzig Kilometer weit. Die Zweiten fuhren direkt dahin, wo ich hinwollte, aber einen anderen Weg als gewöhnlich und zwar ganz in der Nähe von Mona vorbei. So hielt ich an, um bei ihr vorbeizuschauen.
Als ich ankam, war niemand da ausser den sieben Katzen. Eine Tür des Hauses war jedoch offen und so machte ich mir erstmal einen Kaffee und schaute mich um.

Es gab Tomaten zu giessen und zu ernten und eine Riesenzucchini, aus der ich mir eine Sosse zu ein paar Nudeln machte. Die Katzen waren ganz gierig auf die Nudeln und assen mir sogar meinen Nachschlag aus dem Sieb. Mona war scheinbar verreist, denn sie hatte einen grossen Topf mit Katzenfutter dagelassen.
Das hinderte die Katzen jedoch nicht daran, mir am nächsten Morgen mein Brot aus der Tasche zu klauen und anzufressen.

Ich machte es mir so gut es ging gemütlich und schlief mit einer Matratze auf dem Boden im Zimmer von Monas Tochter.
Am nächsten Mittag kam auf einmal Monas Sohn mit seiner Frau und seinen zwei Kindern vorbei. Mona kam kurz darauf.

Als sie die angeschnittenen Riesenzucchini in der Küche liegen sah, war sie gar nicht begeistert.
„Ich hab so aufgepasst, dass ich sie nicht esse, weil ich sie ausreifen lassen wollte, um die Kerne als Samen zu nehmen. Ich hab mir so eine Mühe damit gegeben! Die Sorte ist nämlich besonders ergiebig. Zwei Monate hat sie gebraucht, um zu wachsen! Aber es ist immer so: wenn fremde Leute in einen Gemüsegarten gehen, machen sie immer Mist. Das kenne ich schon. Letztes Mal haben sie mir meine Himbeeren abgeschnitten."

Ich war gedetscht. So was hatte ich beim Nehmen befürchtet, mich aber darüber hinweggesetzt, weil ich mir beim besten Willen nicht vorstellen könnte, was man mit so einer grossen Zucchini machen könnte – ausser sie zu essen.
Da es - auch für Mona - etwas viel wurde mit all den Menschen, ging ich bis zum Abend spazieren. Als ich zurückkam, lief sie mir entgegen:
„Es gibt im ganzen Haus keinen einzigen Tropfen Wasser. Das hast Du nicht gewusst: ich habe nur ganz wenig Wasser und man muss hier ständig Wasser sparen. Ich gehe zur Quelle und schau, was los ist. Vielleicht ist da etwas nicht in Ordnung."
Als sie weg war, überlegte ich mir zu gehen.
„Bei so viel Unglück kann ich nicht bleiben. Da steht mein Kommen unter keinem guten Stern", dachte ich und packte meine sieben Sachen zusammen.

Mona kam wieder - mit lehm- und blutverschmierten Armen.
„Nein, bleib hier", meinte sie, „fürs Wasser kannst Du nichts, das waren bestimmt meine Nachbarn. Sie haben meine Quelle mit Erde zugeschüttet und einen Stein vor den Ablauf gelegt. Das haben sie vor einem Jahr schon mal gemacht. Kurz vor Beginn der Jagd. Ich kann mich noch genau erinnern. Sie sind mir seit zwanzig Jahren böse, dass ich das Haus gekauft habe, denn sie wollten es damals kaufen. Ich hatte hier echt ein schweres Leben."
Also blieb ich und wir verbrachten die nächsten drei Tage viele Stunden einfach damit, zu Quatschen und uns von unserem Leben zu erzählen.
„Jetzt muss ich Dir doch mein Alter verraten", meinte sie plötzlich. „Ich bin 39 geboren." Also war sie siebzig! Aber geistig jung wie eine Zwanzigjährige.
„Meine Schafe habe ich verkauft, aber fünf habe ich behalten. Und einige habe ich geschlachtet. Vierzig Jahre lang habe ich Schafe gehütet."

Sie machte einen Riesentopf Couscous, aus dem wir tagelang assen. An einem der Tage holten wir zwei Schränke für ihre Bücher bei einem Antiquitätenhändler, an einem anderen gingen wir Schwimmen in einem nicht allzu weit entfernten Stausee.

Besonders angetan hatte es mir das Buch „Der zwölfte Planet" von einem Autor namens Sitchin, aus dem ich am letzten Morgen eine lange Passage vorlas, in der mal einigermassen verständlich die griechischen Götter, deren römische Äquivalente und deren - den Veden nach - wahrscheinlich indische Ursprünge beschrieben waren. Der Autor stellte die These auf, die Menschen seien von den Bewohnern eines 12. Planeten unseres Sonnensystems, den sogenannten Annunaki kreiert worden. Von Ausserirdischen also. Dieser 12. Planet wurde Marduk genannt und er kreiste innerhalb von 3.600 Jahren einmal um die Sonne. Die geschichtlichen Erläuterungen, die er anstellt, sind echt gut. Er meint, die Menschen seien in Labors von diesen Annunaki genmanipuliert worden, um ihnen wie als Sklaven beim Sammeln von Silber und Gold zu dienen. Das Gold Bräuchten sie für ihre Raumschiffe. Ab und zu kämen sie und holten das Gold ab. Wenn man bedenkt, dass Geld auf französisch argent, also Silber heisst und wenn man sich anschaut, was die Menschen in der Regel so tun, nämlich Arbeiten, um Geld zu verdienen, dann macht diese Theorie durchaus Sinn und erklärt Dinge, die sonst nicht so einfach zu verstehen sind.

Mona brachte mich am Ende noch in die nächstgrössere Stadt, von der ich gegen sechs Uhr abends lostrampte, um noch weiter in die Berge zu fahren. Der erste, der mich mitnahm, fragte das Übliche:
„Haben Sie keine Angst? Das ist doch gefährlich!"
Meine Standardantwort war: „Wieso? Vielleicht müssen Sie mehr Angst haben vor mir wie umgekehrt!"
Der zweite lud mich ein, bei sich und seiner Frau zu übernachten. Es wurde ein richtiges Fest: ein vollausgestattetes Gästezimmer für mich, eine warme Dusche mit ausreichend Wasser, eine Zucchinicremesuppe und ein Tomatensalat zum Abendessen. Danach gab es Bücher zum Anschauen, die er und seine Tochter gemacht hatten: er als Fotograf und sie als Illustratorin.

Am nächsten Morgen nahm er mich nach einem gemeinsamen Frühstück mit zu einem Dorf, in das ein Freund ziehen wollte. Wir hatten es mit den Nummernschildern.

„Das mit einem vereinigten Europa steht ausser Frage. Aber deshalb brauchen wir noch lange nicht alle die gleichen Nummernschilder. Dass sie immer alles angleichen müssen!“

Im Dorf suchte ich meinen Freund - vergebens. Ich hatte es so verstanden, dass er in die Strasse des Friedhofs zieht, in der es nur ein Haus gibt, aber daran stimmte etwas nicht, denn es gab mehrere Häuser. In der Nähe des Friedhofs war ein Haus mit lauter kleinen und grossen Katzen - echt süss. Heraus kam eine kleine, magere Dame älteren Jahrgangs. Ich erklärte ihr mein Anliegen und sie begab sich mit mir auf die Suche.
„Zu mir kommen nur Katzen, Hunde und Kinder", sagte sie und wies mich auf ihre durchlöcherte Hose hin, deren Löcher sie mit Sicherheitsnadeln geflickt hatte.
„Was die Sicherheitsnadeln in meiner Hose wollen, fragen mich die Leute. Dabei ist es meine Arbeitshose. Sie sehen aber schön aus - so schön (sie meinte den Nepalihut, den ich aufhatte).“

Bei Monas Sohn machte mein Hut übrigens einen weniger positiven Eindruck. Er hatte zu seiner Mutter gesagt: „Wenn Du so weitermachst, mit solchen Leuten...“
Umgekehrt war jedoch auch mir ihr Sohn alles andere, als sympathisch. Als er kam, wollte ich sofort gehen. Alleine wie er in den ersten fünf Minuten Feuer zum Grillen machte. Eine Unruhe und Hektik von der Stadt mitbrachte...

September 17, 2009 - Donnerstag

Mountains in the rain

Aktuelle Stimmung: schockiert

Weiter ging es auf einer traumhaft schönen und für mich neuen Gebirgsstrasse am Rande eines Sees entlang - bis zu einer anderen Freundin.

„Konntest Du nicht früher kommen, damit wir zusammen essen?", empfing mich Valérie am Abend. Tatsächlich wollte ich nicht ganz mit leeren Händen ankommen und hatte gewartet bis die Geschäfte zumachen, um zu schauen, was sie nicht mehr gebrauchen konnten. Aber wie gewöhnlich in den Bergen fand ich beinahe nichts - ausser ein paar Honigmelonen. Ohne meine Freunde wäre ich hier schon fast verhungert.

Die Tage bei Valérie vergingen wie im Flug und ohne besondere Vorkommnisse. Sie hatte sich einen neuen Laptop gekauft, das ich in Gang setzte und mit dem ich anschliessend lange Zeit surfte.
Valérie sprach viel über ihren Bruder, der ein Problem hatte: er sammelte Müll. „Er geht auf Wertstoffhöfe und nimmt Sachen mit, die gar nicht funktionieren. Wenn er nicht Landart damit macht, was durchaus vorkommt, stellt er die Objekte irgendwo im Haus unserer Eltern ab, um die ich mich jetzt kümmere. Und er macht damit eine weitere Nutzung der Räumlichkeiten unmöglich, was mich ärgert."
„Für mich ist das Müllsammeln wie eine Droge."
„Drogen. Bei der Methode der Persönlichkeitsentwicklung, die ich nun seit zwanzig Jahren betreibe, heisst es, Drogen sind dazu da, Gefühle zu unterdrücken. Ich bin in einer Familie aufgewachsen, in der Gefühle unterdrückt wurden. Man durfte keine Gefühle haben. Gefühle gab es gar nicht.
Erst durch die Arbeit mit Co-Counseling habe ich erfahren, dass es Gefühle gibt. Und langsam gelernt, sie rauszulassen.
Als ich mit dem Co-Counseling angefangen habe, habe ich drei Päckchen Zigaretten am Tag geraucht. Sechzig Zigaretten. Als ich gelernt

habe, mit meinen Gefühlen umzugehen, wurde es immer weniger. Erst zwei Päckchen, dann eines, dann rauchte ich nur noch die kleinen Päckchen zu zehn Zigaretten. Päckchen zu fünf Zigaretten gibt es nicht, also wusste ich, jetzt müsse ich ganz aufhören.
Und eines Tages habe ich aufgehört und als es zwölf Uhr mittags war, wusste ich: ich habe es geschafft!
Ich hatte mir gesagt: ‚Wenn ich eine rauchen will, kaufe ich mir ein Päckchen, rauche eine und spüle den Rest des Päckchens im Klo runter.' Das habe ich getan. Drei Tage lang, dann hat es mich gereut und ich habe damit aufgehört.
Durch die Arbeit mit dem Co-Counseling hat sich mein ganzes Leben verändert. Ich habe gemerkt, dass ich die Großstadt hasste, in der ich lebte und bin aufs Land gezogen. Ich habe festgestellt, dass ich die Arbeit hasste, die ich verrichtete und ich habe mir etwas anderes gesucht und war damit viel zufriedener.

Meinen Bruder habe ich auch zu einer Sitzung in Co-Counseling geschickt. Er ist hingegangen; einmal und nie wieder. Es hat ihn zu sehr aufgewühlt."

Abends schaute sie immer eine Serie an.
„Fernsehen macht süchtig. Fünfzehn Jahre habe ich ohne Fernseher gelebt. Doch dann hat mir jemand diesen Fernseher von einer Frau geschenkt, die verstorben ist. Ich wurde nicht einmal gefragt. Um mir einen Gefallen zu tun. Und jetzt schaue ich mir dieses Zeug an. Dabei gefällt es mir gar nicht besonders. Die Leute entwickeln sich nicht. Sie tun immer das Gleiche."

Beim Abendessen meinte sie: „Ich mag gar nichts mehr essen. Das Zeug von heute hat einfach keinen Geschmack. Vor dreissig Jahren haben die Sachen noch geschmeckt."
„Die Biosachen haben mehr Geschmack."
„Stimmt."
Nach ein paar Tagen ging ich woandershin und schlief bei dem Haus, das letzthin noch zum Verkauf ausstand und jetzt - laut Plakat des

Immobilienmaklers - verkauft worden war. Erst versuchte ich es in dem offen stehenden Gartenhäuschen, konnte jedoch nicht einschlafen, so dass ich mein Zelt auf der überdachten Terrasse aufschlug. Es hatte nämlich etwas geregnet.

Am Wochenende gab es vor Ort eine Ökomesse und ich erstand dort eine LED-Solar-Taschenlampe mit zwei Glühbirnen. Sie hält, wenn sie aufgeladen ist, zwei Stunden!
Leider begann es, während der Ökomesse zu regnen. So gab es keinen Kaffee mit dem Solarkocher, auf den ich es abgesehen hatte. Dafür entdeckte ich ganz zum Schluss ein paar Duschen, die ich freudig nutzte, bevor ich mit dem letzten Lichtstrahl an meinem Schlafplatz anlangte.

Traf dann am Tag darauf den Bekannten meines Gothicfreundes, den ich in dem Dorf gesucht hatte. Von ihm erfuhr ich, dass dieser gar nicht umgezogen war. Aber als ich bei ihm vorbeischaute, war er nicht da.
So trampte ich weiter zu einem anderen Ort noch ein paar Hundert Höhenmeter höher, an dem ich mit Regen empfangen wurde. Zum Glück hatte ich letztes Mal einen überdachten Platz entdeckt, an dem ich mein Zelt aufschlagen konnte. Dann zog ich los, um meinen warmen Schlafsack aus meinem Versteck zu holen, den ich letztes Mal dagelassen hatte. Schon um fünf Uhr nachmittags waren es nur noch zwölf Grad und ich hatte nichts gegen den Regen und - bis auf eine Strickjacke - nur Sommerklamotten. Ich schlotterte in meiner dünnen Chinagrashose.

Als ich am nächsten Tag weitertrampte, pfiff mir auf vielleicht 1400 Metern Höhe auf offener Strecke der Wind dermassen kalt um die Ohren, dass ich ob der unbändigen Natur regelrecht einen Schrecken bekam, vor allem, als dann auch noch Regen dazukam. Innerhalb kürzester Zeit wollte ich nur noch eins: auf schnellstem Wege in mein circa 200 Kilometer entferntes Basislager zurückkehren, koste es, was es wollte.

„Es war heute Nacht sicher unter null Grad", kommentierte die Frau, die mich mitnahm, das Geschehen und ich war bloss froh, im Auto zu sein und bergab zu fahren, wo es wärmer werden würde.

Ich machte kurz Halt bei meinem Gothicfreund, der diesmal da war und missmutig in seiner leeren Wohnung sass, alles in Kisten verpackt zum Umzug.
„Der Immobilienmakler wollte von mir einen festen Arbeitsvertrag sehen, ich bin jedoch Freelancer. Also habe ich das Haus, in das ich ziehen wollte, nicht bekommen. So eine Scheisse." Er war echt schräg drauf und als sein Freund zu Besuch kam, machte ich die Flatter.

Ich stand zwar lange im Regen an der Auffahrt zur Autobahn, hatte dann jedoch Glück: die letzten 150 Kilometer wurde ich von einer netten Frau mitgenommen, die in Kürze das erste Mal nach Indien reisen will. Für Gesprächsstoff war also gesorgt.

Als ich in der Nähe des Vagabundenwohnheims ankam, schaute ich dort auf gut Glück mal vorbei. Ich wurde von der Verantwortlichen empfangen.
„Kommst Du uns besuchen? Heute ging es turbulent zu. Drei Mal war die Polizei da, wegen einem gewalttätigen Bewohner. So ist das hier. Wir haben all die Leute, die sonst keiner haben will. Und Du? Willst Du heute hierbleiben? Platz haben wir. Du musst nur die 115 anrufen."
„Ich benutze kein Telefon."
Ich musste denselben Satz drei Mal wiederholen, bis sie verstand.
„Was, wie die, wie heissen die Leute in Amerika, die keinen Fernseher, kein Telefon und keinen elektrischen Strom benutzen? Amish! Wie die Amish?"
„Genau."
„Du bleibst also lieber ohne Unterkunft, als ein Telefon zu benutzen? Aber andererseits: ich habe vor eineinhalb Jahren meinen Fernseher abgeschafft. Das ist echt toll. Ich tue jetzt ganz andere Dinge und bin ein ganz anderer Mensch. Ich lese oder sehe Freunde anstatt doof in den Fernseher zu glotzen. Der Fernseher macht echt abhängig. Er ist wie eine Droge. Was bin ich froh, dass ich ihn los bin! Ich bin ein viel freierer Mensch."

Sie lud mich zum Abendessen ein, was für mich nach drei Tagen Brot und Früchten wie ein Fest war. Leider war keiner von meinen Freunden da, wahrscheinlich wegen Ramadan.

September 21, 2009 - Montag

Unverhofft kommt oft

Aktuelle Stimmung: gerührt

Als ich am Morgen nach der Rückkehr im Vagabundencafé war, fand ich im Schliessfach meine Turnschuhe. Angesichts des Regens konnte ich sie mehr als nur gut gebrauchen. Vor lauter Freude erzählte ich dem Senegalesen davon, der als Ehrenamtlicher dort arbeitet.
„Schau mal, was ich in meinem Fach gefunden habe, meine Turnschuhe!"
„Gott sorgt für Dich."
„Sieht ganz so aus."

Als ich eine dieser kostenlosen Zeitungen aufschlug, die herumlagen, erfuhr ich, dass die Bustickets für den Überlandbus am selben Tag nur einen Euro kosten würden. Da man mir erzählt hatte, mein neukaledonischer Freund aus der Großstadt hätte mich am Tag zuvor gesucht und ich meine Gitarre bei ihm in der Metropole holen wollte, fuhr ich zu ihm.

Die Metropole zeigte sich von ihrer besten Seite: alle fünf Meter ein Bettler, Ratten, die vor mir davonhuschten sowie Müll und Dreck allerorten. Zwei Mal durchlief ich das halbe Immigrantenviertel als einzige Weisse weit und breit und fand Samuel doch nicht. Müde von der vergeblichen Suche gab ich auf. Auf der anderen Strassenseite entdeckte ich einen Bus, der in meine Stadt zurückfuhr, eine Linie, die ich noch nicht kannte. Ich nahm den nächsten Bus und wo fuhr er plötzlich vorbei? Ganz in der Nähe von Samuel! Endlich hatte ich gefunden, was ich die ganze Zeit gesucht hatte! Schnell stieg ich aus.

Samuel war da und sass in seiner leeren Wohnung.
„Ich habe die Wohnung aufgegeben. Sie ist zwar schön, aber zu teuer. Ich habe sie noch bis zum 5. Oktober gemietet. Dann komme ich zurück zu dir. Hier gefällt es mir nicht. Ich habe nur Freunde, die Geld von mir wollen. Ich habe es satt. In Neukaledonien habe ich ein Haus und Freunde, aber hier...

Mein Zeug habe ich schon verteilt. Auch Deine Gitarre. Sie ist bei einem Kind, das Unterricht nimmt. Es wollte sie unbedingt haben. Im Winter gehe ich sie holen.
Im August war ich auf dem Jakobsweg. Dreihundert Kilometer bin ich gelaufen, in zwei Wochen. Bis nach Burgos. Mit 150 Euro. Sieben Nächte habe ich draussen übernachtet."
Er war total abgemagert. Nur noch ein Strich in der Landschaft.
Ich hätte bei ihm übernachten können, da es aber nur eine Singlematratze gab, fuhr ich lieber zurück. Samuel kam mit.
„Ich habe gestern beim Übernachten im Freien in deiner Stadt meinen Wohnungsschlüssel verloren und will ihn jetzt suchen."

Es war im Garten des Gerichts, genau neben meinem besetzten Haus. Was für ein Zufall! So lud ich ihn ein, bei mir zu übernachten, aber es wurde eine äusserst unruhige Nacht. Bis zwei Uhr konnte ich nicht einschlafen und danach wachte ich drei Mal auf, weil er wiederholt Pipi machen musste.

Am nächsten Morgen traf ich die Schweizerin, die ihr Praktikum im Vagabundencafé machte. Sie erzählte von ihrer Arbeit mit Indigokindern, von denen sie einige in ihrer Klasse hatte.
„Indigokinder verstehen sich untereinander, aber nicht mit den normalen Kindern. Und wenn sie Ritalin nehmen, verstehen sie sich mit den normalen Kindern, aber nicht mehr mit den Indigos. Es sollte Indigoklassen geben. Ich bin der Meinung, man müsste sie ganz anders behandeln und ganz anders erziehen."

Am Abend lernte ich einen Tunesier kennen, der mit seinen langen Haaren aussah wie ein Südamerikaner. Er lud mich ein, mit zu ihm zu kommen und bei ihm zu übernachten.
„Vor zwei Jahren habe ich auch mal für zwei Monate im Vagabundenwohnheim gewohnt", sagte er auf seinem Balkon mit Blick über die Dächer der Stadt. „Dann habe ich die Wohnung unten bekommen und jetzt die hier oben. Es ist magisch hier, nicht wahr?"
„Du hast recht."

„Ich mag Reisende. Ich bin selbst ein Reisender. Schon als ich jung war, hatte ich politische Probleme in Tunesien und so bin ich viel gereist."
Er machte einen leckeren Salat, dann krabbelte ich ins Hochbett der Wohnung im ersten Stock. Am nächsten Morgen erzählte ich ihm die Geschichte von meinem Schlafplatz, den ich verloren hatte und von meinem besetzten Haus, in dem ich weniger glücklich war.
„Zeig mir den Platz. Ich bin sicher, der Typ, der kam, hat die Zettel geschrieben, um den Platz für sich zu haben."

Wir gingen zusammen hin, aber er hatte unrecht. All meine Sachen waren weg und der Platz war so verlassen, als wäre nie jemand dort gewesen. Mehdi wollte es genau wissen und klingelte bei der Nachbarin, die zwei Häuser weiter wohnte.
„Die Häuser gehören nicht zum Gymnasium, wie Du dachtest, sondern den Nonnen von nebenan. Eigentlich sind sie für die Bauarbeiter, aber diese wollen nicht darin wohnen und deshalb stehen sie leer. Die Schwestern haben woanders gebaut und jetzt wollen sie die Häuser hier verkaufen."
„Auf diese Schwestern bin ich gar nicht gut zu sprechen. Man hat mir erzählt, dass früher hier alles grüne Wiese war und nun haben sie alles zugebaut, um ein Altersheim und eine Klinik und sonst was daraus zu machen. Sogar das letzte Paradies am Bach sind sie gerade dabei, zu zerstören."

Ein Student, den ich vor der Uni wieder traf, meinte ganz enthusiastisch: „Hey, Du musst mir unbedingt beibringen wie man kostenlos lebt. Ich habe keine Lust mehr, Geld auszugeben."
„Wenn du mal mit mir mitkommst, dann zeige ich es Dir."
Ich begegnete Samuel am Abend auf der Strasse, als er von meinem Squat kam, zu dem ich gerade hingehen wollte.
„Wegen eines Teils der Kaution, die meine Freundin bezahlt hat, habe ich meine Wohnung schon jetzt aufgegeben. Ich komme von deinem besetzten Haus. Ein Mann hat mich auf der Strasse genau davor, blöd angemacht. Der Typ war betrunken und hat gefragt, was ich mache. Ich sagte, ich warte auf dich. Da erwiderte er:

„Der Michelle, der werde ich es zeigen und du verschwindest auf der Stelle!"
Als wir zusammen zum besetzten Haus gingen, war der Typ zum Glück weg.

Es wurde trotzdem wieder eine unruhige Nacht. Samuel wollte um halb fünf gehen. Er hatte Angst, ich kriege Ärger wegen ihm. Ich erklärte ihm, dass es schlimmer wäre, in der Nacht zu gehen.
„Wenn die andern aufwachen, bekommen sie Angst, weil sie nicht wissen, was passiert. Das ist das Schlimmste. Das habe ich schon bemerkt. Einmal kam einer meiner Mitbewohner mit dem Messer hoch, weil er dachte, ich sei ein Fremder. Bleib da bis es hell wird, dann gehen wir zusammen. Das ist weitaus besser."

Also zogen wir um sieben Uhr morgens los. Es fing bald an wie aus Kübeln zu regnen und wir stellten uns in einer Passage unter. Wir bekamen von einer Frau zwei Euro "für zwei Croissants" geschenkt. Auf einmal kam der Mitbewohner vom Haus nebenan mit seinen zwei Hunden und scheuchte uns weg.
„Weg da, weg da!"
Er sprach mit uns wie mit seinen Hunden. Es war sein angestammter Bettelplatz, an dem wir sassen.

Als der Regen nachliess, machten wir uns auf zum billigsten Restaurant der Stadt und hatten Glück: Samstags hatte es früher geöffnet. Samuel holte Milchkaffee und Croissants zum Frühstück und wir verbrachten eine ganze Weile im Trockenen bis ich mich auf den Weg zu Claude machte.

Claude hatte ich am Tag zuvor in der Boutique der Armenversorgung getroffen, wo man mir ein ganz schönes Schreibheft aus orangefarbenem Recyclingpapier schenkte. Er hatte mich eingeladen, bei ihm zu mittag zu essen und so kam ich mit und kochte Ratatouille mit Bratkartoffeln, während er mir sein Leben erzählte.
„Ich habe 17 Jahre auf der Strasse gelebt, von 33 bis 50. Mit 50 Jahren habe ich mir gesagt, jetzt reicht es mit dem Leben auf der Strasse und einen Monat später hatte ich eine Wohnung."

Er zeigte mir ein Foto.
„Das war meine Hündin. Zwölfeinhalb Jahre war ich mit ihr zusammen. Letztes Jahr am 27. Dezember ist sie gestorben. Ich habe drei Wochen lang geweint. Ich vermisse sie noch heute.
Ich war in der Legion. ‚Gestorben in Beirut'. Meine Frau hat mich betrogen. Deshalb verbrachte ich 17 Jahre meines Lebens auf der Strasse. Ich lebte in besetzten Häusern und Wohnwägen. Jetzt bin ich 57. Sechs Jahre wohnte ich in einer Wohnung im Zentrum und jetzt seit sechs Monaten hier."

Als ich von dem Angebot angesichts der ‚Woche der Mobilität' berichtete, am Wochenende für je fünf Euro am Tag in der Region herumzufahren, steckte er mir zehn Euro in die Tasche.
Er wollte mit seiner Schwester am nächsten Tag für eine Woche wegfahren zu seiner Familie, die er seit 25 Jahren nicht mehr gesehen hatte und lud mich ein, die Zeit über bei ihm zu wohnen.
„Fühl dich wie zu Hause. Es ist dein Zuhause. Ist es nicht schön, ein Plätzchen für sich zu haben? Es freut mich, wenn ich dir damit etwas Gutes tun kann."
Das tat er wirklich, denn im Squat wurde es immer unheimlicher. Samuel hatte mir von einer andern Frau erzählt, die im Winter im selben Squat war und Schwierigkeiten mit den Leuten bekommen hatte. Sie habe dann draussen übernachtet...
Bevor Claude ging, legte er mir ein Herz aus rotem Plüsch hin mit der Aufschrift

„Ich liebe Dich mein Herz."

„Du kannst alles essen und trinken, was da ist. Fühle Dich wie daheim."
Seine Schwester kam und er verschwand. Und ich war in Schlaraffenland.

September 28, 2009 - Montag

Für eine Woche ein Zuhause

Aktuelle Stimmung: ruhig

Nachdem Claude weg war, fuhr ich nach einer kleinen Siesta zum Bahnhof und kaufte den Tagespass für fünf Euro von den zehn, die er mir zugesteckt hatte. Kurz darauf sass ich im Zug. Erst in die Großstadt und dann die Küste entlang. Töff Töff. Das Wetter war schlecht, aber ich hatte trotzdem meinen Spass. Die Strecke war mir beim Trampen empfohlen wurden, aber leider ging es doch nicht die ganze Zeit die Küste entlang, wie irgendjemand behauptet hatte. Ich fuhr bis zur Endstation, drehte um und fuhr wieder einen Teil zurück in die reiche Küstenstadt, die mir auf der Strecke am meisten gefallen hatte. Ich war fasziniert von den Palmen, die sich an der Uferpromenade aneinander reihten. So etwas Schönes hatte ich noch selten gesehen.

Auf einmal hielt ein Typ an und lud mich ein, bei ihm einzusteigen. Erst wollte ich nicht, denn ich war gerade dabei, zu einem möglichen Schlafplatz, den ich entdeckt hatte, zurückzukehren.
„Wo schläfst Du, im Hotel?"
„Nee, irgendwo..."
„Kannst bei mir schlafen. Ich habe drei Schlafzimmer. Das stört mich nicht."
Also hatte ich ein ganzes Zimmer für mich alleine.
Am Sonntag legte ich mich an den sonnigen Strand und ging kurz ins Meer baden, bevor ich den Rückweg antrat. Die Züge hatten alle an die zwei Stunden Verspätung. Irgendetwas, was ich nicht verstand, war passiert. Kam trotzdem gut zurück und genoss die Fahrt mit Blicken aufs Meer in vollen Zügen.

Wieder zurück machte ich mich über das Buch von Pierre-Emil Blairon über Maria Magdalena her, dass mir der Autor höchstpersönlich geschenkt hatte. Es war sein Arbeitsexemplar, das er zum Redigieren genutzt hatte. Er hatte mich auf dem Markt noch gefragt, ob ich elektrisches Licht habe, dann hätte er es mir über Nacht geliehen. Und kaum hatte ich elektrisches Licht, habe ich das Buch verschlungen - bis um sechs Uhr am nächsten Morgen.

Ihm nach ist die Geschichte vom Grab Maria Magdalenas in Saint Maximimin la Sainte Baume von der Kirche erfunden, um Leute anzulocken. Ebenso wie die Höhle im Gebirge Sainte Baume, in der sie der Legende nach dreissig Jahre gelebt hat. Er geht von einem anderen Platz aus, an dem sie eine Höhle bewohnt hat. Auch in der Provence, aber eben an anderer Stelle. An einem Ort, wo unter anderem die keltische „Buddha"-Figur, also eine Statue im Lotussitz, von der ich schon sprach, gefunden wurden. Von dort erwartet der Autor nach den Prophezeiungen von Nostradamus, mit denen er sich ebenfalls ausgiebig beschäftigt hat, die Wiederkehr Jesu Christi.

Derartige Darstellungen als Mutmassungen zur Wiederkunft Christi kenne ich noch mehr und aus anderen Ländern, namentlich Brasilien. Mir scheint, jedes Land wolle die Wiederkehr Christi für sich beanspruchen.
Bisschen esoterisch das Ganze, aber recht plausibel.

Samuel wollte, als ich ihn letztes Mal sah, dass ich ihm den Wohnwagen von Luc zeige.
„Ihr seid die einzigen Beiden, die ich hier kenne."
Ich erzählte ihm die ganze Geschichte von Thierry, Luc und Papi.
„Es begann damit, dass Thierry bei mir im Bett schlafen wollte. Aber da ich im Winter zwei Tage im Krankenhaus war, nachdem ich mit ihm zusammen im Auto übernachtet hatte, hatte ich keine Lust darauf. Verletzte Menschen verletzen andere Menschen, verstehst Du? Das ist einfach so.
Eine Freundin sagte mal: ‚Wenn es den Leuten zu gut geht, werden sie böse'. Genau das ist Thierry, glaube ich, im Vagabundenwohnheim passiert. Deshalb wollte ich auch nie längere Zeit dort bleiben. Ich habe gemerkt, dass es mir zu gut gehen würde. Es ist alles da, was man braucht. Und dass die Verantwortliche ‚Madame' zu ihm sagte..."

„Das hat er nicht verkraftet.“
„Das hat er nicht verkraftet.“

Von Claude aus nahm ich oft den Bus. Er hatte mir seine Fahrkarte dagelassen, aber ob ich bei einer Kontrolle als glatzköpfiger Mittfünfziger durchgehen würde, mochte ich bezweifeln. Einmal waren Kontrolleure in meinem Bus, hatten aber schon alle kontrolliert und stiegen die nächste Haltestelle aus.

Ein anderes Mal traf ich eine Frau, die ich von Till her kannte.
„Letzten Samstag habe ich - wie heisst er noch?"
„Till.“
„Till gesehen. Er ist mit seinem Dreirad zum Markt gefahren und hat Musik gemacht. Ganz schön.“
„Ich habe ihn schon lange nicht mehr gesehen.“
„Ach, Sie sind nicht mehr zusammen unterwegs?“
„Nein, schon lange nicht mehr. Er ist nicht seriös. Ich auch nicht, aber das macht nichts. Wir hatten eine gute Zeit, aber jetzt ist sie vorbei.“
„Ach, schade, aber das kann ich verstehen.“
Traf dann den langhaarigen Tunesier auf der Strasse.
„Na, machst du einen auf Touristin?“ fragte er.
„Genau, ich bin als Touristin verkleidet.“
Das letzte Mal hatte er mich nach meinem Ziel gefragt. Als ich den Kopf schüttelte, meinte er: “Ich habe ein Ziel, wegen dem ich hier bin.“
„Ein Ziel? Nein. Ich habe kein Ziel. Braucht man ein Ziel, um zu leben?“
„Na ja, man kann auch ohne Ziel leben, aber dann braucht man eine starke Persönlichkeit.“
Als er mir im Stehen den Rücken massierte, meinte er: „Du bist müde. Wird Zeit, dass Du einen Platz findest, wo Du Dich einwenig Ausruhen kannst.“

Den Platz hatte ich wahrlich bei Claude gefunden. Sogar das Bett hatte er für mich frisch überzogen. Kurz bevor ich zu ihm ging, hatte ich an die Worte meines nicht-mehr-mit-mir-reden-wollenden ehemaligen portugiesischen Freundes gedacht, der mal behauptete, wenn man bei einem Freund, der in Urlaub ist, wohne, verliere man seinen Status, also alles, was man von diversen Einrichtungen umsonst bekommt. Es war mir grad egal. Ich liess es darauf ankommen. Einmal hatte ich schon die Erfahrung gemacht, dass er nicht unrecht hatte, aber irgendwann hatte ich meinen Status wieder inne und konnte alles wieder benutzen.

Ich hörte viel Radio. Wollte es eigentlich gar nicht mehr ausschalten. Hörte auch, dass sie die Leute ohne festen Wohnsitz gegen die Grippe impfen wollen. Das erinnerte mich an die Schweizerin, die von einem erzählte, der letzthin mit Grippe im Vagabundencafé aufgetaucht ist. Er hätte alle angesteckt und wäre erst, nachdem er schon einige Tage krank war, zum Arzt gegangen. Der Arzt sagte ihm: „Jetzt ist es zu spät. Die Zeit der Ansteckung ist vorüber. Jetzt haben Sie alle angesteckt." Zum Thema Impfung meinte sie: „Die Grippeimpfung ist bloss dazu gut, die Schweiz noch reicher zu machen. Gut für den Geldbeutel der Schweizer Pharmafirmen."
Irgendwie kamen wir auf Seife zu sprechen.
„Ich benutze keine Seife. Schon lange nicht mehr. Nur für die Hände," erzählte ich ihr.
„Deshalb hast Du so eine gute Haut (wusste ich gar nicht). Ich benutze auch keine Seife, sondern ein anderes Produkt und bin ganz glücklich damit."
„Ohne Seife stinkt man weniger. Das hat mir mal jemand in Thailand gesagt und ich habe festgestellt, dass das stimmt."

Eines Morgens fand ich ein paar schöne bequeme italienische Halbschuhe, die ich fortan immer trug. Einmal lag ich den halben Tag im Bett, um meinen heftig gewordenen Schnupfen auszukurieren. Anschliessend machte ich einen schönen Spaziergang, wie all die Tage vor Sonnenuntergang, ausserhalb der Stadt und fuhr dann nochmal ins Zentrum, um Brot zu holen. Ich wurde mit einem breiten Spektrum an Spezialitäten belohnt, die ich fand: Pizza, Schokobrötchen und Brot. Ein deutsch sprechender Mann sprach mich an: „Sie haben aber viel Brot gefunden. Manche finden gar nichts."
„Wollen Sie eins?"
„Ja, ein Landbrot."

An der Ecke stand der langhaarige Tunesier: „Na, wie siehst Du aus? Mit Hut. Ich hätte Dich fast nicht wiedererkannt." Er musterte mich von oben bis unten.
„Chic. Du bist eine Künstlerin."

Zu meinem Glück fand ich auch ein paar Limonen, so dass ich mit heisser Limone meinem ausufernden Schnupfen zu Leibe rücken konnte. Am Mittag dachte ich noch, was ich bräuchte ist Vitamin C und schon war es da.

Claude kam gar nicht nach einer Woche. Er sagte ja, er bleibe eine Woche „oder länger." Auch o.k. Hatte ich nix dagegen. Im Gegenteil. Man/frau kann sich an so eine Wohnung gewöhnen...
Hatte letzt einen weiteren kleinen Portugiesen getroffen, den ich kannte, in einer Bar im Zentrum der Stadt. Er lud mich zu einem Perrier ein.
„Warum fragst Du nicht nach einem Apartment? Ich habe jetzt ein Zimmer bekommen für gar nicht viel Geld. Das kann ich abschliessen und tun und lassen, was ich will."
Ansonsten sprachen wir viel über den Nicht-mehr-mit-mir-reden-wollenden Gesellen, denn Adriano ging es - was ich nicht wusste - genauso wir mir. Dass der andere, immer wenn er auftaucht und seine Spässe macht, verschwindet ohne ein Wort mit ihm zu reden. Und dabei dachte ich immer, es läge an mir...

Oktober 13, 2009 - Dienstag

Von verlorenen und wiedergefundenen Schlafplätzen

Aktuelle Stimmung: erfreut

Claude kam am Abend zurück und ich blieb, bis er den Fernseher einschaltete. Kurze Zeit danach verliess ich angesichts des gruseligen Programms fluchtartig die Wohnung und lief mit Sack und Pack zum besetzten Haus.

Am nächsten Morgen ging ich mit meinen vor Kurzem gefundenen Sachen zum Flohmarkt im Zentrum der Stadt. Ben, der Typ mit seinen zwei grossen Hunden vom besetzten Haus, kam just als ich ankam auf mich zu und meinte:
„Du darfst nicht mehr zum Squat kommen. Letzt war ein Typ da... und ich habe keine Lust, meinen Schlafplatz zu verlieren. Es ist mein besetztes Haus, verstanden? Du darfst nicht mehr kommen. Gesagt ist gesagt."
Mit „o.k., o.k." versuchte ich ihn zu beruhigen, dachte den restlichen Tag jedoch daran, wie ich nun meine Sachen holen würde, denn so einfach mit dem Nicht-mehr-Kommen war es auch nicht.
Da traf ich den kleinen Portugiesen, Adriano, auf dem Flohmarkt und erzählte ihm davon, dass ich meinen Schlafplatz verloren hatte und nun nicht wisse, was ich mit meinen Sachen tun soll.
„Deine Sachen bringst Du zu mir. Ich habe ein bisschen Platz, kein Problem. Ich gehe nach Hause, um das Videogerät, das ich gerade gekauft habe auszuprobieren. Du kannst gleich mitkommen."
Ich folgte seiner Einladung. Wir assen zusammen zu mittag und ich lernte sein vielleicht acht Quadratmeter grosses Zimmer kennen. Aber er hatte alles, was man brauchte: ein eigenes Waschbecken in seinem Zimmer und Dusche, Toiletten und Küche auf dem Gang. Ich sah keinen Platz, wo ich meine Sachen lassen könnte. Er deutete über mich: dort war ein breites Regal als Abstellmöglichkeit angebracht.

Irgendwie hatte ich nach der Einschüchterung durch Ben Angst, alleine zum besetzten Haus zu gehen. Ich ging bei Momo vorbei, der allerdings nicht da war und dann zum langhaarigen Tunesier, den ich mit einer Freundin auf der Strasse traf. Im Notfall könne ich zu ihm kommen, hatte er gesagt. Und jetzt war ein Notfall. Als ich ihm die Geschichte erzählte, schlug er von sich aus vor: „Wenn du nicht alleine zum Squat gehen willst, komme ich mit dir mit. Und ich rede mit dem Typen, dass Du Deine Sachen holen willst."

Gesagt, getan. Er sprach mit Ben und überzeugte ihn, dass ich kommen kann, wann ich will, um meine Sachen zu holen, aber schlafen solle ich dort nicht mehr. Wegen des Freundes, den ich mitgebracht hatte.
In „meinem" Haus war statt der Beiden, die ich kannte, nun ein kleiner Schlanker mit Drei-Tage-Bart und voller Tätowierungen.
„Man darf hier niemanden mitbringen", sagte er. „Derjenige, den Du mitbringst, bringt wieder einen mit und der wieder einen und bald sind es fünfzig. Verstehst Du?"
„Ich war wieder einmal zu nett. Ich dachte, ich könnte meinen Freund doch nicht auf der Strasse schlafen lassen. Ich wollte eigentlich gar nicht, dass er mit mir kommt. Das habe ich ihm zehn Mal gesagt, aber dann hatte er seinen Schlüssel in dem Garten just nebenan verloren. Und der, der mich eingeladen hat, hierher zu kommen, meinte, ich könne Freunde einladen."
„Ich habe das Haus vor zwei Jahren aufgemacht. Damals war alles noch intakt. Es gab sogar Wasser. Jetzt haben sie die Wasserrohre kaputt gemacht. Schau her, wegen des Silbers. Dabei sind es Bleirohre, das sieht doch jeder. Die Leute machen alles kaputt. Gestern war dein Freund wieder hier und hat noch jemanden mitgebracht. Sie kamen um vier Uhr morgens. Du siehst..."

Ich packte das Wichtigste zusammen und machte mich auf zu Adriano. Wir assen zusammen zu Abend und er erzählte Episoden aus seinem Leben.
„Ich habe in Angola meinen Militärdienst absolviert. Ich war voll ausgerüstet mit Radio und Essen für eine Woche im Rucksack, mit Waffen und Munition am Körper. Das Gepäck wog mehr als ich. Ich war der Anführer

und trotzdem musste ich alles schleppen und das bei meiner Grösse. Einmal hatte ich eine Machete an meinem Kopf. Von einem Schwarzen. Ich hatte meine Schuhe mit einem Schwarzen getauscht und er glaubte, ich hätte den Schwarzen wegen seiner Schuhe getötet. Ich dachte: ‚So, Adriano, Deine letzte Stunde hat geschlagen.' Da bedeutete ein Mann, der mit mir unterwegs war, dem Schwarzen, ich sei o.k. und er liess ab von mir.
Als wir zum Flughafen gingen, um abzuziehen, kamen wir in ein Camp. Dort wurden wir mit einem abgeschnittenen Kopf auf einem Holzpfahl empfangen. Das sollte heissen: ‚Habt acht! Hier regieren wir! - die Schwarzen'.
Deshalb bin ich auch nicht mehr so ganz richtig im Kopf. Seitdem."

Ich durfte bei ihm übernachten, eigentlich im Bett, aber ich machte mir lieber ein Lager auf dem Boden. Und blieb nicht nur eine Nacht, sondern drei Nächte.
Wir hatten viel Spass zusammen und lachten viel. Er war ein richtiger Spassvogel. Er hatte allerdings auch seine Marotten, denn nachdem ich gekocht hatte, wollte er auch noch serviert werden. Das hatte ich in meinem ganzen Leben noch nicht erlebt!

Vor mir war eine 23-jährige bei ihm gewesen, von der er nicht aufhörte zu erzählen. Dass sie nur fernsehen wollte und weder zu essen kochen noch abspülen. „Deshalb setze ich sie nach zwei Tagen vor die Tür".
Ich wusste also, was mir blühte. Denn obwohl ich kochte und abspülte, setzte er auch mich nach drei Tagen vor die Tür.

Nachdem er mir die Geschichte von der 23-jährigen drei Mal erzählt hatte, war ich jedoch darauf vorbereitet und hatte all meinen Kram beisammen, als es soweit war. Wenn ich mich fragte, was ich falsch gemacht habe, so fiel mir einiges ein, aber nichts, was eine so grobe Verabschiedung rechtfertigen würde.
Sogar seinen Wohnwagen auf dem Land hatte er mir gezeigt. Aber ich war zu spät gekommen, als wir uns dort verabredet hatten, weil ich mich verlaufen hatte und das hat wohl seine Laune verdorben.

Das Ganze hinderte ihn jedoch nicht daran, sich am nächsten Tag beim Mittagessen im Vagabundencafé mir gegenüber an den Tisch zu setzen. Er fragte um Erlaubnis und ich habe es genehmigt. Habe mich dann aber ziemlich bald aus dem Staub gemacht, denn das Leben ging für mich anderswo weiter.

Als er mich rausgeschmissen hatte, lief ich einem Tunesier in die Arme, der gerade in die Moschee gehen wollte, die sich in Adrianos Wohnheim befand, denn 99% der Bewohner waren Araber.
„Wohnst Du hier?“, war seine erste Frage.
„Nein, ich war bei einem Freund.“
„Und jetzt, wo gehst Du hin?“
„Ich weiss noch nicht.“
„Du kannst bei mir schlafen. Ich habe eine Wohnung nicht weit von hier.“
„Danke, das kann ich nicht. Ich bin mit Arabern vorsichtig geworden.“
„Wieso?“
Er machte eine enttäuschte Miene.
„Die meisten wollen etwas, was ich nicht will. Das passt nicht.“
„Nein, nein, keine Sorge, ich fasse Dich nicht an. Du kannst bei mir essen und bei mir schlafen, ganz in Ruhe, vertrau mir.“
Er sah wirklich vertrauenswürdig aus und es war wie er sagte. Ich bekam tunesisch zu essen und durfte ganz in Ruhe ohne Probleme auf dem Hochbett schlafen - allerdings nur bis kurz nach fünf Uhr. Dann klingelte der Wecker. Er musste Aufstehen. Um sechs Uhr ging er auf die Arbeit. Er hatte mir sogar seinen vorherigen Job angeboten: auf dem Markt von sieben bis ein Uhr dreissig für 25 Euro. Schien mir eher was für Hartgesottene.

Interessehalber ging ich mal zur Anlaufstelle für Sozialangelegenheiten. Die Dame am Empfang schreckte mich gleich ab:
„Wir haben keine Wohnungen zu vermitteln, sondern nur Plätze im Heim und wenn Sie keine Einkünfte haben, können wir Ihnen auch nichts vermitteln.“
„Ich möchte trotzdem gerne mit jemandem persönlich über meinen Fall sprechen.“

Also gut. Sie nahm meine Personalien auf und besorgte mir ein Gespräch mit einem jungen Mann. Der war ratlos.
„Ohne Anrecht auf das ‚Minimum' haben Sie auch kein Anrecht auf einen Zuschuss zu den Mietkosten, im Normalfall 200 Euro; das ist miteinander gekoppelt. Bleibt nur arbeiten oder Sie finden jemanden, der Sie kostenlos beherbergt. Wenn Sie ohne Geld leben, dann wissen Sie mehr wie ich. Ich weiss nur, wie man mit Geld lebt. Sie haben Ihre Wahl getroffen. Da ist auch nichts dagegen einzuwenden."

Ich war fast so schlau wie vorher, bloss wusste ich jetzt, warum ich bisher um keine Wohnung gebeten hatte. Dann ging ich zum anderen Vagabundencafé, vor allem, um die Schweizerin zu treffen. Sie meinte, es wäre ihr letzter Tag.
„Ich fahre heute zurück in die Schweiz."
Ich war betroffen, denn ich glaubte, sie bliebe noch zwei Wochen. Sieben Wochen waren schon vergangen. Unter der Dusche kam mir: „Sie fährt in die Schweiz. Da wollte ich doch noch vor Kurzem hin und hatte aufgrund der Kälte und des Regens aufgegeben. Vielleicht nimmt sie mich ja mit."
Sie nahm mich mit.
„Ich übernachte heute bloss bei einer Freundin, wo ich niemanden mitbringen kann. Findest Du da was zum Übernachten?"
„Ich bin doch überall zuhause. Ich nehme mein Zelt mit, dann ist das kein Problem."

Ich hatte nur noch mein Zelt zu holen, in das ich mich von sechs bis neun Uhr gelegt hatte und das im morgendlichen Regenschauer nass geworden war. Und Gepäck wegzubringen. Eigentlich wollte ich auch noch meinen Monsterschlafsack gegen einen Daunenschlafsack tauschen, den ich unlängst bekommen hatte, aber den hatte sich scheinbar mein teurer Freund Samuel unter den Nagel gerissen, wie ich weniger erfreut feststellte. Ich hatte ihm mein Versteck für seine Sachen angeboten...

Im Vagabundencafé war an jenem Morgen auch Grégoire, der Südafrikaner, der aus Belgien zurückgekommen war und sich wie immer über mein Erscheinen freute.

„Du bist in unserem besetzten Haus, habe ich gehört."
„Ich war. Ben will nicht mehr, dass ich komme."
„Doch, komm zurück. Ich bin der Verantwortliche für die beiden Squats. Wenn die Besitzerin kommt, bin ich es, der mit ihr spricht. Mit Ben werde ich sprechen. Wenn er etwas sagt, erwiderst Du, Grégoire hat Dich eingeladen, zurückzukommen. Mach' Dir keine Sorgen."
Ich erzählte ihm die Geschichte mit Samuel.
„Ich habe zwar in den letzten sechs Wochen nur sechs Nächte dort übernachtet, weil ich viel unterwegs und sonst wo war wie Du auch, aber trotzdem."
„Wenn Du kommst, darfst Du nur alleine kommen, o.k.? Sonst bringt der, den Du mitbringst noch einen mit und der noch einen und dann ist heile Unordnung. Das geht nicht. Komm ruhig zurück, es wird jetzt Winter."
Er bestätigte mir, dass die Beiden, die unten wohnten, nicht mehr da sind.
„Einer wird von der Polizei gesucht."

Oktober 16, 2009 - Freitag

Schweizer Käse

Aktuelle Stimmung: dankbar

Es wurde eine angenehme Fahrt in die Schweiz mit nur wenigen kleinen Staus hie und da - an beiden Tagen. Zum Übernachten fand sich ein guter Platz in der Strasse von Petras Freundin. Bloss, just als ich mein Zelt aufbauen wollte, kam so ein kleiner Kläffer angesprungen und bellte unaufhörlich. Sein Herrchen kam an den Zaun und guckte.
„Ich wollte gerade mein Zelt hier aufschlagen, wenn Sie erlauben, doch wenn der Hund die ganze Nacht lang draussen ist, ist das schlecht."
"Nein, nein, er bleibt drinnen."
Später kam er nochmal vorbei, um zu fragen, ob ich irgendetwas von ihm bräuchte. Echt nett.
„Nein danke, ich bin voll ausgerüstet."

In der Zeit, in der ich bei offenem Zelt dagesessen bin, nisteten sich zwei Spinnen unter dem Dach ein, die ich später sanft herauskatapultierte, hatte ich keine Lust, mein kleines Zelt mit ihnen zu teilen.
„Ich bin mit dem Auto nach Frankreich gefahren wegen des lausigen französischen Bussystems. Ab acht Uhr abends fährt kein Bus mehr dahin, wo ich wohnte und ich musste abends arbeiten," erzählte mir die Schweizerin während der Fahrt. Ich erzählte ihr umgekehrt von meinem freeganen Dasein.
„In der Schweiz wird es vielleicht schwierig werden mit dem freeganen Leben."
„Stimmt. Letztes Jahr sagte mir jemand: ‚In der Schweiz kostet alles Geld'. Also mal sehen."
Petra wollte unterwegs einen Cousin besuchen. Unverrichteter Dinge kam sie zum Auto zurück:
„Sie sind auf dem Feld. Sie hätten eigentlich aufgeben müssen, alleine, doch dann haben sie sich mit zwei anderen Bauern zusammengetan und ein Stück Land ausserhalb des Dorfes genommen. Jetzt geht's, wenn sie es als Nebenerwerb bewirtschaften und hauptberuflich anderweitig Geld verdienen."

Dann machte sie einen Ausflug in die Schweizer Geschichte.
„Um das Jahr Null herum wollten die Helvetier, die eigentlich Kelten waren, ans Meer. Sie hatten Angst vor den vordringenden Alemannen. Ganz viele sind losgezogen; im Ganzen fünf Stämme. Dann haben ihnen die Römer jedoch den Zugang zum Mittelmeer versagt und es kam zu einer Schlacht, bei der sich die Schweizer tapfer geschlagen haben. Aber sie haben die Schlacht und ihre ganzen Männer verloren. Und in der Schweiz hatten sie alles verbrannt, um den Alemannen nicht freies Feld zu überlassen. Die Alemannen sind dann aber trotzdem eingezogen. Das war die Schweiz um das Jahr Null."

Ich konnte gar nicht glauben, so schnell und überraschend in das Nachbarland gekommen zu sein. Das Witzigste an der Geschichte war: genau vor einem Jahr war ich auch dort gewesen.

Petra setzte mich in einem Vorort ab, von wo aus es eine S-Bahn in die Stadt gab und ich fand gleich eine Wiese neben ein paar Wohnhäusern, auf der ich in der Dämmerung mein Zelt aufschlug, nachdem ich nochmal einen grösseren Spaziergang in der Gegend gestartet hatte. Petra gab mir zehn Euro, ihr Schweizer Kleingeld (immerhin etwa zwölf Franken), Käse und ein Stück Feigenbrot; fürs erste war ich also ausgestattet. Das war auch gut so, denn ich fand nichts zu essen ausser zwei kleinen Birnen. Noch schlimmer: Die ganzen interessanten Mülltonnen von Geschäften waren abgeschlossen!
„Na, das kann ja heiter werden", dachte ich mir nach der Erstinspektion. Dafür fanden sich zum Schlafen zwei Kopfkissen. Was für ein Luxus!

Das erste, was mir auffiel, war die Sauberkeit und die vielen Busse. Als nächstes fiel mir auf, dass die Leute an der roten Ampel stehenblieben und auf grün warteten.

Am nächsten Morgen fuhr ich gleich zu Thomas auf den Markt. Er war da mit seinem Stand Klamotten und erkannte mich gleich wieder.
„Gut schaust Du aus! Besser als letztes Jahr. Wohlgenährt. Du hast Glück, dass Du mich antriffst. Ich bin gar nicht mehr oft auf dem Markt. Ich habe

jetzt einen Laden gleich um die Ecke. Den musst du Dir anschauen. Und ich habe zwei Frauen, die darin arbeiten: eine 60-jährige und eine Junge. Die sind beide ganz glücklich, dass sie den Job haben. Ich habe mir den Laden genau da gewünscht. Seit sieben Jahren. Es war ein Freund von mir dort und er hat aufgegeben. Und dann habe ich den Laden übernommen, im Mai. Und ich bin jetzt alleine zu Hause mit den Kindern. Meine Frau ist zu ihrem Freund gezogen. Es ist eine ganz neue Erfahrung für mich, alles alleine zu machen. Und Du, was hast Du gemacht in dem Jahr?"
„Ich war das ganze Jahr über in Frankreich. Ich komme frisch von dort."
„Und du hast dort gearbeitet oder was?"
„Nee, mal hier und da geholfen. Gegen Arbeit bin ich allergisch."
„Aber von irgendetwas musst Du doch leben?"
„Nee, ich habe so gelebt, ohne Geld."
„Das war also dein Ziel, ohne Geld zu leben."
„Genau. Das war mein Traum."
„Ohne Wertung. Man soll ja nicht werten. Und wo schläfst du jetzt? Wieder im Hostel?"
„Nee, ohne Geld ist das schlecht. Ich habe mein Zelt dabei und fand gestern gleich eine Wiese. Ich liess es dort, weil es noch nass war."
„Du kannst aber nicht einfach überall dein Zelt aufstellen in der Schweiz. Vielleicht ist es jetzt nicht mehr da. Eingesammelt von der Polizei."

Er lud mich zu Mittag zu einem Dhal vom Stand nebenan ein, echt lecker mit dem Pfirsisch-Chutney aus Südafrika.
„Obwohl Du noch nichts gemacht hast. Und meine Tochter hat Dich letztes Jahr in die Flucht geschlagen. Sie ist eine Löwin. Das war Eifersucht."

Ich ging auf den Flohmarkt, um nach einem wärmeren Schlafsack zu schauen, im alten war mir morgens kalt. Ich hatte jedoch kein Glück. Dafür fand ich eine wollene selbst gestrickte ärmellose Weste für einen Franken, die sollte mir ein wenig helfen. Bei der Rückfahrt zu meinem Zelt nahm ich die falsche S-Bahn in einen ähnlich klingenden Ort; es fehlte nur ein "l". Das kostete mich eine Stunde. Das Zelt stand noch seelenruhig da, unberührt. Auf dem Weg war mir eingefallen, dass ich ja

eine Studenten-WG kannte, bei der ich schon zwei Mal übernachtet hatte. Als ich zu Thomas zurückkam, hatte er schon alles zusammengepackt und war am Wegfahren.
„Ich hätte ja schon Arbeit. Aber bei mir zu Hause. Und mit meinen Kindern ist das schlecht. Und du willst ja gar keine Arbeit."
„Helfen schon, aber keine Arbeit. Nee, lass mal, dann kriegen Deine Kinder wieder einen Anfall. Das wollen wir nicht."
Wir verabschiedeten uns und ich ging zum See, der mich mit Alpenpanorama im Hintergrund, rosarotem Abendhimmel und Vollmond empfing. Die Lichter gingen an und ich fand doch noch ein wenig Brot zum Abendessen. Dann begab ich mich auf den Weg zur Studenten-WG, diesmal weitgehend zu Fuss, wollte ich es mit dem ticketlosen Fahren nicht übertreiben.

Sie schauten alle gerade auf eine Leinwand, auf der ein Film auf DVD zu spielen begann: „Snowwhite". Eine Schweizer Produktion aus dem Jahre 2005, in dem die kokainabhängige Tochter reicher Eltern sich in einen spanischen Musiker aus einer Pariser Vorstadt verliebt. Sie empfingen mich mit:
„Setz Dich, wir haben noch Platz!"
Danach gab's die Originalszenen vom Woodstock-Festival.
Die ich letztes Mal am meisten ins Herz geschlossen hatte, war nicht mehr da, dafür lud mich ihr Nachfolger ein, wie gehabt auf dem Dachboden zu übernachten.
Am nächsten Morgen gab es einen Brunch und am Nachmittag spazierte ich auf dem nahegelegenen Berg herum und sammelte Löwenzahn, Spitz- und Breitwegerich sowie Sauerampfer, da wirklich sämtliche interessante Mülltonnen von Supermärkten abgeschlossen waren und ich mich wenigstens etwas am gemeinsamen Abendessen beteiligen wollte. Das hinderte mich jedoch nicht daran, neun Päckchen Zigaretten aufzustöbern - mit arabischer Aufschrift und ohne Steuernummer, also Schmuggelware -, derer sich jemand entledigt hatte.

Bei einem der Bewohner entdeckte ich das Buch „Der heilige Gral und seine Erben", das er mir auslieh. Ich las darin bis früh morgens. Eine

Menge neuer Details waren darin, ansonsten war mir die Geschichte um das von Jesus abstammende Geschlecht der Merowinger weitgehend aus anderen Büchern bekannt.

Ich stand vier Stunden an zwei verschiedenen Stellen, um aus der Stadt rauszukommen, bis mich jemand mitnahm. Dafür fand ich an einem ausländischen Geschäft Pfirsiche, Trauben und Tomaten.
„Das sind alles Bünzischweizer", meinte mein Chauffeur. „Die denken nur an sich und nicht an andere."

„Ich habe einen Tramp getroffen, der hat in dieser Stadt zwölf Stunden gewartet."
„Und ich habe einen kennengelernt, der war auf der Walz. Denen geht es normal besser, weil die Leute sie leichter mitnehmen und trotzdem war seine längste Wartezeit beim Trampen fünfzehn Stunden."

Wir unterhielten uns über die verschiedenen Bussysteme.

„In Frankreich kostet das Busticket für eine Stunde Fahrt nur 1,10 Euro. In der Schweiz ist es bedeutend teurer. Dafür fahren die Busse in Frankreich lange nicht so häufig und abends nicht so lange."
„Du musst mal nach Thailand gehen. Da fahren die Busse manchmal überhaupt nicht, weil der Busfahrer nicht kommt. Das ist mir mal bei einem Überlandbus nach Malaysia passiert. Da durfte ich zwölf Stunden warten. Die leben nach dem Motto: ‚Wenn nicht heute, dann morgen'. Die leben noch ihr Leben."
Wir fuhren an einer ewig langen Baustelle mit einspuriger Verkehrsführung auf der Autobahn entlang.
„Das ist ein neues Konzept. Es gab zu viele Tote bei Bauarbeiten und Grünstreifenpflegern auf der Autobahn. Jetzt wollen sie den Grünstreifen entfernen. Es gab schon zwei Tote wegen dieser Baustelle. Und sie soll noch bis 2010 dauern. Rund um die Stadt sind Baustellen. Man kommt gar nicht mehr in vernünftigem Tempo in die Stadt hinein. Egal aus welcher Richtung."

An der Kathedrale der ältesten Stadt der Schweiz stand ein Zitat der Karmelitin, Heiligen und Mystikerin Teresa von Avila: „Nichts soll dich ängstigen, nichts dich erschrecken. Alles geht vorüber. Gott allein bleibt derselbe. Alles erreicht der Geduldige und wer Gott hat, der hat alles. Gott allein genügt."

Eigentlich gefiel mir die Kantonshauptstadt mit seinem runtergekommenen Rotlichtviertel, das ich beim Ankommen durchschritt, weniger und ich wollte gleich wieder weg. Doch dann entdeckte ich ihre schönen Seiten wie die öffentlichen Bibliotheken mit ihren ansehnlichen Buchbeständen, vor allem auf Deutsch; das hatte ich schon lange nicht mehr. Ausserdem gab es herrliche Wanderwege in die umliegenden Berge und so wollte ich gar nicht mehr weg. Zumal ich einen guten Platz für mein Zelt neben einem - sich in den Ferien befindlichen - Schulgebäude gefunden hatte, direkt im Zentrum der Stadt.

Beim abendlichen Umherstreifen fand sich ganz viel zu essen: Brot, griechische Joghurts und Schweizer Käse. Die nächsten Tage waren also gerettet. Zu meiner Freude entdeckte ich ausserdem beim Spazieren in der herrlich warmen Nachmittagssonne einen noch ungeplünderten Walnussbaum.
Auf der vergeblichen Suche nach dem Campingplatz zwecks Duschen fand ich drei Sack Klamotten, Feuerzeuggas zum Nachfüllen und einen Gürtel mit Delphinschnalle, den ich echt gut gebrauchen konnte, wurde meine Hose trotz ausreichender Kost doch immer weiter.

Als ich die Sachen am nächsten Morgen zur Armenversorgung brachte, war ich enttäuscht. Der Kaffee kostete drei Franken und war nicht umsonst wie in Frankreich und die Klamotten waren für mich ebenfalls zu teuer.

In der Kantonsbibliothek, in der ich immerhin 15 Minuten täglich kostenlos surfen durfte, (natürlich viel zu wenig für meinen Zweck): gefiel mir etwas ausserordentlich: das Büchertausch-Regal. Unter dem Motto „Nimm ein Buch - Gib ein Buch" konnten hier Bücher getauscht werden.

Ich schaute dann doch bei den Vagabunden im Stadtpark vorbei, zu denen ich mich anfangs nicht hingetraut hatte. Ich brachte ihnen zwei Jacken und das Feuerzeuggas mit, das einer von ihnen gut gebrauchen konnte.
„Wenn Ihr mir sagen könnt, wo ich Duschen kann..."
Ein Typ mit Hund brachte mich zur Notunterkunft, wo ich gemütlich duschen und für ein paar Rappen einen Kaffee trinken konnte. Wenn die liebe Petra wüsste, was sie mir für eine Freude mit ihrer Münzsammlung gemacht hatte!
Nachdem ich mein Handtuch in der Behindertentoilette der Bibliothek ausgewaschen hatte, las ich in der Zeitung nicht nur, dass der Vortag einer der wärmsten Oktobertage der letzten hundert Jahre war, sondern auch, dass es in vier Tagen wesentlich kälter werden und die Schneefallgrenze auf 1300 m sinken soll. Also hiess es nichts wie weg...

Oktober 19, 2009 - Montag

Rückfahrt mit Unterbrechungen

Aktuelle Stimmung: friedlich

Beim Mittagessen auf einer Bank kam ein Rollstuhlfahrer auf mich zu.
„Ich hab' was für Sie. Ein Geschenk. Holen Sie es aus der Tasche. Eine rote CD-ROM. Über die Geschichte der Schweiz und über Jesus Christus."
Ich kramte die CD aus seiner Tasche heraus.
„Ah, von einer Freikirche."
„Von einer freikirchlichen Gemeinde. Ich hatte einen Motorradunfall mit 22, vor zwanzig Jahren. Jetzt bin ich bis zum Hals gelähmt."
„Für manche Dummheiten müssen wir teuer bezahlen. Das ganze restliche Leben."
„Lebenslänglich."

Ich entschied mich für eine Strecke, auf der es keine Autobahn gab, auch wenn mich dort drei Bergpässe erwarteten. Die ersten, die mich mitnahmen, gaben mir beim Abschied 50 Franken, die nächste, eine gebürtige Stuttgarterin 20 Franken. Das war mir noch nie passiert! Letztere war in ihren jungen Jahren Überland nach Indien und Südafrika gefahren.
„Hermann Hesse ist auch hier in der Gegend gewesen. Er hatte ein leidvolles Leben."
„Wieso?"
„Man hat ihn für nicht ganz normal gehalten."

Die nächste Frau, die mich bis kurz vor dem ersten Pass in 2000 m Höhe mitnahm fragte:
„Trampen Sie nur? Es gibt nämlich einen Zug, der über den Pass fährt."
„Was, einen Zug in 2000 m Höhe? Das kann ich nicht glauben."
„Doch, ich bin die Strecke schon verschiedentlich gefahren. Sie ist spektakulär."
So wartete ich eine halbe Stunde und da mich keiner mitnahm, entschied ich mich für den letzten Zug durch die immer dunkler werdende Hochgebirgslandschaft, in der kein Baum und kein Strauch mehr wuchs. Wirklich spektakulär.

Im nächsten Ort nach dem Pass fand sich gleich ein kleiner Flur in einem derzeit unbewohnt scheinenden Haus und so schlief ich dort.
Beim nächsten Pass durfte ich längere Zeit warten bis mich jemand mitnahm, dafür hatte ich es danach leichter: zwei Leute hatten mich vorher schon gesehen und beim zweiten Mal hielten sie an. In der wirtslosen Gegend von etwa 2000 m Höhe sahen wir auf einmal Pferdemist auf der Strasse. Wo sollte der herkommen, war von Tieren weit und breit keine Spur? Ein Stück weiter fuhren wir an einem Mann mit einem Maulesel und einem Karren wie aus dem 18. Jahrhundert vorbei.
„Dem können Sie sich ja anschliessen", witzelte mein Chauffeur nachdem ich ihm von meinem nahezu geldlosen Dasein erzählte.
„Das würde passen, wenn da die Kälte nicht wäre."
„Ist nur komisch, dass er die Strasse nimmt und nicht die Alpenwege."
Und so ging es weiter, mal bergauf, mal bergab, mal durch Regen, mal durch Sonne bis ich einen meiner Sommeraufenthaltsorte in den französischen Bergen erreicht hatte.

Dort schaute ich erstmal bei den Sachen vorbei, die ich an einem verlassenen Haus untergestellt hatte und alles war o.k., doch als ich später nochmal einen Spaziergang in die Stadt unternahm, fand ich mein gesamtes Zeug im Müll! Meine schöne Matratze ragte meilenweit sichtbar aus der Mülltonne heraus.
Die Hausbesitzer waren zurückgekehrt. Es brannte Licht. So nahm ich die Sachen an mich und machte mir ein gemütliches Bett. Mein Zelt hatte ich wieder neben einem Haus, dessen Besitzer nicht da waren, aufgebaut.

Ich blieb zwei Tage bei herrlichstem Wetter und fand eine Menge Walnüsse und Birnen, mit denen ich mich über Wasser halten konnte. Einmal kam ein Mann vorbei, als ich gerade Nüsse sammelte und fragte:
„Wo kommen die denn her?"
„Vom Baum. Nein, vom Himmel."
Er lachte.

Ausserdem unterhielt ich mich mit einem älteren Herrn, der auf die Strasse gekommen war, um Sonne zu tanken.

„Ich komme eigentlich aus der Ebene. Ich kam hierher, weil meine Tochter hier unterrichtet, seit mittlerweile mehr als zehn Jahren. Sie wollte hierher, weil wir früher immer in der Gegend Ski fahren waren. Mir geht es jedoch nicht gut hier, weil ich im Winter so viel Schnee schippen muss. Ich werde alt. Ich habe noch einen Sohn, der seit einem Motorradunfall mit zwanzig querschnittsgelähmt ist und im Rollstuhl sitzt. Um ihn kümmern wir uns."

Ein Problem waren meine sieben Sachen, genauer gesagt, die Matratze, die ich gerne irgendwo lassen wollte für's nächste Jahr. Sie war so was von bequem. Just im letzten Moment bevor ich fahren wollte, fand ich unverhofft einen kleinen halbverfallenen Schuppen, den wohl schon seit längerem niemand mehr benutzte. Und das gar nicht weit von meiner Schlafstätte entfernt. Schnell waren meine Sachen dort untergebracht.

Dann fuhr ich weiter zu meiner Freundin Valérie und machte die Bekanntschaft mit einem interessanten Typen mit mehr als schulterlangen braunen Haaren.

„Ich male. Religiöse Bilder. Habe aber noch einen Brotjob und das nervt mich ein wenig. Aber ich bin bequem. Habe es gerne warm. Und Du bist viel in der Natur? Die Natur ist schön und grausam."

Das schien für ihn zusammenzugehören, denn er erwähnte es drei Mal.

„Nein, ich bin gar nicht so viel in der Natur. Bin eher interurban."

„Das Leben ist schwer."

„Stimmt, wenn ich das vorher gewusst hätte, wäre ich sicher nicht geboren."

Ich erzählte ein wenig von mir und als ich schon ausgestiegen war und in der Autotür stand, begann er zu Philosophieren. Über Jesus Christus, Maria Magdalena, über Gott und die Welt.

„Wer mich am meisten fasziniert, ist Maria Magdalena..."

Da ich sowieso schlecht höre, verstand ich weniger als die Hälfte, vor allem mit dem Straßenlärm, dem laufenden Motor und einem Ohr in der Tür. Schade.

„Es wäre schön, wenn Du bei mir vorbeikommst, wenn Du mal wieder da bist. Auf eine Tasse Kaffee."

„Einmal möchte ich kommen, wenn Schnee liegt, sonst erst wieder im Frühjahr. Ich habe die Saison mit Zelt gerade beendet. Es war das letzte Mal, dass ich mit dem Zelt kam."

Valérie war da, als ich kam. Die kleine Wohnung war voller Klamotten von ihrem Bruder, der nach vier Monaten, die er spurlos verschwunden war, wieder aufgetaucht ist: in einem psychiatrischen Krankenhaus in der Nähe seines Wohnortes. Man hatte ihn, nachdem er die ganze Zeit mit dem Zelt durch die Lande fuhr, in seinem Auto gefunden mit einem Zettel, der darauf hindeutete, dass er lebensmüde geworden war und so rief jemand die Polizei.
„Sein Leben war eine einzige Lüge. Er hatte vier Unternehmen, unter anderem eines als Immobilienmakler und fünf Autos, darunter einen Sportwagen. Aber er hat schon lange keine Steuern mehr gezahlt und keine Versicherung... Und seine Ex-Frau versuchte, ihm an den Karren zu fahren, wo sie nur konnte. Bei ihr hat er noch Autos in der Garage. Sie hat alles dem Gericht übergeben, als er nicht da war. Ich fahre übermorgen zu ihm."

Abends sassen wir vor dem Fernseher:„Das Fernsehen ist ein Instrument der Manipulation. Es stimmt, dass es uns ohne besser geht."

In die Stadt, in die sie fuhr wollte ich schon lange mal. Einmal, um die Strecke durch die Berge kennenzulernen, zum anderen wegen der Stadt selbst. So fuhren wir zusammen hin.
Beim Losfahren fragte sie:
„Hast Du den Mann gesehen? Er hatte einen Motorradunfall und ist seitdem querschnittsgelähmt."
Das war der dritte querschnittsgelähmte Motorradfahrer, den ich sah oder von dem ich hörte und das innerhalb einer Woche!

Das Krankenhaus lag etwas fünf Kilometer ausserhalb der Stadt. Als ich in Richtung Stadt lief, kam ich an einem Park vorbei, wo mir ein Übernachten möglich schien. Unweit davon deponierte ich mein Gepäck und lief weiter. Unterwegs fand ich einen ganzen Stapel Comics, vor allem gebundene Asterixhefte. Ich nahm sie mit. In der Stadt fand ich einen Antiquar, der mir zehn Stück abnahm: für sagenhafte 25 Euro! Für die restlichen Bücher bekam ich woanders nochmal 10 Euro. So schnell, leicht und viel hatte ich mit meinen gefundenen Sachen noch nicht mein Geld verdient.

Irgendwo sah ich einen Hinweis, dass es zur Universität den Berg hoch ginge. Ich lief bei immer schöner werdender Aussicht ins Unigelände hinein, das eigentlich nur für Anwohner und Befugte zugänglich war. Ich ging einer Frau hinterher, die aus dem Bus ausstieg und in einem Haus verschwand. Es war ein Studentenwohnheim. Hier gab es warme Duschen, denn bei Valérie war das Wasser zu kalt gewesen, um die Haare zu waschen. Also nichts wie rein, in die erste warme Dusche seit fast einer Woche!

Als ich den Rückweg antrat, hielt ein Student neben mir an: „Taxi gefällig?" Dankbar nahm ich an, wurde es schon dunkel. Ich lief noch ein wenig umher, glücklich über meine heutigen Funde, bis ich mit dem Bus zurückkehrte, um im Park mein Zelt aufzuschlagen. Und den Morgen zu frieren, mehr als sonst, trotz dreier Hosen und Jacken übereinander und doppeltem Schlafsack. Die Zeltsaison war wirklich vorüber.

Die Kälte war nun auch hier angelangt und es galt, so schnell wie möglich weiter in Richtung Süden zu fahren, war meine Ausrüstung einfach nicht warm genug, vor allem für den allzu heftigen Wind. Stück für Stück kam ich vorwärts bis mich am Ende glücklicherweise noch zwei Deutsche die letzten hundertfünfzig Kilometer mitnahmen. Ohne sie hätte ich es am gleichen Tag nicht mehr geschafft. Aber komischerweise hatte ich so etwas kurz vorher noch gedacht...

Oktober 26, 2009 - Montag

Ein Geisterhaus ums andere

Aktuelle Stimmung: fremdartig

Als ich in mein Zimmer im besetzten Haus kam, musste ich feststellen, dass es sich in meiner zweiwöchigen Abwesenheit in einen gut florierenden Umsonstladen verwandelt hatte. Fast all meine - vor allem schönen - Sachen waren weg. Besonders trauerte ich um meinen getigerten Teppich, aber auch um andere Sachen, die ich zum Teil dann allerdings bei anderen Leuten oder in meinem Versteck wiederfand, wohin ich einiges gerettet hatte.
„Alles, was hier im besetzten Haus ist, ist Allgemeingut", hatte ich noch zu Samuel gesagt, als er etwas bei mir lassen wollte. „Jeder nimmt sich, was ihm gefällt." Und so war es auch.
Zum Glück hatten sie mir einen schwarzen Wintermantel gelassen, denn den konnte ich nun bei der Kälte gut gebrauchen. Auch ein roter Zweiteiler aus Wolle war noch da, der die Kleidung der letzten Wochen ablöste.

Als ich ins Vagabundencafé kam waren alle versammelt: der nicht-mehr-mit-mir-reden-wollende Portugiese, der kleine Adriano, der mich nach drei Tagen bei sich rausgeschmissen hatte und sogar der tobsüchtige Thierry, der so oft auf den Verein geschimpft hatte. Für einen Moment überlegte ich, ob ich ihm böse sein und ihn nicht grüssen sollte, doch dann dachte ich, wenn ich damit anfange, grüsse ich am Ende niemanden mehr. Also sagte ich „hallo", als ob nichts gewesen wäre und er grüsste zurück. Von da ab war er verschwunden.

Das Vagabundencafé war diesmal auch am Wochenende geöffnet, am Samstag wegen des weltweiten Tages gegen die Armut und am Sonntag, weil turnusmäßig einmal im Monat Ehrenamtliche einer Kirchengemeinde kamen, die Frühstück und Mittagessen reichten.
Am Samstag sassen wir draussen im Freien. Es gab leckere Salate. Eine der beiden Frauen von der Kleiderkammer konnte sich gar nicht mehr

einkriegen, als sie mich sah. „Wie schön sie ist!", liess sie wiederholt verlauten. Das war der rote wollene Zweiteiler.
Einer der Anwesenden versuchte grösseren Streit anzufangen, was in einen Rausschmiss mündete. Mein doppelter Hundebesitzernachbar Ben setzte sich ausgerechnet mir gegenüber und fing an, den vorher noch nie gesehenen psychisch Kranken neben mir anzupöbeln.
„Ich gehe betteln, um Essen für mich und meine zwei Hunde zu kaufen. Die Hunde essen mehr wie ich. Und was machst Du? Du lebst vom ‚Minimum' und machst gar nichts, oder was?"
„Komm, hör auf und setz Dich neben mich", rief ein Marokkaner zu ihm rüber.
„Nein, ich bekomme kein ‚Minimum', sondern eine Invalidenrente."
„Ach, Du bist Invalide. Dann geh' doch zurück in Dein Krankenhaus."
„Jetzt hör auf, wir wollen in Ruhe essen. Oder ihr kloppt Euch draussen," versuchte der Marokkaner, Ben zu besänftigen.
„Das wollte ich ja, aber er will nicht."
Der psychisch Kranke setzte sich an eine andere Ecke des Tisches und es wurde ruhiger.
Ein Neuer war auch da, der auf meine Frage „wie geht's?", mit einem „na ja, geht so" antwortete. Wir tauschten ein paar Banalitäten aus und er erzählte, dass er in einer Zwei-Zimmer-Wohnung lebt. Das war's aber auch schon.

Zur Siesta lag ich auf der sonnigen Wiese eines Grundstücks, auf dem ein verlassenes Haus halb in Ruinen stand und hörte Musik mit meinem Öko-Radio, das ich in den Bergen gefunden hatte.
„Geht es Ihnen gut, Madame?", fragten mich ein paar Schüler.
„Alles klar, danke. Ich ruhe mich nur ein wenig aus."
„Man darf nicht in das Haus gehen. Dort gibt es Geister."
„Habt Ihr sie schon gesehen?"
„Haben wir. An Halloween kommen sie raus. Sie töten Kinder da drin. Nebenan ist das Sportstadion. Dort holen sie die Kinder und töten sie in dem Haus. Es ist Blut da drin, verstehen Sie? Blut."
Sie dampften ab.

Beim Sonntagsessen mit den Mitgliedern der französisch reformierten Gemeinde waren zwei ältere Herrschaften, die ich vom Weihnachtsessen her kannte.
„Ach, Sie sind immer noch da, Sie grosse Reisende. Letztes Jahr waren Sie immer mit Ihrem grossen Rucksack unterwegs", erinnerte sich die Dame.
„Der Rucksack ist jetzt kleiner geworden, aber ich bin noch immer viel unterwegs. Ich komme gerade aus der Schweiz."
„Aus der Schweiz. Ich war in meinem Leben viel in Deutschland. Vor allem in Berlin, auch zur Zeit des Mauerfalls. Ich hatte dort Kontakte. Habe mich in der Gemeinde engagiert für deutsch-französische Freundschaft. Viele Jahre lang. Ich habe den Krieg erlebt. Wir haben getauscht mit den Deutschen. Sie hatten Zigaretten und wir hatten Brot, Wein und Käse. Das durfte man natürlich nicht und manchmal haben sie einen deswegen erschossen. Als sie die Kanonen segneten auf beiden Seiten, da bin ich zum Pazifist geworden. Aber nach dem Krieg, was habe ich für Leute vermittelt... Viele Freundschaften sind dabei entstanden. Und Hochzeiten. Ich habe viele Leute kennengelernt. Aber es gibt so viele böse Menschen, dass es eine Wohltat ist, wenn man auf einen Guten trifft."
Der Neue vom Vortag war wieder da und beim gemeinsamen Abspülen fragte er plötzlich:
„Ist es nicht zu hart für Dich, als Frau meine ich?"
„Was ist nicht hart?"
„Aber hilft Dir denn keiner, eine Unterkunft zu finden?"
„Ich habe mich entschieden, ohne Geld zu leben und ohne Geld gibt's keine Unterkunft. Ich habe gefragt."
„Ich weiss, wie das ist. Ich war drei Jahre auf der Strasse. Und wenn man im Ausland ist, hilft einem keine Sau. Komm mit zu mir, bei mir kannst du erstmal wohnen. Ich wohne nicht weit von hier. Gehen wir hin. Sofort."

Auf dem Weg bereitete mich Julien auf die Wohnung vor:
„Ich habe aber nur ein paar Wände, sonst nichts. Ich wollte mich nicht einrichten, weil ich nicht wusste, ob ich nicht woandershin gehen will."
Er wohnte tatsächlich um die Ecke, in einem Apartmenthaus im sechsten Stock.

„Ich habe alle Wände rausgerissen."
Er zeigte auf den Fussboden. Es gab wirklich nur noch eine Wand zwischen den beiden Zimmern. Das Bad hatte ein Loch von einem halben Meter Durchmesser in der Wand. Pappe ragte zwischen den Rigipswänden hervor. Die Wände waren im Rohzustand und zum Teil bunt bemalt. Es sah aus wie in einem Loft. Ich war begeistert.
Julien drückte mir seinen Zweitschlüssel in die Hand, zeigte mir, wie das Radio anging und verschwand mit den Worten:
„Ich bin verabredet. Fühl dich wie zuhause."

Nachdem ich meinen Schlafsack und ein paar andere Sachen aus meinem Versteck geholt hatte und er immer noch nicht zurück war, nahm ich ein Bad mit ganz viel Schaum in der Badewanne. Ich fühlte mich wie in einem Traum.

Ich ging danach nochmal in die Stadt und traf François, den ich nach Hause begleitete. Er lud mich zum Abendessen ein. Er war gerade aus der Schweiz zurückgekehrt, wo er Freunde besucht hatte, die ihre 25-jährige Tochter durch Krebs verloren hatten.
„Ich bin gerne in der Schweiz. Dort fühle ich mich immer zuhause", meinte er. Und später: „Die meisten Leute sind gestresst. Sie schlafen viel heutzutage. Du bist die freieste Person, die ich kenne."

Julien, mein neuer Berherberger, war anfangs sehr verschlossen, ging dann jedoch mehr und mehr aus sich heraus. „Ich habe eine Krankheit, wegen der ich auch mein Auge verloren habe, aber jetzt bin ich in guter Behandlung und habe die Krankheit im Griff. Früher bin ich immer gefallen. Ich lebe von einer Pension. Damit Du weisst, wer Dir gegenüber sitzt."
Tatsächlich war er wie ausgewechselt. Hatte er auf mich am ersten Tag noch den Eindruck eines Schwermütigen gemacht, auf dessen Herz ein schwerer Stein lastet, so schien er mir die nächsten Tage ausgelassener. Er erzählte jedenfalls viel, von dem ich nur die Hälfte verstand; es musste sich also um etwas Philosophisches handeln...

„Vor mehr als zehn Jahren wollte ich zur Fremdenlegion gehen. Da hatte ich allerdings schon mein Auge verloren und so wollten sie mich nicht. Man kann als Soldat ja auch gute Sachen machen, wie die Blauhelme zum Beispiel.
Für mich wäre es gewesen, um meine Männlichkeit zu entdecken. Das Mann-Sein, verstehst Du?"
Er lehnte sich an die Balkontür und schaute auf den Regen.
„Meine Krankheit kam, als ich einen Blödsinn gemacht habe."
In der Tat schauten wir fast einen ganzen Tag lang auf den Regen, gab es sonst nichts zu tun.
„Vor kurzem bin ich nach England getrampt. Mit der Fähre nach Dover und dann nach London. Aber ich bin nur einen Tag geblieben. Ich spreche kein Englisch. Ich habe es versucht, aber gemerkt, dass es nicht geht. Und da bin ich wieder zurückgefahren. Ich habe geschrieben." Er packte ein dickes rotes
Buch aus. „Kannst Du lesen."

Ich las es und war fasziniert von seiner Reisebeschreibung, die viel länger hätte sein können. Danach kam der philosophische Erguss eines Menschen auf der Suche - nach seinem Weg und sich selbst.
„Ich habe schon lange kaum noch mit jemandem geredet. Ich kenne eigentlich nur Leute aus meinem Viertel. Und ich rede nicht gerne. Wenn ich mit meinen Freunden zusammen bin, schweige ich die meiste Zeit. Jetzt habe ich schon das Gefühl, zu viel geredet zu haben. Es haben schon andere Leute hier übernachtet. Aber nicht immer ging es gut. Manchmal gab es Probleme.
Du weisst jedenfalls, wo sich deine Suite befindet. Und wenn Du etwas brauchst, sage es. Auch Geld. Hast Du Geld? Wenn nicht, gebe ich Dir welches. Ich war drei Jahre auf der Strasse. Ich weiss, was das heisst. Vor allem für eine Frau. Du kannst tun, was Du willst."

Als ich wieder mal zum besetzten Haus ging, fand ich die Tür verschlossen vor. Bei meiner Inspektion des Hauses hörte ich jedoch ein Geräusch an einem der Fenster. Es war Sebastian, der mir die Tür öffnete. Als ich in meinem Zimmer war, kam ein Neuer zu mir wegen des Schlosses.

„Grégoire hat nach Rücksprache mit den anderen und mir ein Schloss eingebaut. Er hat ausgerechnet, dass es auf elf Euro pro Nase kommt. Plus vier für den Nachschlüssel, aber den spendiere ich dir. Komm doch mit zu uns, um ein bisschen zu plaudern."

Ein ungewöhnlich grosser Hund begrüsste mich in dem kleinen Kaminzimmer auf dem gleichen Stockwerk, auf dem sich mein Zimmer befand und eine kleine Frau: Monique. Meine neue Nachbarin hatte letzthin im Vagabundencafé neben mir gesessen.
„Setz dich und iss was." Es gab Taboulé, Brot und Käse.
Ich erzählte ihnen die Geschichte vom doppelten Hundebesitzer von nebenan, der mich rausschmeissen wollte.
„Er ist ein Blödmann", warf Moniques Freund ein. „Wir haben vorher drüben gewohnt und es gab nur Probleme. Monique hat wegen ihm zwei Mal auf dem Boden gelegen. Einmal nahm ich ihn daraufhin in den Schwitzkasten bis die Polizei kam. Das war auf der Strasse, wo wir betteln. Er ist verrückt. Er sucht Streit.
Wir haben auch Ärger mit den anderen Leuten, die nicht betteln und von uns unentwegt schnorren wollen, weil wir eben genug Geld haben, um uns zu kaufen, was wir brauchen: Zigaretten, was zu Essen und zu Trinken. Und wenn wir ihnen nichts geben wollen, fangen sie Streit mit uns an. ‚Wofür bettelt Ihr dann?' fragen sie. Aber Monique kloppt sich mit ihnen. Die gibt ihnen eins auf die Nase."
„Ich bin froh, dass wir jetzt ein Schloss haben. Ich hatte immer so eine Angst jede Nacht", wechselte ich das Thema.
„Und ich erst. Als ich alleine war letzte Woche. Wenn ich den Hund nicht gehabt hätte!", stimmte Monique ein.
„Hier im Haus gibt's Geister", konstatierte ihr Freund. „Ich habe schon Erfahrung mit Geistern. Ich wohnte mal in einem Haus, das auf einem ehemaligen jüdischen Friedhof errichtet war und dort gab es einen elenden Geist. Länger als zwei Stunden war es in der Wohnung nicht auszuhalten. Orthodoxe Mönche haben ihn dann ausgetrieben, Freimaurer. Sie sind bis fünf Uhr morgens bei uns geblieben. Sie konnten uns sogar nach den Aufzeichnungen vom Friedhof genau sagen, wer es war. Danach war Ruhe."

„Hier im Zimmer ist letzt ein Stock umgefallen."
„Wenn du hier schlafen willst, hol' ich Deine Matratze."
Ich nahm die Einladung an und wir bauten ein Matratzenlager über die ganze Breite des Zimmers. Als ich ihm meine Solartaschenlampe zeigte, kam er auf eine Idee.
„Wenn du 40 Sekunden in eine Diode schaust und dann vor deinem dritten Auge einen Wunsch realisierst, dann wird er Wirklichkeit. Das funktioniert."
Monique probierte es aus. Danach kam er auf weitere Einzelheiten zu sprechen.
„Du musst dir was für dich wünschen. Wenn du anderen etwas Schlechtes wünschst, dann wendet es sich gegen dich."
„Das war bei mir der Fall!"
„Dann wendet es sich gegen dich. Ich bin esoterisch veranlagt. Kennst Du Carlos Castaneda? Ich habe mal einen Amerikaner getroffen, der hat mich sehr beeindruckt. Er war 53 Jahre alt. Er durfte keine Frau haben, denn er liebte alle Menschen gleichermassen. Er gab mir Carlos Castaneda zu lesen und auch Paulo Coelho. Und ich bin ein Fan von beiden."

Eine ganze Weile, nachdem wir uns schlafen gelegt hatten - wir drei Menschen nebst Hund -, fiel auf einmal mit lautem Krach etwas zu Boden. Wir schreckten auf. Die restliche Nacht störte jedoch nur der Husten von Moniques Freund. Besser als alleine schlafen war es allemal.

Am Morgen gingen wir alle zusammen zum Duschen und dort gab mir Sebastian seinen Haustürschlüssel. „Ich besorg mir später eine Kopie."
Am Mittag fand sich mal was ganz anderes zu essen: eine Plastikschüssel mit Salat, Hähnchensandwichs und riesige, allerdings weniger schmackhafte Trauben. Am Abend machte ich einen noch grösseren Fund: Sachen von einem Umzug. Klamotten, Besteck und diverses andere. Ich hatte doch meine erheblichen Verluste zu kompensieren.
Was im Einzelnen alles weggekommen war, merkte ich erst so nach und nach, wenn ich mich erinnerte, was ich alles mal hatte: einen Regenschirm, Vorhänge, Decken... Aber: es war einfach zu viel gewesen.

Das war mir auch klar und ein Gutes hatte es, dass sie sich so viele Sachen genommen hatten: ich fühlte mich im wahrsten Sinne des Wortes erleichtert. Viel viel leichter. Und alles, was ich wirklich zum Leben brauchte, war auf wundersame Weise noch da.

Als ich das nächste Mal im Dunkeln heimkam, kam mir ein Schwarzer im Hausflur entgegen.
„Ich bin Jacques. Das Phantom des Hauses."
„Sehr angenehm."
„Hier gibt's nämlich Geister. Ich schlafe in der Küche."
„Ach da, wo mein Bettzeug hingewandert ist."
„Ja, genau. Du hast aber ein Menge Gepäck. Kann ich Dir helfen?"
„Ja, Du kannst den Sack da mit nach oben nehmen."
Ich hatte ausserdem eine Menge an Gläsern für Kerzen und angebrannte Teelichter gefunden. Die konnte ich nun gut gebrauchen. Ich machte damit Licht und schaute in dem mitgebrachten Sack, was für Schätze darin verborgen waren.
„Du hast echt Spass mit deinen Sachen."
„Stimmt, das ist mein Leben."
Das meiste war für mich zu klein, aber das ein oder andere T-Shirt und vor allem eine beigefarbene Cordhose passte. Sie war genau richtig, um über den Winter zu kommen.

November 2, 2009 - Montag

Schock im Squat

Aktuelle Stimmung: angeschlagen

Ich traf Luc, als ich zum Vagabundencafé kam.
„Wie lange wir uns nicht mehr gesehen haben!"
„Stimmt. Ich komme nicht mehr oft hierher. Und Du? Alles klar?"
„War unterwegs. In den Bergen und in der Schweiz. Und Thierry? Ist er immer noch bei Papi?"
„Er ist noch da. Es gefällt mir auch nicht so gut, aber Papi ist ganz glücklich, weil Thierry ein Auto hat. Dabei tut es ihm ganz gut, ein wenig zu Laufen."
Ich erzählte ihm von Thierrys Attacke das letzte Mal, als ich da war.
„Das hat er öfter. Es ist alles o.k., uns geht es gut und plötzlich wie aus heiterem Himmel legt er los, weil man vielleicht ein falsches Wort gesagt hat. Und wenn man dann etwas sagt, wird es nur noch schlimmer."
„Man darf nichts sagen."
„So ist es."

Vor dem Mittagessen unterhielt ich mich mit dem senegalesischen Ehrenamtlichen, für mich Mr. President. Er möchte nämlich gerne Präsident werden, erst von Senegal, dann von der ganzen Welt.
„Ich habe ein einfaches Handy, nachdem ich lange Zeit überhaupt kein Telefon hatte. Aber wegen der Arbeit brauche ich es. Es ist jedoch ohne den ganzen Schnickschnack wie Internet, Fotografie und so. Das bevorzuge ich. Ebenso wie ich richtige PC's lieber mag als Laptops. Gestern bin ich erst um halb zwei ins Bett gegangen. Ich habe so lange ferngesehen. Aber ich lag noch ein bis zwei Stunden wach im Bett. Ich habe Probleme mit dem Einschlafen."
„Das ist heutzutage ein weiterverbreitetes Problem. Eine Freundin hat mir von sich das Gleiche erzählt und seitdem habe auch ich Einschlafschwierigkeiten. Ich nehme nämlich die Krankheiten der anderen auf und das war so ein Fall."

Nach dem Essen ging ich zu Julien. Er war nicht da. Ich machte mir Kaffee, dann eine Siesta und nahm anschliessend ein Bad. Julien kam just, als ich gehen wollte und entdeckte die vielen Sachen, die ich mitgebracht hatte: eine Bratpfanne, ein grosses Holzbrett, Besteck, ein Geschirrhandtuch, einen Teller und Kartoffelbrei.
„Hey, klasse, aber wie hast Du denn das alles hergebracht?"
„Mit meinem Wägelchen, schau!"
„Und das Sofa letztes Mal?"
„Das habe ich erst ganz langsam von einer Ecke auf die andere bewegt, bis mir ein Junge geholfen hat."
Das Sofa war leicht zu kurz, wenn ich mich ganz ausstreckte, aber zum Schlafen kein Problem. Es war so ein billiges Ikea-Teil mit rausgerissenen Bettfedern in der Mitte, aber davon abgesehen echt bequem.
„Ich dachte, du hättest dich vielleicht schlecht gefühlt, als du letztes Mal weggegangen bist."
„Ich fühlte mich ein bisschen schwermütig, aber es ging dann weg, als ich unterwegs war."
„Weisst du, ich habe Epilepsie. Es geht jetzt schon besser, aber trotzdem. Du schaust einfach, wie es dir mit mir geht. Das Wichtigste ist, dass du zufrieden bist. Bist Du das?"
„Bin ich."
„Fühle dich wie zuhause und nimm dir alles, was du brauchst. Du machst es richtig, wenn du ab und zu weggehst... Ich war die letzte Zeit viel allein. Ins Vagabundencafé ging ich wegen der Leute. Um etwas menschliche Wärme zu spüren."

Am nächsten Morgen war er seltsam.
„Wenn du bei anderen Leuten bist, ist es so: wenn ihnen etwas nicht gefällt, musst Du gehen. Hat Dich hier schon jemand genervt? Das frage ich Dich."
„Nein."
„Du wohnst doch hier, oder nicht?"
Ich wusste nicht recht, was er mit den Fragen wollte. Auf jeden Fall kam mir der Gedanke, dass er vielleicht irgendwann Geld von mir für das Zimmer haben will.

Am Abend hatte ich eine grosse Matratze gefunden und war dabei, sie in das besetzte Haus zu bringen, das ich noch nicht ganz aufgegeben hatte, da hörte ich im Garten Geräusche. Ich drehte noch eine Runde und ging nachher hinein. Das Fenster von Sebastian war - entgegen aller Gewohnheit - geöffnet und ein Stuhl stand davor. Als ich reinlugte, war ein nicht gerade vertrauenserweckend aussehender Typ gerade dabei, das Fenster zu schliessen.
„Wer ist da?", rief ich in die Dunkelheit hinein, da kam aus unserer Tür Ben heraus und rief mir zu: „Und du: Hau ab! Das habe ich dir schonmal gesagt. Wie oft soll ich dir das noch sagen? Vielleicht noch auf Englisch und auf Niederländisch?"

Ich packte mein Wägelchen und verschwand. Zum Glück hatte ich Julien, zu dem ich gehen konnte. Ich war jedoch regelrecht schockiert. Dass unsere Nachbarn auf diese Weise bei uns eindrangen, war für mich ein Akt der Gewalt. Was würden sie nun anstellen? Ich hatte weniger Angst um meine Sachen, als vielmehr um Monique und Sebastian, die jetzt alleine im Haus waren. Alle anderen waren ausgeflogen.

Julien durfte sich die Geschichte erstmal anhören, als ich zu ihm kam. Wir unterhielten uns noch lange.
„Wie bin ich?", fragte er plötzlich und ich versuchte, darauf eine Antwort zu finden.
„Unglaublich in jeglicher Hinsicht. Und cool."
„Das will ich auch sein."
„Und melancholisch. Wobei mir persönlich melancholisch lieber ist als cholerisch."
Mit der Zeit fiel mir noch mehr dazu ein und so wurde daraus ein abendfüllendes Gespräch. Dabei erfuhr ich auch, dass er mit einer Frau vor mir Probleme gehabt hatte.
„Irgendwann hat sie Geld ins Spiel gebracht. Sie behauptete, ich wollte von ihr 200 Euro für's Wohnen."
Am nächsten Morgen traf ich Sebastian, den Hüter des besetzten Hauses.

„Ich habe nicht gut geschlafen. Ich sah, dass jemand in meinem Zimmer war und wusste nicht wer. Das erfuhr ich erst heute Morgen. Es war Ben."
„Ich habe mir Sorgen um dich und Monique gemacht."
„Mir geht es gut. Aber es war Monique, die sie gesucht haben. Eine Frau hat ihr 20 Euro gegeben, um etwas zu Rauchen zu kaufen und Monique ist mit dem Geld verschwunden und nicht mehr aufgetaucht. Als man sie heute Morgen darauf ansprach, meinte sie, sie könne sich an Nichts erinnern."
„Das ist aber noch lange kein Grund, auf diese Weise in unseren Squat einzudringen. Ich habe echt einen Schock davongetragen."
Als ich Julien davon erzählte, meinte er: „Meistens sind es Drogen oder Geld, weswegen man Probleme bekommt."

Mir wurde alles zu viel und ich beschloss, raus auf's Land zu fahren. Sowohl Julien als auch Sebastian hatten mir dieser Tage vom Hausberg erzählt. Sebastian hatte mir Fotos von dort gezeigt, die er am Sonntag bei seiner Wanderung mit seinem Handy geschossen hatte. Es kam sogar ein Bus, der mich zu Beginn des Aufstiegs absetzte. Ich war den Weg schon einmal gegangen, kannte ihn also. Mich erwartete ein herrlich orangeroter Abendhimmel am immer dunkler werdenden Horizont, der durch den Halbmond abgelöst wurde, der meinen Weg fortan beleuchtete.

Als ich ankam, waren neun Jungs zu Musik und Wein im Refugium versammelt. Es waren zwei Gruppen: eine mit Studenten aus der Stadt und die zweite mit Studenten aus Kanada und den Vereinigten Staaten. Sie machten mit zwei Gitarren und Mundharmonika Musik. Ich legte mich zum Relaxen in meinen Schlafsack denn für mich galt es, den Schock vom Vorabend zu verwinden.

Ich beschloss, den nächsten Tag und eine weitere Nacht auf dem Berg zu verbringen. Ich strickte meine Socken weiter, was diverse vorbeikommende Leute dazu veranlasste, mich anzusprechen.
„Sie erinnern mich an meine Mutter. Die Frauen bei uns in Pakistan stricken auch ganz viel für ihre Kinder oder Enkelkinder."

Als ich zu Julien zurückkam, schaute er mit seinem Nachbarn mit dem - zu meinem Leidwesen - neu errungenen Apparat fern.
Mir schien, als hätte ich so etwas noch nie erlebt. Jemanden, der sich um mich kümmert, sich um mich sorgt. Er hatte mir eine Leine aufgehängt, an der ich ein Bettlaken befestigte, um ein wenig Privatsphäre zu haben. Auch eine Tür setzte er mir ein.
„Wenn sie Dir nicht gefällt, kannst Du sie übermalen."
„Aber sie gefällt mir."
Ein paar Sätze, die er gesagt hatte, gingen mir nachher noch im Kopf herum:
„Man darf keine Fragen stellen."
„Es ist besser, nicht nachzudenken."
„Im Guten steckt das Böse und im Bösen steckt das Gute."

Mal wieder im Squat setzte ich mich zu Monique und Sebastian.
„Mit Ben ist erst mal Ruhe. Er wurde von der Polizei gecatcht. Ist im Gefängnis."
„Was?"
„Er hat eine Kassiererin im Supermarkt am Handgelenk verletzt. Er stand unter Beobachtung, weil jemand eine Anzeige gegen ihn erstattet hat. Aber trotzdem sind mir heute die Brekkies von meinem Hund entwendet worden."
„Und mir fehlen mein Schlafsack und mein Teppich. Zum Glück habe ich eine Bettdecke mitgebracht, die ich gefunden habe. Ich wusste, dass sie mir meinen Schlafsack klauen würden."
„Max hat noch einen Schlüssel. Er schläft mit seinen Cousins auf dem Dachboden."
Max war der kleine Tätowierte, der mir schon öfters über den Weg gelaufen war.
„Dann haben wir ja schon wieder keine Ruhe. Ich dachte einen kurzen Moment, jetzt würde endlich Ruhe in unseren Squat einkehren."

Ich ging kurz in mein Zimmer, da hörte ich näher kommende Stimmen und flüchtete zu Monique. Sie ging mutig mit Kerze und Hund ins Treppenhaus.

„Ich habe keine Angst."
Als sie zurückkam, meinte sie: „Es sind Max's Cousins. Max kommt später."
„Jedes Mal, wenn ich komme, gibt es neue Mitbewohner, die mich im Dunkeln überraschen und mir fehlen Sachen", stellte ich missmutig fest.
Die Beiden spielten noch Karten, dann gingen wir zu Bett. Wie immer wurde es eine von Angst begleitete Nacht, auch wenn wir jetzt Schloss und Schlüssel hatten. Bei zwei weiteren unbekannten Mitbewohnern...

November 12, 2009 - Donnerstag

Squat ade

Aktuelle Stimmung: aufgebracht

In der Stadt fand ich einen Haufen Kleider und als ich dabei war, die für mich interessanten Sachen auszusortieren, kam ein Mann, lud die Säcke neben mir mit einem Schwung in sein teures Auto ein und fuhr davon. Ich ging schwer bepackt zum besetzten Haus, wo die Tür wie am Vortag offen stand und liess die Klamotten dort. Als ich gehen wollte, hörte ich Geräusche. Es waren vier Leute vom Nachbarsquat, die rausgingen. Danach kam Monique mit ihrem Hund. Sie war jedoch kurz angebunden und schien mir schlecht drauf, so als wäre etwas passiert. Ich wollte aber so schnell wie möglich weg und hatte gar keine Lust auf schräge Stories, waren mir auch gerade zwei meiner Stühle geklaut worden. Langsam hatte ich die Nase voll. Trotzdem schlief ich wieder im Squat. Die erste Nacht war eigentlich soweit alles o.k., bloss, dass alle ausgeflogen waren. Keine Monique mehr, kein Sebastian, keine Cousins. Ich alleine im Geisterhaus.

Dennoch habe ich – von meinen Einschlafschwierigkeiten abgesehen - ganz gut geschlafen. Anders die nächste Nacht. Als ich hinfuhr, stiegen am Vagabundenwohnheim vier Leute in den Bus ein. Eine Frau lebte im besetzten Haus von nebenan. Sie schrie hysterisch im Bus herum :
„Sie werden uns finden! Sie werden uns finden!"

Dann ging es scheinbar um dreitausend Euro, die fünf Leute aus dem Squat zusammen zahlen sollten.
„... ist verschwunden."
Anscheinend gefielen ihr die Kommentare ihrer Freunde nicht, denn sie setzte sich alleine nach vorne.

Das alles ging mir im Kopf herum als ich im Bett lag. Irgendetwas war passiert. Das hatte ich schon am Sonntag gespürt als ich kurz da war. Denn diesmal war wieder keiner da. Das Haus war verlassen wie am

Vortag. Als ich ein wenig in meinen Sachen herumkramte, hörte ich Geräusche. Ein leises Kraschpeln an Holz. Es dauerte einen Moment, dann war es weg. Als ich im Bett lag hörte ich wieder etwas. Es kam aus der Ecke mit meinem Papierkorb und der grossen Abfalltüte. Ich stellte kurzerhand den ganzen Müll vor die Tür. Dann war es ruhig. Doch an Schlaf war nicht zu denken. Was war nur passiert, dass alle weg waren? Wie vom Erdboden verschluckt. Ich zählte die Stunden und schaute immer wieder auf die Uhr. Irgendwann wurde es mir zu viel. Ich hatte die Schnauze gestrichen voll. Wie viele unruhige und angstvolle Nächte hatte ich hier verbracht?

„Das ist die letzte Nacht hier. Ich mache das nicht mehr mit", dachte ich wütend und stand auf. Ich begann, alle Dinge, die mir wichtig waren einzupacken, um sie zu Julien zu bringen. Die Geräusche begannen wieder, diesmal direkt neben meiner Matratze, die ich wie immer zum Schlafen vor die Tür geschoben hatte. Es hörte sich an, wie wenn eine Maus an Holz knabbert. Oder war es eine Ratte? Fressen Mäuse Holz? Da fiel mir ein: im Bad und Flur hatte ich ungewöhnlich viel Sägespäne gesehen und mich schon gefragt woher die kommt. Und einmal hatte es im Bad äusserst penetrant nach nichtmenschlicher Pisse gestunken.

Vier Monate hatte ich mein Zimmer im besetzten Haus ab und an zum Schlafen benutzt und die diversesten Überraschungen erlebt, doch jetzt war es vorbei. Zum Glück hatte ich Julien. Er hatte Geburtstag und ich bastelte ihm im Vagabundencafé ein Happy birthday-Schild aus den Sachen, die ich am Tag zuvor gefunden hatte. Wieder bei ihm machte ich mich endlich daran, den Kühlschrank abzutauen, in dessen Innern sich ein gewaltiger Eisblock gebildet hatte. Irgendwann kam das Geburtstagskind. Ich zeigte ihm die diversen Herrenklamotten, die ich gefunden hatte, aber ausser zwei dünnen Pullis war nichts für ihn dabei.
„Ich lebe schon neun Jahre hier", liess er verlauten.
„Was? Neun Jahre? Ich dachte vielleicht ein Jahr. Es sieht aus, als wärst du vor einem Monat eingezogen."
Das Abtauen des Kühlschranks entwickelte sich zum nachmittagfüllenden Programm, da ich immer wieder Wasser zum Kochen brachte, um

den Eisblock schneller aufzulösen. Am Abend kam eine Freundin von ihm, Beatrice.
„Und was machst Du so?“, wollte sie wissen. Ich hasste diese Frage.
„Ich lebe. Das reicht mir schon. Damit bin ich 24 Stunden am Tag beschäftigt.“
„Mir geht es ähnlich. Ich arbeite derzeit auch nicht. Ich bin GrafikerIn von Beruf. Ich habe an der Kunsthochschule studiert.“

Zwei Tage später war sie wieder da und erzählte:
„Julien ist drei Jahre durch Frankreich gezogen – zu Fuss. Das, um seine Krankheit in den Griff zu bekommen, die Epilepsie.“
„Mit 18 bin ich losgezogen. Vor über zwanzig Jahren. Dann hätte eine Weltreise angestanden. Da lernte ich jedoch eine Frau kennen. Ich habe zehn Jahre mit ihr und ihren zwei Kindern zusammengelebt. Und in den nächsten zehn Jahren hatte ich nur zwei Frauen.“
„Es gibt Leute, die behaupten, man bräuchte genau so lange, um eine Beziehung zu verarbeiten wie man mit einer Person zusammen war,“ fiel mir dazu ein.
„Das stimmt. Übrigens: Es war schön, meinen Geburtstag ein wenig zu Feiern, das habe ich schon Jahre nicht mehr gemacht.“

Als ich am Abend erst gegen zwölf Uhr zurückkam war ich erst ganz leise und machte kein Licht sondern nur die Fensterläden einen Spalt auf. Julien kam zu mir:
„Was tust Du da? Bist Du auf der Strasse? Du bist hier in einer Wohnung, da ist Licht. Mach Dir das Licht an oder willst Du auf der Strasse bleiben?"
„Ich wollte dich bloss nicht wecken.“
„Zerbrich Dir nicht den Kopf. Komm zu mir!“
Ich setzte mich neben ihn auf die Matratze.
„Hör zu. Du bist hier zu Hause. Du hast einen Schlüssel und kannst kommen und gehen, wann Du willst. Das hier ist eine Wohnung. Du kannst Licht machen, wann Du willst und aufs Klo gehen wann Du willst, verstehst Du mich?"
„O.k., o.k., ich hab' verstanden.“
„Es gibt Leute, die rücksichtslos sind, die nerven. Aber das ist bei Dir nicht der Fall.“

Dann erzählte er eine Geschichte:
„Ich wollte meinem Leben ein Ende setzen. Ich wusste nur nicht wie. Ich überlegte, welches die beste Methode sei. Ich hatte eine Woche nichts gegessen. Ich ernährte mich aus Mülltonnen. Auf einmal fand ich mich auf den Stufen einer Kapelle wieder. Ich wusste nicht einmal, dass es eine Kapelle war. Dann gingen Leute hinein und es gab einen Gottesdienst, an dem ich teilnahm. Es gibt zwei Arten von Pfarrern: die einen planen alles bis ins kleinste Detail einen Tag im voraus und die anderen reagieren auf die Personen, die da sind und richten ihre Predigt auf die Bedürfnisse der Leute aus. Der Pfarrer in der Kapelle war einer von der zweiten Sorte. Plötzlich hörte ich ein Wort, das mir etwas sagte und dann noch ein Wort. Da wusste ich auf einmal: er sprach für mich. Ich sah auf einmal das Kreuz und Jesu Christi, der auch für mich am Kreuz gestorben war.
Jemand aus der Kapelle lud mich zum Essen in ein Restaurant ein. Wir assen Nudeln. Ich schaufelte rein, was es das Zeug hält. Der andere fragte mich, wie lange ich nichts gegessen hätte. ‚Eine Woche', sagte ich. Da gab er mir auch noch seinen Teller zu Essen, denn so konnte er bei seiner Frau essen. Dann lud er mich ein, in der Jugendherberge zu übernachten. Mit frischen Bettlaken. Am nächsten Morgen rief mich die Rezeptionistin zu sich. Ich dachte schon, es sei etwas passiert. Der Herr habe nicht bezahlt oder so. Sie sagte, sie habe sich mit dem Mann über mich unterhalten und sie hatte sich entschieden, mich einzuladen und mir das Geld für die Übernachtung, das er gezahlt hatte zu geben. Da hatte ich also auch noch Geld.
Was Du alles zum Schlafen anhast! Ich schlafe normal nackt. Mir haben mal Leute erzählt, dass es, solange man jung ist, am besten sei mit so wenig wie möglich zu Schlafen. Man fühle sich und seinen Körper besser. Zum Wärmen sind ja die Decken da. Und das haben mir alte Leute erzählt."

Als ich nochmal zum besetzten Haus ging, um ein Regal zu holen, das ich im Garten gelassen hatte, war es weg. Dafür lagen meine Pappteller, Plastikgabeln und eine Plastikschüssel verstreut im Garten. Irgendjemand hat die Sachen wohl aus dem Fenster geworfen. Ich war wieder geschockt wie so oft, wenn ich da war. Ich machte, dass ich wegkam. Nach oben in mein Zimmer wollte ich nicht mehr gehen. Das hatte schon vorher festgestanden.

Am Morgen ging ich ins Vagabundencafé, um zu sehen, ob jemand aus dem besetzten Haus da war, um mich aufzuklären, was passiert war. Denn die Unwissenheit und Unklarheit war eigentlich das Schlimmste. Aber ich traf niemanden an. Insgesamt war mir aufgefallen, dass sich die Schocks die letzte Zeit häuften. Mir schien fast, es käme ein Schock nach dem anderen. Irgendetwas musste es damit auf sich haben, dass ich immer wieder Schocks erlebte. Auf einmal liess ich mich auf den Schock ein. Spürte den Schock im ganzen Körper. War ein Schock von Kopf bis Fuss. Doch das alles nur den Bruchteil einer Sekunde, dann war der Schock weg. Verschwunden. Einmal gefühlt, hatte er sich in Wohlgefallen aufgelöst.

Als ich mich damit abfand, nichts mehr im Squat zu holen ging es mir Stück für Stück besser. Ich atmete regelrecht auf. Es war wie ein Neuanfang. Wieder mal. Bei meinem vorherigen Schlafplatz hatte ich viel verloren, aber auch viel hinübergerettet und diesmal war es genauso. Und wie beim vorherigen Schlafplatz hatte jemand gesagt „uns geht es gut da" kurz bevor ich den Schlafplatz verlor. Und hier wie da hatte sich in der letzten Nacht etwas im Innern des Kopfkissens bewegt. Da war es bei mir aus.

November 24, 2009 - Dienstag

Grüner Salat

Aktuelle Stimmung: aufgedreht

Ich packte mein Zeug zusammen und machte mich auf den Weg zu Mona. An meinem ersten Standplatz zum Trampen haben mich Jungs von den Häuserblöcken nebenan mit Steinen beworfen, bis ich ein Stück weiter lief. Ich erzählte der ersten Frau, die mich mitnahm, davon. „Das tun sie oft," gab sie mir zur Antwort. Es ging weiter Zug um Zug; ich brauchte kaum länger als fünf Minuten zu warten.
„Vor zehn Tagen hat es oben auf dem Berg geschneit", informierte mich ein Herr, als wir ankamen. „Und dort vorne die Berge, sehen Sie, sind auch voller Schnee."

Bei Mona wurde ich empfangen mit einem: „Du hast wohl gerochen, dass es Arbeit gibt. Ich will nämlich die Küche umstellen. Heute Nachmittag kommen mein Sohn und seine Familie, um mir beim Umstellen des Schrankes zu helfen. Ich koche gerade Couscous. Früher kamen immer unangemeldete Gäste, wenn ich Couscous kochte."
Der Sohn kam tatsächlich mit seinen zwei kleinen Kindern. Sie räumten um und als seine Frau nachkam, assen wir zusammen den Couscous. Mona bediente uns alle.
„Ich will den Herd in den Raum nebenan stellen. Er stört mich hier. Ich konnte noch nie gemütlich in der Küche sitzen und lesen zum Beispiel. Dann gehe ich hoch und da ist es kalt. Schon als Kind mochte ich es nicht, mich in der Küche aufzuhalten, da wo gekocht wird. Meine Kinder wollten, dass ich den Herd dorthin stelle, damit ich bei ihnen bin und sie mich sehen, weil ich ja so viel weg war. Auf dem Markt, beim Schafe hüten, in der Käserei und so weiter. Aber jetzt sind sie ja schon lange weg. Da wird es Zeit, dass ich den Herd umstelle. Das will ich schon seit Jahren. Probleme wird es nur mit meiner Tochter geben. Die mag überhaupt nicht, dass ich etwas umstelle. Jedes Mal, wenn ich etwas umgestellt habe und sie kam nach Hause, hat sie alles wieder so hingestellt wie es vorher war."

„Aber nebenan, das ist doch nur ein Abstellraum. Voller Spinnweben und ohne gescheiten Boden," gab ich zu Bedenken.
„Das mit dem Boden sagte meine Tochter auch. Es ist halt ein Zementboden. Aber ich kann den Boden jetzt nicht machen lassen. Dazu fehlt mir das Geld. Ich habe immer arm gelebt. Da sah es überall aus wie jetzt im Abstellraum."
„Na dann."
Ich befreite also am nächsten Tag fast die ganzen bewohnten Räume soweit wie möglich von den Spinnweben.
„Die Spinnweben weg, das mache ich normal zwei Mal im Jahr."
„Bei dir ist es wie im Mittelalter. Da wurde auch nur in einem Raum geheizt."
„Das ist gar nicht so lange her. Bei meiner Mutter wurde auch nur in einem Raum geheizt, als ich klein war. Das war in Süddeutschland. Ich schlief mit ihr zusammen im Zimmer; mein Vater war im Krieg verletzt worden und ist an den Verletzungen gestorben. Und meine Brüder schliefen zusammen in einem anderen Zimmer. Es war so kalt, dass die Bettdecke morgens aussen gefroren war. Ich hatte auch bis über zwanzig kein eigenes Zimmer, keinen Raum, um mich zurückzuziehen. Deshalb ging ich als Au-pair nach England, als die Grenzen weiter wurden. Und nach Frankreich. Ich trampte damals schon durch ganz Europa. Einmal wollte ich mit einer Freundin ans Meer, an die Sonne, von Paris aus. Ich war leicht krank. Da hielt ein Portugiese an, der sagte: ‚Ich fahre nach Portugal, da gibt es viel Sonne'.
Wir wollten eigentlich nach Nizza. Doch dann sind wir mit ihm mitgefahren. In Portugal durften die Frauen nicht alleine aus dem Haus gehen. Nur in Begleitung von Männern. Also durften auch wir nicht alleine herumlaufen. Wir wurden aber ständig beherbergt und von einem zum anderen weitergereicht. Es war gar kein Problem."
„Wann war das? In den Fünfzigern?"
„Genau. Und dann sind wir wieder zurückgetrampt. Wir hatten nur zehn Tage Zeit. Ich kam um zwölf Uhr an und um drei Uhr hatte ich eine Verabredung wegen einer Arbeit."
Am Nachmittag fuhren wir zur Kunsthochschule in die nächste Stadt. Ich schlenderte durch die mir noch unbekannten Strassen und fand Geflügel, Krabbensticks und ein ganzes Biohuhn für die Katzen. Mona

freute sich und tischte mir fortan das Geflügel auf - zusammen mit einer Semmelpilzsosse, die besser schmeckte als alles, was ich bisher je in meinem Leben gegessen hatte - ein Gedicht. Sie hatte Creme fraîche und Weisswein untergemischt. Überhaupt assen wir die ganze Zeit die Pilze, die sie kurz zuvor gesammelt hatte.
Am nächsten Tag kamen wir endlich dazu, den Herd, einen dazugehörigen Schrank mit Gasflasche und einen Tisch in den Nebenraum zu stellen. Mona war begeistert.
„Schau mal, was wir jetzt für 'ne Menge Platz im Esszimmer haben. Es wirkt viel grösser. Wenn dann meine Familie kommt, haben wir richtig Platz. Ich habe eine Grossfamilie. Wenn alle kommen sind wir 17 Leute."
Sie begann aufzuzählen.
„Nein, wir sind sogar zwanzig. Dabei habe ich erst spät geheiratet. Erst mit 28. Einen Franzosen. Aber ich hatte ganz grosse Probleme als Deutsche in Frankreich. Mitterand mochte Deutschland nicht. Er verfolgte eine Anti-Deutschland-Politik. Und mir schoben wie viele Leute die ganzen Judenmorde in die Schuhe, dabei war ich, als der Krieg aus war, sechs Jahre alt. Viele Franzosen sagten: ‚Wir haben keine Juden umgebracht'. Ich antwortete ihnen: ‚Ich auch nicht.' Was habe ich denn damit zu tun? Ich war ein Kind. Doch die Franzosen nahmen es mir persönlich übel. Vor allem die Polizei liess mich spüren, dass ich eine Deutsche bin und behandelte mich schlecht.
Einmal habe ich sogar ein paar Polizisten angespuckt. Da haben sie mich auf die Wache mitgenommen. Aber nach ein paar Stunden war ich wieder frei, weil sie mir sonst nichts vorwerfen konnten. Die haben mich echt immer gepiesackt. Und angehalten, immer wenn sie meine Nase hinter dem Steuer gesehen haben. Meistens dachten sie, sie hätten einen grossen Fisch gefasst. Ich bin auch immer ohne Sicherheitsgurt gefahren. Grundsätzlich. Ich habe so viele Strafzettel deswegen bekommen, dass ich jetzt 'mit' fahre. Die regen mich zu sehr auf."
„Mich haben sie auch angehalten auf der Herfahrt, besser gesagt, meinen Fahrer. Wollten die Papiere sehen. Ich bin jedoch ausgestiegen und weggegangen. Es hat sie auch nicht weiter interessiert."
„Wie würdest du mich eigentlich bezeichnen? Als Alternative?", fragte sie plötzlich. „Das muss ich doch wissen."

„Am ehesten als Alternative würde ich sagen."
„Meinen Sohn fragte nämlich mal jemand, und da war ich ganz ordentlich angezogen: ‚Ist deine Mutter ein Althippie?'
‚Ein Hippie ohne Drogen', sagte er. Lange Röcke habe ich schon lange bevor sie in Mode kamen getragen. Ich versuchte mich immer zu verstecken. Blusen, damit man meine Arme nicht sieht. Am liebsten hätte ich auch noch ein Kopftuch getragen, doch Kopftücher sind hier gar nicht gerne gesehen. Auch wenn sie nicht nur bei Moslems eine traditionelle Kopfbedeckung für Frauen sind."
Irgendwie kamen wir mal wieder aufs Thema Fernsehen zu sprechen.
„Unser Fernseher ging mal kaputt und dann hatten wir keinen mehr. Wir waren glücklich. Doch dann hat mein damaliger Freund wieder einen angeschleppt und wir haben uns wieder daran gewöhnt."

Monas Hauskatze hatte zwei Junge bekommen, d. h. eigentlich drei, aber eines ist gestorben. Sie tummelten sich mit ihrer Mutter in einer Obstkiste hinter dem Ofen.
„Sie sind drei Wochen alt. Ich brauche noch jemanden, der sie nimmt. Ich kann sie nicht behalten. Willst du nicht eins?"
„Mein unstetes Leben ist nichts für eine Katze. Eine Katze ist kein Hund, den man überall mit hinnehmen kann. Ich reise einfach zu viel."
„Man kann eine Katze an alles gewöhnen. Ich hatte mal eine Katze, die nahmen wir mit auf Reisen. Wir hielten mit dem Auto an, liessen sie im Wald Pipi machen und warteten, bis sie wieder da war. Und sie kam wieder."
„Ich weiss nicht so recht. Ob ich zu Julien eine Katze mitbringen kann..."
Ich nahm die Kleinen nacheinander auf den Arm.
„Jetzt ist die Zeit, wo man sie streicheln muss. Wenn man das nicht macht, werden sie wie meine anderen Katzen, die sich nicht anfassen lassen. Nur die eine lässt sich anfassen. Das ist die, die meine Tochter immer gestreichelt hat."
Plötzlich sass eine der beiden neben meinen Füssen und schaute mich an.
„Das ist deine, die Wuschelige. Guck mal, wie sie dich anschaut!"
„Wann kann man die Katzen eigentlich weggeben?"

„Nach einem Monat. Wenn sie fressen. Ich stosse sie mit ihrer Schnauze ins Fressen guck, und wenn sie fressen, kann ich sie nach einer Woche weggeben."
„Die eine frisst, die andere nicht. Meine nicht."
„Die frisst sicher auch in zwei Tagen."

Wir kamen auf's Essen zu sprechen.
„Der grüne Salat ist, wenn wir ihn in unserem Garten ernten, nach einem halben Tag welk. Deshalb wird der grüne Salat, den wir kaufen, zehn Tage vor der Ernte mit einem Mittel gespritzt, das ihn nicht so schnell welken lässt. Das Mittel jedoch ist bis zum siebten Tag nach dem Spritzen giftig. Erst danach kann man den Salat essen und er wird nicht so schnell welk. Das ist der grüne Salat."

Aus meinen mitgebrachten Pampelmusen und Obst von Mona kreierte ich einen Obstsalat.
„Ich esse morgens nichts ausser Obst. Der Körper verdaut nämlich bis mittags um zwölf oder eins und wenn wir vorher etwas anderes essen als Obst, dann unterbrechen wir den Verdauungsvorgang. Früher habe ich auch leidenschaftlich gerne gefrühstückt, aber ich war dann oft müde. Seit ich morgens nichts mehr ausser Obst esse, geht es mir besser und mein Magen ist auch kleiner. Ich esse insgesamt nicht mehr so viel."
„Ich hab das früher auch lange so gemacht mit dem morgens nichts ausser Früchten essen und es dann erst jetzt dadurch aufgegeben, dass man in den Einrichtungen umsonst frühstücken kann. Vielleicht sollte ich wieder dahin zurückgehen, denn mir ist es auch sehr gut damit gegangen. Man hat einfach mehr Energie und fühlt sich nicht so vollgestopft."
„Magst du nicht ein paar Schuhe? Mit hat jemand ein paar Schuhe geschenkt und sie sind mir ein bisschen zu gross. Vielleicht passen sie dir. Schau her."
Sie hielt mir ein paar beigefarbene Treter vor die Nase.
„Ja, sie passen wunderbar. Sie sind nämlich schön gross. Da kann ich dicke Socken reinziehen, was nicht geht bei meinen Kickersstiefeln, die ich gefunden habe. Das sind ein paar richtige Schuhe fürs Land."

„Sie passen auch zu dir. Sie sehen aus, als hätten sie schon immer dir gehört."
„Ja, mit denen kann man scheint's den ganzen Tag laufen, ohne dass einem etwas wehtut."
Ich war glücklich, denn ein paar gescheite Schuhe für den Winter hatten mir noch gefehlt.
„Ausserdem haben sie eine dicke Sohle. Meine anderen Schuhe haben beide so eine dünne Sohle, dass man meint, man laufe auf der Strasse. Richtig angenehm ist das."
„Mir geht es auch so, dass ich gar keine dünnen Sohlen mehr tragen kann."

Am Tag darauf entschied ich mich weiterzuziehen, obwohl es der 11. November war. Der wird in Frankreich nicht als Karnevalsanfang gefeiert, sondern als Tag des unbekannten Helden im Gedenken an das Ende des ersten Weltkriegs. Dafür kam die deutsche Kanzlerin nach Paris, zwei Tage nachdem der französische Präsident in Berlin zu Besuch war - aufgrund des 20-jährigen Jubiläums des Mauerfalls. Den ganzen Tag konnte man im Radio über dieses Ereignis hören, mit Interviews und allem.
„Ein Journalist hat mal behauptet, der jetzige französische Präsident könnte die deutsche Kanzlerin nur schwer aushalten. Aber die Journalisten behaupten, was ihnen gefällt und was sie verkaufen können. Ein Grund, dass man die Beiden jetzt vermehrt zusammen sieht, ist dass Europa sich wesentlich auf die Annäherung von Deutschland und Frankreich stützt, nachdem das mit England nicht so geklappt hat."
„Dass die Franzosen die Engländer nicht mögen, habe ich auch erst nach und nach erfahren." „Wegen dem Hundertjährigen Krieg."

Mona fuhr mich noch bis zu einer stärker befahrenen Strasse, um weiterzufahren; zuvor telefonierte sie jedoch mit ihrer Tochter.
„Ich hätte ihr nichts vom Umstellen des Herdes erzählen sollen. Jetzt weigert sie sich, zu kommen. Denn diesmal kann sie es nicht einfach, wie sonst, zurückstellen. Jetzt ist sie sauer."
„Ich habe mich gar nicht von den kleinen Katzen verabschiedet. Aber

wenn du jemand für meine Katze findest, gebe sie weg. Ansonsten frage ich Julien mal und wenn er sie will, so komme ich so schnell wie möglich wieder."

Die Fahrt verlief trotz des Feiertages erstaunlich gut. Ein ganz junger Fahrer liess mich wissen: „Ich liebe alles. Viele Menschen lieben das eine und hassen das andere. Ich liebe alles."
„Das ist gut, denn auf diese Weise entsteht kein negatives Karma."
„... und wenn ich etwas nicht liebe, dann rede ich nicht darüber, sondern halte meinen Mund."

Ein anderer fuhr an die zweihundert Kilometer, um seine Freundin für ein verlängertes Wochenende zu besuchen. Der nächste brachte mich noch zehn Kilometer weiter wie er wohnte auf die Nationalstrasse, auf der ich bei Einbruch der Dunkelheit ankam, um fünf Minuten später bei einer jungen Ziegenhirtin in den Transporter einzusteigen. Sie war so nett und stieg aus: „Sie haben nichts gegen Hunde? Sie sind nicht allergisch oder so?"
Ein grosser weisser Hirtenhund stieg ebenfalls aus und lief auf den Bürgersteig während sie die seitliche Schiebetür aufmachte.
„Ich habe nämlich Junge."
Ich sah ein kleines weisses Hundebaby, weitere Welpen verschiedener Couleur und eine Ziege, die zur Tür herausguckte.
„Das ist meine Ziege."
Sie arbeitete in der Ebene, hatte jedoch Sehnsucht nach den Bergen und so fuhr auch sie für ein verlängertes Wochenende her.

Valérie war da, als ich ankam. Ich blieb vier Tage. Am ersten war ich dank ihrer Flatrate fast den ganzen Tag im Internet, am zweiten waren wir zusammen spazieren. In einem goldenen Lärchenwald, fast wie ein Märchenwald. In einem Dorf in über 1600 Metern Höhe ging es los, weitgehend über eine dünne Schicht aus Schnee. Ein Hund begleitete uns die ganze Zeit, bis wir wieder zurück waren.

Dann wollte ich David besuchen, meinen Gothicfreund und sah ihn auf der Strasse.

Mit „David! So schwarz, das kannst nur du sein!", begrüsste ich ihn.
„Hey, wo willst du hin?"
„Ich wollte dich besuchen."
„Ich wohne nicht mehr da. Bin ausgezogen. Ich wohne jetzt bei einer Freundin. Auch nicht mehr hier in der Stadt. Ich habe jetzt ein Unternehmen mit drei Angestellten. Ich bin der Boss. Ich mache Gartenarbeiten und alles, was im Haus anfällt. Man hat mir Geld dafür gegeben. Und ich habe zwei Autos. Ein grosses und ein kleines, das ich gegen den Motorroller getauscht habe. Mir geht es viel besser. Ich trinke weniger. In der alten Wohnung habe ich mich einfach nicht mehr wohl gefühlt. Und der Freund von mir, den du kennst, sitzt auf der Strasse. Er hat seine Wohnung verloren, weil er seine Miete nicht gezahlt hat."
„Ach, deshalb hat er mich gestern nicht gegrüsst und so missmutig geschaut."

Eigentlich wollte ich weiterfahren, aber aufgrund heftigen Gegenwindes gab ich auf und blieb. Erst spazierte ich den Berg hinauf, dann bekam ich Lust, andere Freunde zu besuchen, die ich schon lange nicht mehr gesehen hatte. Brigitte und ihren marokkanischen Mann. Sie waren da und schauten mit ihren Kindern fern. Die Simpsons.
Wir tauschten trotzdem die Neuigkeiten aus und sie luden mich dazu ein, bei ihnen im Wohnzimmer auf der Couch zu übernachten. Das war so bequem, dass ich schlief bis in die Puppen. Am ersten Tag versuchte Brigitte mich noch zu wecken, am nächsten liess sie mich schlafen - bis kurz vor elf Uhr.
„Das ist wie Winterschlaf", kommentierte sie.
Ich blieb die zweite Nacht, weil Brigitte mich eingeladen hatte, am Abend zum Treffen des Öko-Vereins mitzukommen. Es war interessant, die Gesichter zu sehen, aber verstanden habe ich von dem, was sie sagten, mal wieder weniger als die Hälfte. Immerhin verstand ich, dass sie sich über den doppelstöckigen Betonparkplatz aufregten, der gerade gebaut wurde.
„Die Kommune hat das aus verschiedenen Möglichkeiten ausgewählt."
Bei schönem Wetter zog es mich weiter...

November 30, 2009 - Montag

Bergauf, bergab

Aktuelle Stimmung: friedlich

Eine Frau setzte mich direkt vor dem Werkzeugladen ab, in dem der langhaarige Künstler arbeitete, der mich letztes Mal ein Stück mitgenommen hatte.
Nach der Begrüßung fragte er: „Und Augustinus? Hast du Augustinus gelesen?"
„Ehrlich gesagt, ich habe es vergessen. Ich war auch nicht sehr oft in der Bibliothek."
„Augustinus ‚Die Konfessionen' musst du unbedingt lesen. Er spricht von Gott, das ist phantastisch. Er war ein Kirchenvater. Einer der ersten. Und er war Orientale. Tunesier glaube ich. Und was treibst du so?"
„Och, nix besonderes. Ich lebe. Das reicht schon vollends."
„Du hast doch keine Wohnung, oder?"
„Nee, habe ich nicht."
„Wie machst du das im Winter?"
„Habe den ganzen letzten Winter ohne Wohnung in Frankreich verbracht, aber natürlich nicht hier in den Bergen. Hier ist es zu kalt."
„Und mit dem Geld? Meine meiste Energie verliere ich bei der Beschaffung von Geld."
„Ich lebe ohne Geld."
„Ohne Geld?"
„Fast ohne."
„Die besten Momente in meinem Leben hatte ich, wenn ich gemalt habe. Da fühlte ich mich manchmal von Gott inspiriert und für einen Moment eins. Ich bin nicht von dieser Welt. Ich war mal nur Künstler mit Ausstellungen und allem. Hatte auch keine eigene Wohnung. Lebte einfach so. Mal hier, mal da. Trank viel. Hatte viele Frauen. Das Fleisch. Und Maria Magdalena. Wie würdest du sie malen?"
„Abstrakt."
„Es gibt zwei Orte, wo sie beerdigt sein soll: Sankt Maximin la Sainte Baume und..."
„Vézeley."

„Du kennst dich ja aus. Und warst du in ihrer Grotte in la Sainte Baume?"
„Nein. Es ist auch die Frage, ob das wirklich ihre Grotte war. Manche Leute bezweifeln das und meinen, es sei nur eine Legende, die von der Kirche in die Welt gesetzt wurde, um Leute anzuziehen. Eigentlich war die Höhle, in der sie lebte eine andere."
„Sie hat dreissig Jahre in einer Höhle gelebt ohne zu essen und zu trinken. Engel sind jeden Tag sieben Mal zu ihr gekommen und haben sie entrückt. Und die Einsamkeit?"
„Ich war und bin zwar oft alleine, habe jedoch mit Einsamkeit kein Problem."
„Und das Leiden?"
„Das gehört zum Leben."
Ich verabschiedete mich, denn es war an der Zeit aufzubrechen, wenn ich vor Einbruch der Dunkelheit ankommen wollte.

Diesmal schlief ich in der höchstgelenenen Stadt Frankreichs im Vagabundenheim, an dem ich schon im Sommer vorbeigekommen war, als es noch geschlossen hatte. Die zwei Nächte dort habe ich zwar gut zu Abend gegessen und ebenso gut morgens Kaffee getrunken, doch schlafen fiel mir in dem fensterlosen Raum schwer. Aber die Leute - fast alle Saisonarbeiter - waren o.k., auch derjenige, der mich empfing.
„Die Übernachtungen sind limitiert auf drei pro Monat. Wir haben aber nur ein Frauen-Einzelzimmer." Das bekam ich, weil die Frau, die vorher darin übernachtet hatte, im Krankenhaus war. Am Ende meinte er jedoch: „Aber nicht, dass Sie draussen schlafen. Es gibt auch Leute, die zwei Mal drei Nächte pro Monat kommen. Es ist vielmehr eine Sache der Kapazität."

Bin dann wieder zum Ort des langhaarigen Künstlers runter getrampt, aber er war nicht im Geschäft, sondern nur seine Mutter, die mich nicht so recht zu mögen schien. Letztes Mal war ihr Kommentar „Was für ein grosser Rucksack!", gewesen.

Also machte ich mich vom Acker und lief die Strasse weiter in Richtung eines Tals von dem ich schon viel gehört hatte. Alternierend lief ich und

fuhr ich ein Stück, verblüfft über die Schönheit der umliegenden Berge. Irgendwann machte ich Rast und ass meine drei Birnen und legte mich faul auf meine Unterlegmatte in die Sonne. Danach gab's eine Büchse Sardinen in Tomatensosse und drei Kekse, womit meine Vorräte aufgebraucht waren.
Beim Rückweg wollte ich eigentlich zu Valérie und Brigitte fahren, doch dann nahm mich eine Irin mit, die genau die Strasse nahm, die ich vor längerer Zeit schon hatte fahren wollen, da sie auf den Karten wegen ihrer Schönheit grün eingezeichnet war. Also fuhr ich mit ihr wieder zurück, dahin wo ich hergekommen war. Ich erinnerte mich, dass es an dem Tag ein Kaffeekränzchen für Bedürftige gab und so ging ich hin. Empfangen wurde ich von zwei Damen mit Hund, die mich fragten, wo ich noch hinwolle mit meinem ganzen Gepäck.
„Eigentlich bin ich am Ziel angekommen."
„Und woher kommen Sie heute?"
„Vom nächsten Tal unten."
Das hatte sich schnell rumgesprochen, denn der ältere Herr, neben dem ich später sass, wusste schon bescheid, ohne dass ich in seiner Gegenwart auch nur ein Wort erwähnt hatte.
„Wir sind eine Familie", meinte er.
„Eine Grossfamilie."
„Familie Eulenspiegel."

Das passte. Die Leute hatten wirklich fast alle einen etwas ausgefallenen Touch. Bald fingen sie an, zu viert neben mir Scrabble zu spielen. Schade fand ich, denn ich hätte mich gerne mit ihnen unterhalten. Als eine Frau mir von ihrer letzten Nacht erzählte, in der sie - wie ich - schlecht geschlafen hatte, weil sie einen zwei Monate alten Hund bei sich im Bett hatte, schnappte sie mir einer als Gesprächspartnerin weg. Vom Gefühl der Langeweile gepackt nahm ich Reissaus, auch wenn meine Gesprächspartnerin mich enttäuscht anblickte, als sie wieder zu mir kam.

Ich wollte zu einer Stelle, an der es Lebensmittelhilfen gab, um zu schauen, ob ich dort etwas zu essen bekommen würde. Was für ein Fehler!

„Haben Sie eine Wohnung?“ fragte mich eine kleine ältere Dame.
„Nein.“
„Sind Sie auf der Strasse?“
„Was fragen sie mich das?“
„Es könnte ja jeder kommen“, mischte sich ihre Nachbarin ein.
„Genau, deshalb muss ich Sie fragen.“
„Ja, das bin ich.“
„Also gut, kommen Sie mit.“
Sie liess mich von diversen Dingen einiges auswählen und ich ging. Blessiert. Total verletzt. Wegen ihrer Frage, ob ich auf der Strasse wäre. So direkt hatte mich das noch niemand gefragt. So gänzlich ohne jeden Respekt. Es rumorte und rumorte in mir; ich konnte mich gar nicht mehr einkriegen. Ich legte mich in ein Treppenhaus und wusste nicht mehr ein noch aus. Mir wurde eines klar: die Fressalien wollte ich gar nicht mehr haben. Der Preis war mir zu hoch. Der Preis war mein verschwundener Friede. Ich ging zurück und traf auf drei Menschen, die gerade zumachten.
„Ich will das nicht mehr.“
„Die Frau ist schon weg.“
Ich drückte ihnen die Tüte in die Hand und schrie sie regelrecht an, das loswerdend, was ich loswerden wollte, so verletzt wie ich von ihrer Fragerei war.

Es dauerte noch Stunden bis ich mich beruhigte, Stunden, in denen ich suchte, aber nichts zu essen fand. Aber ich hatte ja noch die Schokoladenkekse, die mir der nette Herr beim Kaffeekränzchen gegeben hatte...

War eine Nacht in einem neugebauten Haus, das fast fertig war; einige Leute wohnten schon darin. Ich hatte es einen Tag zuvor entdeckt, da die Eingangstore offen war. So hatte ich ein nigelnagelneues Apartment mit Licht durch die riesige Balkontüre, erstaunlich warm noch dazu, mit einer von innen verriegelbaren Tür, was wollte ich mehr? Noch dazu gab es eine funktionierende Toilettenspülung, wenn auch sonst keinen Wasserhahn.

Habe tatsächlich ganz gut in meiner Wohnung geschlafen und bin um viertel vor sieben aufgewacht, genau richtig, um zu verschwinden bevor die ersten Arbeiter kommen. Bei der Vagabundenunterkunft standen wir ja auch immer schon um halb acht vor der Tür.

Am Wochenende gab es eine Öko-Veranstaltung mit Vorträgen, einem Film, anschliessender Diskussion und Essen. Danach gab es die Möglichkeit, sich in Form von Gedichten, Texten oder Sonstigem auszudrucken. Das hatte ich schon auf einem Zettel gelesen, als ich den langhaarigen Künstler das erste Mal besucht hatte. Ich schrieb dazu einen Text, den ich vortragen wollte. Der langhaarige Künstler hatte mir geholfen, ihn zu verbessern und so trug ich ihn vor etwas hundert Leuten vor, obwohl ich niemanden kannte. (Der Text, der auf französisch sehr wohlklingend „imagine" heisst, ist weiter hinten im Buch zu finden).
Die Leute klatschten, aber keiner sprach mich nachher darauf an.

Zum Mittagessen war ich dann mal beim warmen Mittagstisch gewesen, wo ich meine Mitbewohner aus dem Wohnheim traf und mit den drei Helfern in ganz familiärer Atmosphäre ein ‚Essen wie zuhause' verspeiste. Eine der Frauen war sogar so nett, mir noch Kuchen und Mandarinen für später mitzugeben, so dass mein Abendessen gesichert war.

Zum Ereignis des 20-jährigen Mauerfalls meinte die Beifahrerin beim nächsten Trampen: „Wir haben Interviews mit Leuten aus dem Osten gehört, die sagen, vor dem Fall der Mauer sei es besser gewesen, aber das ist natürlich nicht die offizielle Version."
„Mir hat mal einer aus dem Osten Deutschlands erzählt, in der DDR wären alle Grundbedürfnisse gedeckt gewesen und jetzt müsse man die ganze Zeit über dafür arbeiten, eben diese Grundbedürfnisse zu decken."

Sie setzten mich genau da ab, wo ich meinen grossen Rucksack versteckt hatte, nämlich im Schuppen bei meiner Matratze. Erst wollte ich wieder meinen Neubau besetzen, doch die Wohnungen waren diesmal abgeschlossen, vermutlich wegen des Wochenendes. So ging ich einen Stock

höher und probierte eine Tür, die im Gegensatz zu anderen Türen noch mit Pappe verklebt war. Ich erschrak: es waren Leute in der Wohnung, die mich zu allem Elend hörten und sich fragten, wer ihre Tür geöffnet hatte. Einer kam zur Tür und mir ein Stück hinterher, während ich so schnell und leise wie möglich im Treppenhaus verschwand. Keine Ahnung, ob mich die Person gesehen hat.
Mir war jedenfalls das Herz erstmal in die Hose gerutscht und mein Schlafplatz war auch weg, also musste das Vagabundenheim herhalten. Eine Nacht hatte ich ohnehin noch gut.
Da ich am Morgen wieder um halb acht auf der Strasse stand, entschied ich, einem Weg zu folgen, dessen Abzweigung ich vor längerer Zeit gesehen hatte. So kam ich in einen Wald. Ich lief den Berg hinauf mit immer schöneren Ausblicken, bis es mir reichte und mir die Uhr sagte, dass ich umdrehen müsse, wollte ich wieder etwas Warmes essen. Es kostete hier übrigens einen Euro, ein eher symbolischer Wert. Diesmal war es eine richtig grosse Runde, die mich erwartete.

Am nächsten Tag trampte ich obwohl es Sonntag war und das Trampen dann nicht so gut funktioniert zurück in ‚meine' Stadt und hatte das Glück, nicht nur an einem Aperitif mit Limo und Pizza so viel man wollte, teilzunehmen, sondern auch noch eine junge Frau zu finden, die mich die letzten zweihundert Kilometer in ihrem Wohnmobil mitnahm.
„Und wie machst du das mit der Liebe?", wollte sie wissen, als ich ihr von meinem recht unsteten Leben erzählte.
„Richtige Beziehungen hatte ich eher selten, seitdem ich so lebe."
„Du machst es wahrscheinlich wie die Seefahrer: einen in jeder Stadt."
„Genau."

Dezember 3, 2009 - Donnerstag

Wieder auf der Strasse

Aktuelle Stimmung: leicht daneben

Wieder zurück, erzählte ich Julien von meinen Abenteuern. Als es im Fernsehen um Reife ging meinte er: „Die Reife. Die Reife macht, dass man nicht mehr Sex macht, sondern Liebe."
Als ich am Nachmittag in die Stadt fuhr traf ich Abdul im Bus.
„Abdul!", rief ich, da er mich nicht sah.
„Hey, Michelle, wie geht's?"
„Danke, gut und dir?"
„Auch gut."
„Wie lange wir uns nicht mehr gesehen haben!"
„Monate."
Er lud mich zu einem Kaffee ein. Im Selbstbedienungsrestaurant. Wie im letzten Winter.
„Du hast einen schönen Pulli an."
„Hab' ihn gestern gefunden. Mit offenen Ärmeln, schau her."
„Passt zu dir. Und der Rock auch."
„Du erinnerst dich noch an letztes Jahr, als ich nur die eine Hose hatte, die du mir gegeben hast?"
„Die schwarze."
„Und eine Jacke, die ebenfalls von dir war."
„Ich erinnere mich."
„Und deine langen Haare..."
„Jemand hat sie mir geschnitten. Zu viel geschnitten. Seitdem trage ich sie offen."
Dann gab er mir Nachhilfeunterricht: „Wenn du Sachen findest, die Leute wegwerfen, Bäckereien zum Beispiel, dann nimm nur so viel wie du brauchst und lass den Rest da. Und Diskretion. Diskretion ist wichtig. Es gibt jetzt einen Weihnachtsmarkt. Hast du Lust, hinzugehen?"
„Warum nicht."
Er lud mich zu einem Negerkuss mit Kokosflocken ein. Echt lecker. Zum Preis von einer ganzen Schachtel.

„Magst nicht noch mit in den Park kommen?"
„Nein, ich wollte in die Bibliothek."
Wir verabschiedeten uns, nachdem er mich noch ein Stück begleitet hatte.

Eigentlich wollte ich am Abend nochmal weggehen aber Julien fragte mich, ob wir ausnahmsweise zusammen zu Abend essen. Danach begann er zu erzählen:
„Mit 18 habe ich eine Droge genommen und daraufhin bekam ich Epilepsie. Ich fiel hunderte von Malen und oft auf den Kopf. Man kann dabei sterben. Meine Nachbarin fiel einmal auf den Kopf und ist gestorben. Manchmal lag ich im Koma.
Ein Arzt schlug mir eine Behandlung vor, die mir jedoch missfiel und ich lehnte sie ab. Dann fand ich einen anderen Arzt, der mir einen besseren Vorschlag machte und der mich während einer Krise beobachtete. Von ihm liess ich mich fortan behandeln, wenn ich auch nur die Hälfte der von ihm empfohlenen Dosis an Medikamenten nahm. Das schlug gut an und ich konnte die Medikamente bis jetzt drastisch reduzieren.
Ich wollte mich schon vom Balkon stürzen. Aber der Gedanke an die Folgen hielt mich davon ab. Ich könnte ja auch nicht tot sein. Und wie wäre es für die Leute, die hier wohnen?
Früher hatte ich Bulimie. Als noch keiner wusste, was das war. Ich dachte den ganzen Tag nur ans Essen und frass in mich rein, was das Zeug hält. Ich war ganz dick. Es war furchtbar.
Meine Eltern haben sich nicht um mich gekümmert. Meine Grossmutter war die einzige, die sich meiner ein wenig annahm. Die von Liebe sprach."
Dann ging es um eine Frau, die er liebte, die jedoch aufgrund ihres Alters und anderer Gründe für ihn unerreichbar war. Er hatte sie vorher schon mal kurz erwähnt.
„Ich glaube auch, dass es einen Seelenpartner gibt, aber meine Seelenpartnerin habe ich noch nicht gefunden."
Ich kam mir daraufhin so etwas wie ein Lückenfüller vor. Seine Geschichten machten mich traurig. Als ich ihm erzählte, dass ich die Haare erst offen trage, seitdem er sie mir geschnitten hat, sagte er mit einem ganz

neuen Tonfall: „Ich werde dir die Haare schneiden. Ich werde dir die Haare schneiden und zwar kurz."
Das wirkte noch nach. Mit einem seltsamen Gefühl ging ich ins Bett.
Am nächsten Morgen packte ich Juliens mittelgrossen Rucksack, den er mir letztes Mal mitgegeben hatte. Ich wollte aufs Land. Ein bisschen raus.
Julien kochte ein Gericht, nachdem er am Mittag nach Hause kam - mit Äpfeln.
„Ich esse keine Äpfel", liess ich ihn wissen.
Er wurde plötzlich anders.
„Damit bin ich nicht einverstanden. Du isst kein Fleisch, du isst keine Äpfel. Das ist wie mit einem Kind, das dies und das nicht isst. Hast du eine Krankheit? Bist du krank? Steckst du mich an?"
Letzteres fragte er schon öfter. Dabei war er jedes Mal fast hysterisch. Wie ausgewechselt.
„Ich bin nett zu dir, oder nicht? Ich kann aber auch anders."
„Du bist nett zu mir ja, aber wenn es keinen Respekt mehr zwischen uns gibt, dann geht es nicht."
„Doch, ich respektiere dich, du respektierst mich ja auch."

Später meinte er noch: „Ich werde dich ‚demontieren'."
Im Wörterbuch nachgeschaut, heisst das ‚auseinandernehmen', aber auch ‚aus der Fassung bringen', ‚verwirren'. Das ist ihm gelungen.

Ich nahm den Rucksack und verschwand ohne auch nur noch ein weiteres Wort zu verlieren. Ich wusste, dass es irgendwann umschlagen würde. Habe nur darauf gewartet. War darauf gefasst, dass etwas Derartiges passiert. Aber trotzdem traf es mich wie ein Hammer. Und wieder ging es nur darum, meine Sachen zu holen und um die Frage wohin damit. In dieser Stadt passierte auch immer blödes Zeug. Und ich war wieder auf der Strasse, war wieder auf der Strasse daheim...

Traurig lief ich durch die Gegend. Weinte sogar. Ich wollte jemand sehen, mit jemandem reden. Also ging ich am Jugendzentrum vorbei. Vielleicht wäre Fred da. Nichts. Ich ging weiter zum Platz mit dem grossen Brunnen, um zu schauen, ob der Tunesier da war, der mir im Notfall den

Schlüssel zu seiner früheren Wohnung geben wollte, aber er war nicht da. Dafür rief mich ein anderer, der mit einer Flasche Rotwein auf einer Bank sass und den ich vom Vagabundencafé her kannte.

„Setz dich zu mir! Wie geht's dir?"

„Ach, das Leben!", seufzte ich bloss.

„Das Leben ist hart. Das Leben ist grausam. Mich hat meine Mutter mit zwanzig vor die Tür gesetzt. Jetzt bin ich 24. Ich habe kein Anrecht auf das ‚Minimum', habe verschiedentlich gearbeitet, aber ohne Wohnung findest du keine gescheite Arbeit. Wenn du die Adresse vom Vagabundencafé angibst, sagen sie: ‚Sie sind ohne festen Wohnsitz. Sie nehmen wir nicht'.

War die letzten drei Monate in der Metropole in verschiedenen Heimen. In einem waren nur Leute ohne Papiere, Schwarze und so weiter. Da bin ich gleich wieder abgehauen. Habe dann eine dieser kostenlosen Zeitungen verteilt. Von 10 bis 15 Uhr. Und das für 100 Euro im Monat. Ohne Mittagessen. Die anderen Leute gingen Mittagessen, aber ich nicht. Dann habe ich aufgehört. Von 100 Euro im Monat kann ich nicht leben. Einmal habe ich Fenster geputzt. Von 8 bis 12 Uhr. Dafür bekam ich zehn Euro. Für vier Stunden. Das ist doch Sklavenarbeit. Ich bin aber doch kein Schwarzer. Mein Vater war Tunesier. Meine Mutter ist erblindet. Mein Vater sagte mal zu mir: ‚Hau ab und lass dich hier nicht mehr blicken'. Und meine Mutter, die hat es nur auf's Geld abgesehen. Sie hat von mir Geld bekommen fürs Essen und für die Miete. Als sie mich rausschmiss, habe ich nicht nur meine Familie verloren, sondern auch meine Arbeit. Meine Familie ist böse. Ich verstehe nicht, warum Menschen böse sind. Ich verstehe das einfach nicht. Ich bin nicht böse. Sie sind grundlos böse. Apropos, wo schläfst du heute Nacht?"

„Keine Ahnung. Heute ist mir alles egal."

„Du wirst doch nicht draussen übernachten? Es ist zu kalt. Es wird Winter. Das Leben auf der Strasse ist zu hart für eine Frau. Für einen Mann o.k., aber für eine Frau. Eine Frau ist schwächer. Im Winter wird es kalt. Jetzt geht es noch, aber im Dezember, Januar, Februar... Ich schlafe im Krankenhaus in einem stillgelegten Trakt. Du kannst mitkommen, wenn du willst. Ich kann doch eine Frau nicht draussen schlafen lassen."

„O.k., ich komme mit."

„Gehen wir."
Ich sah auf einmal die Jacken der Leute von der Vagabundenversorgung.
„Schau mal."
„Warte. Gehen wir mal hin."

Die Ehrenamtlichen warteten auf die Reste der Bäckerei und gaben uns davon je ein Olivenbrot und ein Baguette. Indessen erzählte Sofian den beiden seine Geschichte. Danach gingen wir in den stillgelegten Teil des Krankenhauses, von dem ich schon gehört hatte. Wir legten uns ins Treppenhaus, nachdem wir mit noch einem aus der Szene eine ganze Weile vor einer halb funktionierenden Toilette gesessen und uns unterhalten hatten. Und Sofian sich einen Kaffee nach dem anderen am Wasserhahn machte.
Als ich schon im Schlafsack lag, meinte er zum wiederholten Male: „Du hast so schöne Augen." Gefolgt diesmal von: „Du bist so hübsch. Ich würde dich gerne küssen."
„Nein, bitte nicht. Ich habe gerade gar keine Lust auf weitere Probleme."
„O.k., ich möchte dir auch keine weiteren Probleme bereiten."
Dabei liess es sich bewenden.

Ich schlief nicht gerade viel in dem fensterlosen Treppenaufgang, auch war Sofian nachtaktiv und stand ständig auf, um eine zu rauchen und sonst wohin zu verschwinden. Am Morgen meinte er: „Ach, ich habe mir einen Kaffee gemacht."
Nun fragte er mich zum vierten Mal, ob ich ins Vagabundencafé Nummer 2 ginge, er selbst ging in die Nummer 1. Nachdem er mich dermassen oft gefragt hatte, dachte ich, dann gehe ich nach längerer Pause mal wieder hin...

Dezember 11, 2009 - Freitag

Das Ende eines Squats

Aktuelle Stimmung: lebendig

Ich lief an einem Tor vorbei, aus dem ein Wagen gefahren kam und entgegen meinen sonstigen Gewohnheiten schaute ich auf seinen Fahrer.
„Das Gesicht kennst du doch...", kam mir.
Es war der langhaarige Tunesier, bloss mit Bart.
„Hey, was machst du gerade?" fragte er mich. „Hast du einen Führerschein? Willst du nicht mit mir aufs Land fahren und wieder zurück? Ich suche nämlich einen Fahrer. Ich habe dort eine Verabredung wegen einer Arbeit und mir haben sie den Führerschein abgenommen."
„Ich wollte gerade einen Kaffee trinken gehen. Meinen Führerschein habe ich nicht bei mir, aber ich habe ihn nicht verloren. Und meine Brille habe ich auch nicht dabei."
„Aber du siehst doch. Es ist doch hell, oder?"
„Na ja, im Notfall... Also, fahren wir!"
Und es ging los. Ohne Frühstück und Morgentoilette. Die wurde beim Kaffeetrinken am See nachgeholt. Mehdi war zufrieden.
„Es ist schön, einen weiblichen Fahrer zu haben. Noch dazu einer, der weiblich fährt. Es gibt nämlich Frauen, die fahren wie Männer. Richtig draufgängerisch. Wenn du deinen Führerschein bei dir hättest, würde ich dich sofort als Chauffeur anstellen."
„Und was hättest du gemacht, wenn ich nicht in dem Moment, in dem du fahren wolltest, vorbeigekommen wäre?"
„Ich wäre selbst gefahren."
„Hast du damit gerechnet, im letzten Augenblick noch jemanden zu finden?"
„Nicht unbedingt. Aber wenn man anderen hilft, so wie ich es tue, dann ist auch immer jemand da, der einem hilft, wenn man es braucht."
Auf der Rückfahrt fasste er mich an der Hand.
„Ich liebe dich", sagte er auf Deutsch und auf Französisch.
„Das glaube ich dir nicht."
„Das glaubst du mir nicht? Meinst du, ich hätte dich das erste Mal zu mir

eingeladen, wenn ich dich nicht gemocht hätte? Wir sind jetzt wie Mann und Frau. Wie ein verheiratetes Ehepaar."
„O. k., spielen wir altes Ehepaar, ganz wie im Theater."
„Du könntest doch einen Mann haben und ein Zuhause."
„Das mit Männern klappt bei mir nicht so. Ich will von Männern eigentlich nichts mehr wissen. Trotzdem habe ich immer noch oft welche um mich herum."
„Und Familie. Deine Eltern. Leben sie noch?"
„…"
„Und Geschwister? Und Geld? Warst du mal reich?"
„…"
„Ich frage so viel, weil es mir hilft, meine eigene Geschichte zu vergessen. Wir haben alle Probleme. Die Probleme der anderen helfen uns, unsere eigenen zu vergessen. Ich bin eigentlich aus Paris. Paris ist meine Stadt. Ich war mal reich. Doch ich habe all mein Geld verloren. Viel Geld, fast eine Million Euro. Ich hatte ein Wohnhaus in Paris. Ich war Immobilienmakler. Habe alte Häuser gekauft, sie renoviert und dann wieder verkauft. Dann habe ich ein Geschäft aufgemacht, eine Autovermietung mit Mercedes für reiche Saudi-Arabier. Doch dann kam der Golfkrieg. Durch den Golfkrieg habe ich alles verloren. Ich habe vierzehn Geschwister und meine Familie habe ich auch verloren. Ich habe keinen Kontakt mehr zu meiner Mutter und mein Vater ist gestorben. Und wo isst du eigentlich zu Mittag?"
„Keine Ahnung."
„Also bin ich verpflichtet, dich zum Mittagessen einzuladen?"
„Nicht unbedingt. Ich komme auch so durch."
„Natürlich kommst du mit zu mir. Wenn du willst, kannst du auch wieder in der Wohnung im ersten Stock schlafen."
„Gerne".

Es gab eine schon fertig gekochte Kichererbsenmuschelsuppe und zum Nachtisch einen Milchkaffee, eine Birne und ein Bounty.
„Alles, was ich hier habe, habe ich gefunden. Fast alles: den Tisch, den Kühlschrank, den Teppich…"
Ich merkte, er konnte ein bisschen Hilfe im Haushalt gebrauchen und legte Hand an.

„Das ist ja wunderbar. Dich will ich heiraten. Du kannst morgen weitermachen und noch eine Nacht hier schlafen."
Am Abend drehte ich eine Runde und fand einige Plüschtiere und eine Reihe von Schals genau an derselben Stelle, an der ich letztes Jahr vor Weihnachten einen Haufen Schals gefunden hatte.
Als ich wiederkam, meinte Mehdl: „Ich gehe Brot holen. Ich bin in 15 Minuten zurück."
Es dauerte eine Stunde bis er mit zwei riesigen Säcken voller Brot zurückkam.
„Ich war gezwungen, zu warten. Was hast du bereut in deinem Leben?"
„Ach, ich will eigentlich nicht so sehr ins Detail gehen."
„Ich habe bereut, dass ich nicht studiert habe. Ich wollte eigentlich Architekt werden. Ich bin in eine darauf vorbereitende Schule gegangen und war Klassenbester. Ich war auch der beste von der Schule und der Erst- oder Zweitbeste von Tunesien. Ich war Klassensprecher. Ich war überhaupt immer der Anführer, bei allem. Mir wurde das Studium von der Regierung verweigert, eigentlich zu unrecht.
Einmal gab es einen grossen Streik von allen Schülern. Ich war mittendrin, bin mitgegangen wie die anderen, doch habe ich gar nichts dazu getan. Meine Mitschüler wurden nachher befragt und alle haben gesagt: ‚Ich war's nicht, es war Mehdi, unser Sprecher'. Der regierende Präsident von Tunesien hatte bestimmt, dass allen Verantwortlichen für den Streik das weitere Studium untersagt wird und das galt auch für mich. Damals war ich sechzehn.
Ich bin dann nach Frankreich gegangen, um hier weiter zu studieren, doch ich hatte kein Abitur und meine Schulausbildung wurde nicht anerkannt. Und das Abitur machen durfte ich nicht, weil ich keine Eltern, sondern nur Brüder in Frankreich hatte. Also arbeitete ich und verdiente viel Geld, das ich dann verlor."
Ich schlief in Mehdis alter Wohnung.

Am Morgen holte er mich zum Kaffee trinken, dann verschwand er für eine Weile, um auf dem Markt, wo ich Obst und Gemüse auflas, wieder aufzutauchen. Ich machte uns Feld-, Radieschen-, und Obstsalat und war platt, als er schon längst vor mir aufgegessen hatte.

„Hey, da habe ich einen gefunden, der noch schneller isst wie ich!"
„Und es gibt welche, die noch schneller wie ich essen."
Das Handy klingelte.
„Ich bin in fünf Minuten wieder da. Du kannst ruhig den ganzen Tag dableiben, das stört mich nicht. Die Tür lässt du einfach offen. Hier kommt sowieso keiner rein."

Als ich eine Weile später die Tür öffnete, um wegzugehen, traf mich fast der Schlag: ein Clochard lag auf dem winzigen Treppenhausboden direkt vor der Tür.
„Hups", entwich es mir und er entschuldigte sich für den Schrecken, den er mir eingejagt hatte. Unter diesen Umständen hatte ich keine Lust mehr, wegzugehen und die Tür offen zu lassen. Als ich ihm später eine Tasse Kaffee anbieten wollte, war er nicht mehr da. Beim nächsten Versuch, wegzugehen, erschrak ich erneut: nun sass er zusammengekauert einen Stock tiefer. Ich liess meine Weggehpläne wiederum fallen. Unter diesen Umständen wollte ich die Wohnung einfach nicht verlassen. So blieb ich und machte es mir auf der Couch gemütlich. Dabei musste ich immer wieder an Julien denken.
„Und wenn du mich zerstören willst, dann setz' ich dich vor die Tür", hatte er am ersten Tag gesagt. Und nun schien es mir, als wolle er mich zerstören. Das ging mir nicht aus dem Kopf. Wieder mal waren meine Sachen ein Problem. Meine vielen Sachen, die bei ihm waren und die ich irgendwie holen müsste und nicht wusste, wohin.

Beim Gang durch die Stadt traf ich den Typen aus der Metropole, den ich letztes Jahr um die Weihnachtszeit schon einmal getroffen hatte. Erst winkte ich ab:
„Ich habe keine Lust, zu reden."
Er insistierte jedoch:
„Ich kenne dich doch. Wir haben uns letztes Jahr kennengelernt und ich habe dich überall gesucht. Ich habe so viel an dich gedacht. Sogar den Strassenkünstler ganz in weiss habe ich nach dir gefragt. Kannst du dich nicht erinnern?"
„Doch, jetzt erinnere ich mich."

„Du hattest deinen Rucksack dabei. Willst du nicht einen Kaffee mit mir trinken?"
„Na gut, einen Kaffee." Ich liess mich bereitschlagen.
„Ich will aber erst einen Sandwich essen, ich habe noch nichts gegessen und du?"
„Ich habe ein paar Sandwichs gegessen, die ich gefunden habe."
Trotzdem machte ich mich über die Pommes Frites in seinem Sandwich her, so dass er noch eine Extraportion bestellte.
„Ich glaube, ich übernachte hier im Hotel. Ich arbeite nämlich morgen hier."
Wie letztes Jahr. Da wollte er auch ein Zimmer im Hotel nehmen und fuhr dann doch zurück zu sich nach Hause, weil ich nicht mitkommen wollte.
Wir liefen durch die Strassen auf der Suche nach einem Hotel bis mir eine günstige Pension einfiel, zu der ich ihn hinführte. Er schaute sich das Zimmer an, fand es auch schön, ging aber gleich wieder.
„Ich komme später vorbei", sagte er zu dem Herrn am Empfang.
Er wollte, dass ich bei ihm bleibe, aber das kam für mich gar nicht in Frage, was er wiederum nur schwer verstand. Als wir uns verabschiedeten, versuchte er, mich auf den Mund zu küssen. Mit zwei wütenden „Fass mich nicht mehr an!" stob ich davon.

Die Tage bei Mehdi vergingen wie im Flug. Einen Abend hatte er noch eine zweite Michelle eingeladen, eine 22-jährige Studentin. Sie war hübsch und total nett. Sie reckte sich wegen ihres Muskelkaters immer wieder den Rücken.
„Ich mache Thaiboxen. Das mag ich total gerne. Es sind fast nur Jungs da und die sind echt nett. ‚Ich habe dir auch nicht wehgetan? Alles in Ordnung?' fragen sie mich ganz lieb. Ich habe vier Jahre lang Afrodance gemacht. Jetzt würde ich gerne Bauchtanzen".
Mehdi bewegte sich indessen zu seiner orientalischen Musik wie eine Bauchtänzerin. Wir assen Huhn mit Gemüse, das er gekocht hatte.
Am nächsten Abend telefonierte Mehdi gerade, als Michelle mit Pudding in der Hand eintrat. Danach kam eine weitere Freundin.
„Mein Harem", witzelte Mehdi. Eine vierte Frau liess nicht lange auf sich warten.

„Wir müssen morgen ein Referat vor unseren Kommilitonen halten", stöhnten sie nacheinander.
„Deshalb brauchen die drei heute nichts zu machen".

Mehdi machte sich daran, sein Reisgericht fertig zu kochen. Alle – ausser mir - assen direkt aus der Schüssel, denn mir fiel dabei einfach zu viel auf den Boden. Die drei Freundinnen sassen nebeneinander auf dem Sofa und schauten fern.

Den nächsten Abend waren Mehdi und ich ausnahmsweise mal allein.
„Lass' uns heiraten, in der Kirche!" scherzte er. „Wir machen Arbeitsteilung:
Ich koche und du putzt. Ich putze nämlich nicht gerne."
„Kein Problem."
Er stellte Fragen über Fragen. Über mein ganzes Leben. Ich erzählte ihm Dinge, die ich bisher nicht einmal meiner besten Freundin erzählt habe. Er verstand es, als verständnisvolles Gegenüber die Sachen aus einem herauszulocken. Man konnte gar nichts dagegen tun. Als ich darauffolgenden Tag nach Hause kam, rief er: „Wo kommst du her um die Uhrzeit?"
„Von draussen."
„Du darfst nicht so lange ausser Haus bleiben. Ich bin Araber. Du hast mich den ganzen Nachmittag mit einem anderen betrogen!"
Er war einfach immer zu Spässen aufgelegt.
„Schau mal, was ich dir gekocht habe!"
„Kürbisgemüse. Hmm, lecker. Und du, isst du nichts?"
„Ich esse woanders. Ich suche eine reiche Frau."
„Deshalb hast du eine Frau wie mich gefunden, die ohne Geld lebt."
„Eine ‚ohne festen Wohnsitz'."
Er umarmte mich.
„Pass auf, dass du dich nicht in mich verliebst. Ich bin gefährlich!" warnte er mich.

Mehdi spielte fast die ganze Zeit, die er zu Hause war mit seinem Handy, das ständig piepste, weil eine SMS nach der anderen ankam. Das auch vor dem Fernseher, der jeden Abend und auch manche Nacht hindurch lief. Da jemand anderer in seiner Zweitwohnung schlief, hatte er mich eingeladen, bei ihm auf dem Sofa zu übernachten.

An einem Morgen traf ich Momo, der sich gerade einen Kebab kaufte. Danach holte er sich seinen Kaffee aus dem Cybercafé.
„Ich verschicke gerade meinen Lebenslauf. Ich habe schon lange nicht mehr gearbeitet. Den ganzen November nicht. Im September/Oktober hatte ich einen klasse Job. So wie man ihn nur ein oder zwei Mal im Jahr kriegt. Aber ich bekam Ärger mit einer Frau. Es gab in dem Betrieb zu viele Frauen. Und eine regte mich dermassen auf, dass ich zu ihr ‚fuck you' auf französisch sagte und sie solle sich verpissen. Daraufhin wurde ich zum Chef gerufen, aber der verstand mich nicht und hat mir gekündigt."
„Ich war öfters bei dir an der Wohnung, aber du warst nie da."
„Es ist bestimmt drei Monate her, dass ich nicht mehr in der Wohnung war. Dort sieht es aus, als hätte eine Bombe eingeschlagen. Und die Kakerlaken sind handgross. Die Wohnung ist nicht gut. Sie ist verflucht. Alle Leute, die vor mir dort wohnten, haben Probleme bekommen. Bei einem ist der Fuss nun gelähmt. Ich hätte sie gar nicht nehmen dürfen. Es ist eine Falle.
Meinen Roller habe ich verkauft. Da ich nicht arbeite, brauche ich auch keinen Roller. Die Leute waren alle neidisch darauf. Sie sind sowieso auf alles neidisch. Neid und Eifersucht sind die grössten Übel unserer Zeit. Man sagt immer, Neid und Eifersucht könnten nicht töten, aber ich bin da anderer Meinung. Die Menschen sind böse, sehr sehr böse.
Jetzt wird es kalt und morgen soll es regnen. Gestern Nacht waren es drei Grad, davor die Nacht fünf Grad. Ich brauche einen neuen Schlafsack. Mein alter ist nicht warm genug für solche Temperaturen."

Eines Morgens ging ich mal wieder ins Vagabundencafé. Grégoire war da, wunderbar.
„Hab' dich schon lange nicht mehr gesehen."
„Ich bin jetzt nicht mehr hier. Bin in den Bergen."
„Und der Squat? Als ich das letzte Mal dort war, war ich alleine im Haus.

Monique und Sebastian waren nicht mehr da. Ich spürte, dass irgendetwas passiert war, wusste jedoch nicht was."
Er versuchte, es mir zu erklären, es war irgendetwas mit Sebastian und Leuten aus einer anderen Stadt, aber das entscheidende Wort hatte ich noch nie gehört und somit nicht verstanden.
„Es waren zu viele Leute dort. Mein Zimmer haben sie in Brand gesetzt."
„Was für ein Horror!"
„Die Leute sind blöd."
„Ich habe noch Sachen dort. Habe mich nicht getraut, nochmals hinzugehen."
„Die Sachen kannst du holen. Tagsüber, nicht nachts. Schlafen kann man dort nicht mehr. Tagsüber ist es ruhig. Gehe ruhig hin. Ich war seit Oktober nicht mehr dort."

Das tat ich am Nachmittag tatsächlich und war froh, darauf vorbereitet zu sein. Die Eingangstür stand offen, das Zimmer daneben war rabenschwarz; Überreste des Brandes lagen im Treppenhaus herum. Mein Zimmer im ersten Stock glich einem Schlachtfeld mit Scherben von Gläsern und eingeschlagenen Fensterscheiben überall und einer grauschwarzen Russchicht auf dem, was noch drinnen war.
Meine Sammlung von Plüschtieren war weg, meine beiden Taschen, die ich zum Second Hand Laden bringen wollte ausgeleert. Einzig einen Korb mit Klamotten hatten sie relativ unangetastet gelassen. Ich nahm ihn mit und verliess diesen unsäglichen Ort, nachdem ein Pärchen vorbeigekommen war, um sich die Sache anzuschauen.
„Hallo. Wir wohnen nebenan."
„Ich habe mal hier gewohnt, aber schaut, wie es jetzt aussieht. Ich weiss nicht, was passiert ist."
Endlich, nach über einer Woche hatte ich mal wieder Klamotten, um mich umzuziehen und die anderen Sachen zu waschen.

„Du hast einen Rock angezogen. Willst du mich verführen?" fragte Mehdi.
„Nee, wollte bloss meine Hose waschen…"

Dezember 18, 2009 - Freitag

Von Strand- und anderen Spaziergängen

Aktuelle Stimmung: heiter

Irgendwie war es Zeit für eine kleine Mehdi-Pause und so nahm ich den kleinen Rucksack von Julien, den ich mir geliehen hatte und machte mich auf den Weg in eine ungewisse Zukunft.

Am Abend traf ich Samuel am Wagen der Vagabundenversorgung, betrunken. Er stürzte sich gleich auf mich und nahm mich in den Arm.
„Michelle, ich fliege am 14. Dezember zurück nach Neu-Kaledonien. In einer Woche. Kommst du mit in die Herberge?"
„Ich weiss noch nicht, lass mal sehen."
„Haben Sie den Vagabundennotruf angerufen?", fragten mich die Ehren amtlichen.
„Nein, ich benutze kein Telefon. Das ist mein Problem."
„Da drüben ist eine Telefonzelle."
„Ich benutze generell kein Telefon."
„O.k., steigen Sie ein."

Es war der gleiche Ehrenamtliche, der mich letztes Jahr schon so mitgenommen hatte. Er hatte sich noch an mich erinnert. Grégoire war auch am Auto der Vagabundenversorgung, so betrunken wie ich ihn noch nie zuvor gesehen habe. Und das mit seinem Roller. Mit ihm ist er noch gefahren. Bei einem Teller Suppe vor der Herberge erzählte Samuel wirres Zeug. „Ich war bei dir im Squat um drei Uhr nachts. Mit Luc. Vor ein paar Tagen. Mit einem sooo langen Messer (er zeigte mit der Hand etwa dreissig Zentimeter). Ich wollte alle töten, die mich angegriffen haben. Die mir wehgetan haben. Doch sie haben alles kaputtgemacht. Verbrannt. Und in deinem Zimmer waren überall Glasscherben. Ich habe alles abgesucht nach ihnen. Doch niemanden gefunden ausser einem Mann. Dem habe ich das Messer an die Kehle gesetzt und gesagt, er solle sich nicht bewegen. Wenn er sich bewege, sei er tot. Er hat sich nicht bewegt, sonst wäre er tot. Du bist eine Freundin, oder?"

„Bin ich. Und meine Gitarre?"
„Die habe ich Freunden gegeben. Die haben mir auch wehgetan."

Am nächsten Morgen war er nüchtern. Wir gingen ins Vagabundenwohnheim und weil Samuel nett fragte, durften wir dort Kaffee trinken. Das ist keineswegs immer am Wochenende der Fall. Samuels Zimmerkollege begleitete uns, ein kleiner älterer Herr mit grauen Haaren und einer Baskenkappe.
„Er war ein wichtiger Mann in einer Automobilfirma", klärte mich Samuel auf.
„Ich bin jedoch seherisch veranlagt", sagte der Herr fast als Entschuldigung. Ich sah Monique und begrüsste sie mit: „Hast du also einen Platz hier gefunden!"
„Ja. Unser Squat ist ja futsch. Hast du deine Sachen geholt?"
„Ja, ich war dieser Tage dort und habe noch ein bisschen was mitgenommen, aber es war ein Horror. Weisst du, wer es war?"
„Ich glaube, es waren die Cousins von..."
„Mir war gleich nicht recht, als sie kamen."

Samuel kam mit mir auf einen Flohmarkt, auf dem ich meine gefundenen Sachen anbot - ohne den mindesten Erfolg. Just als ich anfing, ‚alles gratis' anzubieten und sich zwei Käufer für je einen Schal fanden, die mir einen und zwei Euro dafür gaben, kamen sie zum Aufnehmen der Personalien und zum Abrechnen. Ich sagte: „Ich bleibe nicht hier", womit sich der Herr zufrieden gab und weiterzog. Und ich machte die Flatter.

In einem Park assen wir, was sie mir am Abend zuvor gegeben hatten und ich hatte die glorreiche Idee, mit Samuel noch auf einem grösseren Flohmarkt vorbeizuschauen und am Fluss spazieren zu gehen. Der Flohmarkt war nicht weiter interessant, der Spaziergang dafür umso mehr. Wir sahen einen Graureiher, der nach Fisch suchte und setzten uns zum Beobachten in seine Nähe ins Gras. Er war nicht sehr scheu und blieb auch, als andere Menschen unweit an ihm vorbeiliefen. Später kamen noch ein paar Enten angeschwommen. Samuel hatte sich auf dem Weg eine Blase gelaufen und zog, wann immer es ging, seinen stinkigen Turnschuh aus. Ich zeigte ihm noch ein verlassenes Haus, das jedoch zum besetzen zu gross war und da sonntags der Bus nur einmal pro Stunde kommt gingen wir zu Fuss zurück in die Stadt.

Wir übernachteten wieder in der Vagabundenherberge. Ich wie gehabt im Einzelzimmer da keine andere Frau da war und Samuel bei dem älteren Herrn.
„Er darf nicht mehr in seinem Haus wohnen, wie ich das verstanden habe", erklärte mir Samuel. „Er hat nämlich 42 Katzen. Seine Nachbarn haben Anzeige gegen ihn erstattet. Gestern hat er sechs Packungen Brekkies gekauft. Und jetzt ist er irgendwie in dieser Lage."
„Ich habe ein grosses Anwesen", erzählte der Herr selbst. „Und ein grosses Haus in den Bergen. Eigentlich bin ich aus den Bergen. Ich bleibe zwei, drei Wochen hier, dann fahre ich wieder zurück."

Am Abend kam ein Typ mit schwarzen Lackschuhen, einem schwarzem Anzug und einer rollenden Reisetasche. Erst dachte ich: „Was macht der denn hier?", doch bei Tag besehen wurde mir (vor allem durch seine Zahnlücke) klar: das war ein Vagabund auf Geschäftsreise. Da konnte auch sein Anzug nicht darüber hinwegtäuschen. Zweifelsohne kam er aus einer grösseren Stadt.

Am anderen Morgen fasste ich nach dem Frühstück all meinen Mut zusammen und machte mich auf den Weg zu Julien. Die Fensterläden waren einen Spalt weit offen, also war er wach. Ich wartete in enormem Abstand und beobachtete die Eingangstür. Einmal war mir, als wäre er es, der herauskam und in eine andere Richtung ging. Ich wartete noch eine Weile, da ich mich ja auch getäuscht haben könnte, dann ging ich rein und holte eine ganze Hand voll Sachen. So das Wichtigste an Klamotten. Ich brachte alles in mein Versteck am verlassenen Grundstück. Dahin, wo mir der Daunenschlafsack entwendet worden war, den ich übrigens etwa einen Monat später im Vagabundencafé wiederfand und - nach Rücksprache mit einem Ehrenamtlichen - wieder an mich nehmen durfte. Woraufhin der ganze grosse Sack mit diversen Decken, die Samuel und ich letzten Winter dort gelassen hatten, verschwand.

Aber die Decken waren mir egal. Decken gab es überall zuhauf. Doch einen guten Daunenschlafsack nicht!
Ich hatte Samuel gefragt, ob er wisse, wer die Sachen genommen hätte, denn erst hatte ich ja ihn in Verdacht.
„Es war Pierre (der Portugiese, der nicht mehr mit mir spricht). Er nahm die Sachen für einen, der verletzt ist. Er hat in deinem Squat geschlafen. Pierre hat mir davon erzählt."

Mit einer Reihe von Sachen ging ich zu Mehdi. Er schaute auf mein Gepäck.
„Du kannst kommen, aber ohne viele Sachen. Nur das Nötigste: ein paar Socken und eine Unterhose. Es ist schon voll genug hier. Ich bin selbst am Aussortieren und habe am Samstag schon einiges weggeworfen. Sag mal, willst du nicht arbeiten?"
„Gegen Arbeit bin ich allergisch."
„Und wenn du etwas finden würdest, wo du gratis arbeiten kannst?"
„Ich würde anfangen, darüber nachzudenken. Wieso? Hast du eine Gratisarbeit für mich?"
„Ja, bei mir Putzen. Ich putze nämlich nicht gerne."
„Aber das mache ich doch schon."
„Aber das ist doch auch Arbeit."
„Nein, das ist keine Arbeit, das ist ein Vergnügen."

So ging ich am nächsten Tag los und brachte meine Sachen zu François. Bei ihm hatte ich mal ein paar Plastiktüten mit gefundenen Klamotten in einer Abstellkammer ausserhalb der Wohnung abgestellt, woraufhin er mir beteuert hatte, sie würden ihn nicht stören. Er war nicht da, aber die Tochter seiner Vermieterin öffnete mir die Tür und liess mich die Sachen austauschen. Das alte Zeug brachte ich - zur Wiederverwertung - weg.

Am nächsten Morgen fuhr ich wieder zu Julien, um weitere Sachen zu holen. Als ich kam, war er noch nicht wach. Erst einige Zeit später waren die Fensterläden offen. Ich wartete eine Zeit lang bis zwei Leute die Eingangstür hinauskamen, die er hätten sein können. Dann ging ich zu ihm

und öffnete die Tür. Er stand in seiner Unterhose im Badezimmer vor dem Spiegel und grüsste wie eh und je. Er setzte sich aufs Sofa.
„Kannst du Autofahren?"
„Kann ich, aber ich habe meinen Führerschein nicht bei mir, also wenn uns die Polizei anhält, könnte es Probleme geben."
„Es sind nur sieben Kilometer. Ich will ans Meer fahren und dort ein wenig Laufen. Kommst du mit? Dann würden wir mal etwas gemeinsam machen, einen kleinen Ausflug und für ein paar Stunden etwas anderes sehen."
„Jetzt gleich?"
„Sofort." Ich überlegte einen Augenblick.
„Also los, fahren wir."
Er hatte einen gebrauchten schwarzen Citroen gekauft. So sauber hatte ich noch selten ein Auto von innen gesehen. Wir fuhren ohne viel zu reden ans Meer. Die Sonne schien, es war ein herrlicher Tag. Am Strand angekommen, stellte Julien den Wagen an einer halb zerfallenen Strandhütte ab.
„Laufen wir ein Stück?"
„Laufen wir."
Wir waren weit und breit die einzigen Menschen; nur ein paar Reifenspuren deuteten auf weitere menschliche Wesen hin. Kleine Dünen trennten uns vom Hinterland. Vereinzelte angespülte Baumstämme ragten in die Gegend. Der Wind wehte von hinten und die Sonne war so warm, dass ich meinen Mantel auszog, den Julien über seinen Arm hing. Nach einer Weile stiessen wir auf drei Wagen mit Vierradantrieb: Angler, die die Flussmündung zum Angeln bevorzugten. Das Ganze war wie ein Traum, so unverhofft und plötzlich, ohne jede Vorwarnung: die Brandung des Meeres, der Wind und der fast menschenleere Strand. Wir liefen barfuss zurück.
„Im Sommer ist hier die Hölle los. Es sind Menschen überall. Du warst noch nie hier?"
„Noch nie."
Auf dem Rückweg fuhren wir ein Stück die Küste entlang. Ich war entzückt von der sich mir darbietenden Landschaft mit seinen Buchten, die in das Licht der untergehenden Sonne getaucht waren.

„Hast du es eilig?", wollte Julien wissen.
„Nein."
Er machte an einem Supermarkt Halt. Vor den Auslagen mit frischem Fisch blieb er stehen.
„Können Sie uns nicht eine Mischung für zehn Euro zusammenstellen?"
Der Fischereiverkäufer suchte ein paar Fische aus dem Angebot aus und liess sie in einer Tüte verschwinden.
„Was machen wir dazu? Du sagst gar nichts."
„Reis. Reis passt zu Fisch."
Ansonsten war ich wirklich sprachlos. Da war er wieder Julien, in all seiner Nettigkeit. Vergessen das, was das letzte Mal war. Bei ihm kochten und assen wir, bevor ich verschwand.
„Danke für das wundervolle Geburtstagsgeschenk. Heute ist es nämlich ein Jahr her, dass ich in diese Stadt kam. Ich komme ein anderes Mal wieder."
Ich traf ein paar Bekannte in der Stadt.
„Lass mich dir vorstellen: das ist eine Freundin aus Polen. Sie schreibt gerade ihre Doktorarbeit."
Die Polin erwiderte an mich gewandt: „Ich habe dich schon öfters gesehen. Einmal mit einem grossen pinkfarbenen Karton. Total pink. Ich dachte, du wärst eine Künstlerin und gerade auf dem Weg zu einer Performance..."

Januar 4, 2010 - Montag

Zehn Grad minus

Aktuelle Stimmung: heiter

Ich trampte zu Mona, diesmal in Zwanzig-Kilometer-Schritten. Als ich ankam, öffnete mir ihre Tochter die Tür.
„Hallo, ich bin Michelle, eine Freundin von Mona", begrüsste ich die mir etwas ungastlich dreinschauende Mittzwanzigerin. Mona kam sogleich.
„Du, wir sind gerade dabei, in die Stadt zu fahren, kommst du mit?"
Ich kam mit. Diesmal fand ich proteinreduziertes Diät-Katzenfutter. Eine ganze Packung.
„Was du immer findest... Du, ich muss dich morgen aber schon wieder auf die Reise schicken, da meine Tochter da ist. Sie möchte mit mir alleine sein. Wir sind gerade am Plätzchen backen. Das heisst, meine Tochter backt Plätzchen und ich Stollen und Schnitzbrot."
„Kein Problem. Damit muss ich rechnen, wenn ich unangemeldet komme."

Beim Weiterfahren hatte ich Glück: mich nahm ein älterer Herr ganze siebzig Kilometer mit. Ich war ihm dermassen sympathisch, dass er mich zum Mittagessen in ein Restaurant einlud: zu einer Riesenportion Hähnchen mit Pommes. Das war als Kind mein Lieblingsessen gewesen! Noch vor Einbruch der Dunkelheit war ich bei Valérie.

Die Tage bei ihr vergingen wie im Flug und ich machte nichts ausser Internet. Fast nichts, ausser hier und da mal einem kleinen Spaziergang. Einmal fand ich dabei einen riesigen Sack mit Klamotten. Einige Sachen für mich waren dabei: eine Jogging-, sowie eine Pumphose und diverse Schals.
„Tu, was du liebst und wenn du nicht tust, was du liebst, dann liebe, was du tust" zitierte Valérie ein scheinbar geläufiges französisches Sprichwort. „Meinen letzten Freund habe ich auf einer Konferenz kennengelernt. Er war im selben Hotel und sass am Tisch neben uns. Nachdem wir gegessen hatten, setzte er sich zu uns, um uns zum Kaffee einzuladen.

Am Ende hat er unser ganzes Essen bezahlt. Ich habe ihm danach geschrieben, dass es schön wäre, sich wiederzusehen und so hat es begonnen.
Er war als Kind von seinen Eltern verlassen worden, als achtes Kind. Mit drei Jahren. Das hat zu mir gepasst, denn meine Mutter hat sich nie um uns Kinder gekümmert und mein Vater hat die ganze Zeit an seiner Karriere gearbeitet. Meine Mutter wusste nicht, dass sie auch erzieherische Aufgaben haben könnte.
Über ein Jahr war ich mit ihm zusammen. Dann ist er gegangen und nicht mehr aufgetaucht. Ich habe ihm ein Gedicht zum Abschied geschrieben. Es ist einfach aus mir herausgeflossen. Von zwei Clowns. Dem grossen Clown und dem kleinen Clown. Die beiden Clowns hatten sich getroffen und miteinander Karten gespielt. Sie hatten beide nur Herzkarten, die sie ausspielten. Sie spielten und spielten.
Auf einmal tauchte auf einer Karte der Teufel auf und sie taten, als ob sie ihn nicht sahen. Und spielten weiter. Nur Herzkarten. Plötzlich tauchte der Teufel wieder auf und sie taten wieder, als ob sie ihn nicht sahen. Und spielten weiter. Doch dann, als der Teufel ein drittes Mal auftauchte, warf der grosse Clown die Karten hin, ging weg und liess den kleinen Clown alleine. Der kleine Clown war sehr traurig. Er sah sich dann in Ruhe das Kartenspiel an und entdeckte die Karte mit dem Teufel. Und als er sie herumdrehte, war auf der Rückseite eine Herzkarte.
Nun, der grosse Clown war er und der kleine Clown war ich. Ich habe ihm das Gedicht geschickt und er hat es auch gelesen, aber nicht darauf reagiert. Später erfuhr ich, dass er erwartete, dass ich zu ihm komme, aber das habe ich nicht getan. Ich dachte, er müsse zu mir kommen. So war es dann zu Ende."

Nach ein paar Tagen fuhr ich weiter in die höchstgelegene Stadt Frankreichs und kam genau richtig zum warmen Mittagstisch. Die Helfer waren neu, aber diejenigen, die ausser mir zum Essen kamen kannte ich schon. Am Nachmittag machte ich mich auf den Weg zwei Dörfer weiter wo mich Mona mit den Worten „diesmal gehst du aber hin" hingeschickt hatte. Es handelte sich um eine Gemeinschaft, die sie selbst einmal vor sechzehn Jahren besucht hatte. Mona war übrigens nicht die einzige, die mir von der Gemeinschaft erzählt hatte. Ein Typ, der mich beim Tram-

pen mitnahm kannte ihren Hauptsitz.
„Ich war mal dort, als ich eine Zeitlang herumgetingelt bin und habe es in guter Erinnerung. Aber dass sie hier sind, wusste ich nicht."

Da Montag war, hatten sie jedoch ihren Laden geschlossen und weil ich weit und breit niemanden sah und auch keiner auf mein Läuten reagierte, trat ich zu Fuss den Rückweg an. Ich ging einen verschneiten Waldweg entlang und musste feststellen, dass Schneespaziergänge glücklich machen können.

Auf der Hinfahrt hatte ich einen Aldi gesehen und so ging ich auf dem Rückweg schauen, ob sich dort etwas finden liesse. Und tatsächlich: es gab Bananen, Nektarinen und Pasteten mit Pilzfüllung, die mir der Herr im Vagabundenheim zum Abendessen warm machte. Er fragte bei der Gelegenheit:
„Und, arbeiten Sie?"
Ich schüttelte den Kopf:
„Eine wahre Vagabundin arbeitet nicht."
Er konnte sich nicht mehr einkriegen.
„Sie sind also eine Vagabundin?"
Ausserdem hatte ich eine Tüte mit diversen Mützen gefunden. Eine total bunte, südamerikanisch ausschauende Mütze setzte ich gleich auf. Leider war sie aus ganz dünner Wolle und hielt nicht sehr warm. Vor dem Spiegel probierte ich eine weisse Mütze mit zwei Bommeln aus.
„Wie der Weihnachtsmann", meinte der Herbergsvater.
Und „Schneewittchen" der Algerier, der ausser mir noch in der Herberge war.

„Heute Nacht waren es minus zehn Grad," liess uns beim Frühstück der Herbergsvater wissen.
Wenn ich abends gegen sieben noch herumstromerte, weil die Herberge erst um halb acht öffnete, zeigten die Thermometer an den Apotheken minus drei Grad. Das war schon etwas kalt für meinen Geschmack. Zu kalt.
Als ich am Morgen wieder um halb acht auf der Strasse stand, kam mir die glorreiche Idee, mich in den Bahnhof zu verkrümeln, um dort meine

Socken weiter zu stricken, während Züge ankamen und abfuhren. Ich war glücklich, im Warmen zu sein.

Beim Mittagessen war das Hauptgesprächsthema wieder die zehn Grad minus die letzte Nacht. Neben mir sass ein Langhaariger mit einem dünnen Pferdeschwanz, den ich letztes Mal beim Kaffeekränzchen gesehen hatte.
„Ah, du strickst Socken. Ich will auch welche. Ich habe Schuhgröße 38 – 40."
„Was, so klein? Das ist ja wie eine Frau!"
„Wie eine Frau, guck!"
Er streckte mir seine Füsse entgegen. Er war ja auch nur von kleiner Gestalt. Dafür umso netter.
„Kommst nachher rüber zum Kaffeekränzchen?"
„Glaub schon, mal sehen."
Ich kam tatsächlich und setzte mich neben ihn. Er sprach teils Spanisch, teils Englisch und Französisch.
„Vor vier Monaten bin ich auch mit dem Rucksack hier angekommen wie du. Und geblieben."

Mich zog es wieder zu der Gemeinschaft. Ein englisch sprechender Typ nahm mich mit. Mit „cool down, cool down" empfing er mich. „Wir fahren vorher noch beim Supermarkt vorbei, um etwas abzugeben und dann fahren wir dahin, wo du hinwillst. Ich bin aus Jersey."
„Jersey kenne ich nicht, ich kenne nur New Jersey."
„Ich bin aus Old Jersey. Das ist eine Insel im Atlantik."
„Sie gehöret aber sicher zu England."
„Nein, wir sind von England unabhängig."
Er setzte mich in dem kleinen Ort ab. Ich betrat den Laden und hatte kaum Zeit, mich umzuschauen, da kam eine Frau mit kurzen grauen Haaren und Silberblick herein. Ich streckte ihr meine Hand entgegen.
„Hallo, ich bin Michelle. Ich wollte mal eure Gemeinschaft besuchen und euch kennenlernen", stellte ich mich vor, obwohl ihr erster Blick schon alles verriet. Nämlich, dass ich hier nicht willkommen war.
An dem konnte auch das nachfolgende Gespräch bei einer Tasse grünem

Tee nichts ändern. Sie stellte Fragen über Fragen: wieso, weshalb, warum. Warum ich bei ihnen vorbeischaue, warum ich nicht vorher angerufen habe, warum ich nicht geschrieben habe, warum, warum, warum. Es war uferlos und ohne Sinn und Zweck, denn ich merkte alsbald, auch die anderen Menschen hier waren nicht nach meinem Geschmack. Es gab einfach nichts zwischen uns, kein dünnes Band der Sympathie oder sonstiges, das irgendetwas zu Formen bereit gewesen wäre – nichts ausser gähnender Leere, die durch Fragen gefüllt wurde.

Als ich feststellte, dass es keinen Sinn machte und ich den Heimweg, den Weg ins „Heim“ antrat, fiel mir auf, dass die ganzen Menschen dort in der Gemeinschaft alle todernst waren und dass kein einziger auch nur einen Augenblick gelacht hatte. Ich war froh, wieder auf der Strasse zu sein, in Freiheit. Wo ich schlafe, wollte sie wissen. Dies und das.

Es war mittlerweile dunkel geworden, den Weg kannte ich jedoch schon vom Vortag. Leider war ich für die Minustemperaturen nicht warm genug angezogen und so war mir kalt. Erst später im Supermarkt zog ich mir eine zusätzliche Garnitur an, dann ging's. Der Algerier in der Herberge sagte richtig: „Auch wenn du gescheit angezogen bist, es ist einfach zu kalt. Wenn du nicht arbeiten gehst oder sonstwas machst...“
Er hatte recht. Meine Ausrüstung war einfach nicht adäquat und so trat ich den Morgen darauf den Rückweg an, noch bevor die Sonne über die Bergkette kroch. Erst hatte ein Skilehrer Erbarmen mit mir, dann ein Tunesier, dessen Thermometer die Aussentemperatur anzeigte: minus sechs Grad. „Ach, deshalb war mir so kalt.“
Auf den Autoscheiben waren noch die Eisblumen. Nachdem wir uns eine Weile unterhalten hatten, meinte er:
„Ich habe eine Wohnung hier auf dem Weg. Für Freunde und Bekannte. Wenn du willst, kannst du dort übernachten und morgen nehme ich dich mit runter. Ich fahre nämlich in die Ebene. Ich gebe dir meine Telefonnummer und wenn du in der Scheisse steckst, rufst du mich an. Ich zahle dir auch gerne ein Zugticket. Mir hat auch schon einmal eine Frau ein Zugticket bezahlt, als ich in Schwierigkeiten war. Ich war nämlich selbst früher ohne Papiere und ohne alles. Letztens habe ich einen kennengelernt, der

kein Zuhause hatte. Ich habe ihn eingeladen, in der besagten Wohnung zu bleiben und er blieb eine Woche. Hast du gegessen? Wenn nicht, kaufe ich dir etwas."

Irgendwie fasste ich jedoch nicht so schnell Vertrauen zu ihm und so zog ich es vor, weiterzuziehen.

„Danke, es ist noch früh am Tag, wenn es bald dunkel werden würde, wäre es etwas anderes."

„Manchmal halten die Leute nicht an. Also, wenn du willst, rufe mich an."

Der Hunger liess mich bei einer Kleiderkammer nachfragen, wo ich was essen könnte.

„Das ist am anderen Ende der Stadt."

Die Damen zeigten mir den Weg auf dem Stadtplan. In der Tat war es gerade mal fünfzehn Minuten zu Fuss entfernt. Ich kam genau richtig. Mein Name wurde von einem Blonden, der deutsch sprach aufgenommen.

„Können Sie beim Abwasch helfen?"

„Klar doch."

Dann lud mich ein Armenier ein, mich im Speisesaal neben ihn zu setzen. Nach dem Abwasch, unterhielt ich mich noch mit einem Bewohner des Hauses.

„Wir wohnen auch hier und haben Regeln. Und wer sich nicht an die Regeln hält, der wird zur Strafe dahin geschickt, wo du gerade herkommst. Da gibt es keinen Ort wie hier, wo man sich tagsüber aufhalten kann und so kommen die Leute nach drei, vier Tagen reumütig zurück."

Ausserdem las ich in einem Zeitungsartikel, der an der Wand hing von einem Ort, an dem man bis zu drei Nächte übernachten konnte.

Ich bekam Lust, einen Tag dazubleiben. Am nächsten Mittag sollte es nämlich ein Weihnachtsessen geben. Ich ging in die Bibliothek bis sie schloss und dann zurück zum Wohnheim, wo ich beim Nachtempfang klingelte. Man hiess mich vor einem Büro auf einen Herrn warten. Dieser hatte viel zu tun. Er redete erst lange mit der Mutter von zwei kleinen Kindern, dann mit anderen Leuten. Schliesslich widmete er sich mir. Er war vom Vagabundennotruf. Der Zentrale.

„Heute Nacht wird es kalt. Zehn Grad minus."

Er nahm meine Personalien auf, fragte, woher ich komme und wohin ich gehe, notierte alles sorgfältig und liess mich weiter warten. Das störte

mich jedoch nicht im Geringsten. Ich war im Warmen und konnte meine Socken stricken, was wollte ich mehr? Nach zwei Stunden insgesamt kam er mit einer freudigen Nachricht:
„Ich habe ein Hotelzimmer für Sie."
Er erklärte mir den Weg und ich stiefelte hin. Auf der Hoteltreppe kam mir eine Frau vom Mittagessen entgegen. Es war weniger ein Hotel als eine Absteige, aber ich hatte ein ganzes Zimmer für mich alleine mit Dusche und WC auf dem Gang. Ein Fest.
Noch dazu war Auschecken erst um zehn Uhr. Nicht um halb acht. Ich nutzte es aus und schlief bis fünf vor zehn Uhr. Eigentlich hätten sie mich schon vorher wecken sollen...

Zum Weihnachtsessen waren die Tische wunderschön festlich gedeckt und das Essen war vom Feinsten: Garnelen, Jakobsmuscheln und Straussenfleisch mit Kroketten und als Dessert ein Eis! Dazu gab es einen Orangensaft, so gut wie ich ihn das ganze Jahr über nicht getrunken hatte.
Ich setzte mich zu einem englisch sprechenden Polen, der erst zwei Monate im Land war und kaum Französisch sprach, einem jungen Franzosen mit langen verfilzten Rastalocken und einem sehr zurückhaltenden Belorussen.
„Und du?", fragte Rastalocke, „bist du im Exil? Ich bin im Exil in meinem eigenen Land. Ich habe mir gesagt, ‚wenn der Präsident wird, dann gehe ich ins Exil' und er ist Präsident geworden. Dann habe ich es jedoch nicht so lange im Ausland ausgehalten."
Und der Pole: „In Österreich haben wir mitten im Zentrum der Stadt ein ganzes Wohnhaus squattiert. Das war klasse. Etwa zwanzig Leute. Ich blieb eine ganze Weile dort, doch dann dachte ich, ich wäre schon zu lange da und bin gegangen."
„Bei mir im Squat ist trotz Heizung das Wasser gefroren", gab abschliessend Rastalocke zum Besten.
Ich machte mich auf den Weg, denn es war schon spät geworden und ich wollte noch ein gutes Stückchen fahren. Ich stand ziemlich lange, bis mich ein Algerier auf Arbeitstour ein ganzes Stück mitnahm. Er setzte mich an der Autobahnauffahrt ab, wo ich wider Erwarten gleich Anschluss fand, direkt zu mir ‚nach Hause'.

Januar 6, 2010 - Mittwoch

Fröhliche Weihnachtszeit

Aktuelle Stimmung: ruhig

Als ich zu Mehdi kam, rief er vom ersten Stock herunter: „Wer ist es?"
„Michelle."
„Welche Michelle?"
„Die ältere."
„Ach nein! Heute wollte ich mit der anderen Michelle ein Dinner zu zweit veranstalten!"
„Kein Problem. Ich kann auch wieder gehen."
„Natürlich nicht. Schau, ein Freund von mir ist auch da. Das ist Michelle, meine Frau", stellte er mich vor. „Wir machen jeden Tag Liebe."
„Ihr macht jeden Tag Liebe?" fragte der schlanke tunesische Freund.
„Drei Mal am Tag: morgens, mittags und abends. Michelle ist Meisterin der indischen Liebeskunst. Wie heisst es noch?" - „Kamasutra."
„Im Kamasutra."
Wir redeten ein bisschen Smalltalk. Dann kam die andere Michelle mit ihrer Mitbewohnerin und Mehdi fuhr wieder ein leckeres Essen auf.
Am nächsten Morgen fragte er mich: „Warum arbeitest du nicht als Freiwillige bei einer gemeinnützigen Einrichtung und verlangst ein Zimmer für dich zum wohnen?"

„Ich reise zu gern, um einen derartigen Job zu machen. Und Leute, die so unregelmäßig wie ich da sind, können sie sicher nicht gebrauchen."
„Ehrlich gesagt würde ich gerne mit dir tauschen. Ich würde gerne einfach mit dem Rucksack herumziehen und reisen. Aber ich brauche ein Zuhause, wo ich meine Sachen lassen kann, wo ich ein Bett habe. Ich habe versucht, hier und da zu schlafen, aber das ist nichts für mich."
Dann ging ich zu François, wegen dem ich just zu diesem Zeitpunkt zurückgekommen war, weil ich vom Vorjahr wusste, er würde bald über Weihnachten und Neujahr verreisen.
„Du, es ist gerade eine Frau bei mir zu Besuch, die so lebt wie du. Sie hat auch kein eigenes Zuhause und zieht mit dem Rucksack umher, aller-

dings macht sie ‚long distance'-Touren. Sie war in Rom und Medjugorje. Sie wohnt seit ein paar Tagen hier und ist ganz glücklich darüber. Ich wollte gerne, dass du kommst, damit ihr euch kennenlernt. Jetzt ist sie nicht da, aber ich lade dich einfach morgen Abend zum Essen ein. Ich gehe mal davon aus, dass sie dann noch da ist. Sie redet allerdings ganz schnell. Ich muss jetzt aber weg; ich bin verabredet."

Am nächsten Abend ging ich zu ihm und lernte Dominique kennen. Sie redete wirklich sehr schnell, aber es war mir weitgehend möglich, sie zu verstehen. Ich merkte im Gespräch: sie war noch wesentlich extremer wie ich unterwegs.

„In Rom habe ich zwei Wochen fast gar nicht geschlafen. Ich habe niemanden gefunden, der mich beherbergt und bin von Kirche zu Kirche gezogen, auch nachts. Es gab keine billige Unterkunft für Pilger. Die Kirchen sind alle von der Polizei bewacht. Die Polizei ist sowieso fast überall. Sie haben mir sogar verboten zu Trampen. Das ist in Italien schlecht angesehen. Das wollen sie nicht. Medjugorje war da viel besser. Das war echt toll."
„Ich fahre am 23. Dezember nach Italien", liess mich François wissen. „Du kannst wieder hier wohnen. Müssen wir nur schauen, wie wir das mit dem Schlüssel machen. Mit Dominique musst du dich arrangieren. Du hast jetzt bloss nicht mehr das Alleinrecht."
Natürlich erzählte ich dem überaus neugierigen Mehdi davon.
„Dann kannst du ja dort übernachten."
„Nein, übernachten kann ich dort nicht."
„Wieso?"
„Weil es nicht geht. Es ist eine längere Geschichte."
„Versteh' ich nicht. Das musst du mir erklären."
„Ich hatte schlechte Träume, als ich das letzte Mal bei ihm schlief. Das möchte ich nicht wiederholen."
„Ich verstehe. Er hat eine schlechte Energie. Er ist negativ."
„Nein, das ist es nicht."
„Ach, du meinst, es gibt andere Wesenheiten, die dort wohnen?"
„Ja, genau."
„Hmmm, dann ist es mir klar."

Nach ein paar Nächten bei Mehdi schlief ich mal wieder in der Herberge. Diesmal zusammen mit einer Frau, die einen Piercingring in der Nase und lange braune, weitgehend verfilzte Haare hatte. Sie stank. Sie legte sich ohne ein Wort mit mir zu wechseln und ohne zu Duschen mitsamt ihren Schuhen ins Bett.
Als ich am nächsten Morgen im Vagabundencafé vorbeischaute, gab mir der Postdienst einen Zettel von Julien, der mich bat, wegen des Schlüssels bei ihm vorbeizuschauen und mich fragte, wie es mir ginge. Kurze Zeit später tauchte er auf.
„Hi, Michelle. Ich habe dich überall gesucht, sogar im Squat. Ich habe mir Sorgen um dich und um den Schlüssel gemacht. Man weiss ja nie, was passiert."
„Ich war in den Bergen, über eine Woche."
„Also ist es dir nicht schlecht ergangen?"
„Nein, gar nicht."
„Letzte Nacht haben zwei Leute bei mir geschlafen. Ich habe sie im Treppenhaus aufgelesen."
„Ich wollte jetzt gerade zu dir gehen. Ich habe deine Nachricht gelesen."
„Nur zu, du hast ja den Schlüssel. Ich bring dich mit dem Auto hin. Es regnet."

Ich holte ein paar Klamotten, die ich im Second Hand Laden abgeben wollte. Zurück im Vagabundencafé kam Luc, diesmal ganz in grün.
„Ich habe das Wochenende mit einem Freund am Wohnwagen verbracht.
Wir haben Feuer gemacht und die Heizung an, es war echt nett. Letztes Jahr habe ich den ganzen Winter dort verbracht, sogar ohne Heizung. Nur mit warmen Decken. Das ging auch."

Am Sonntag wollte ich mal wieder in den Gemeindebrief reinschauen, den ich seit geraumer Zeit zugeschickt bekam. Ich hatte Lust auf ein Konzert und es war darin eines angekündigt, ich wusste nur nicht mehr, wann. Das Konzert war vorbei, aber eineinhalb Stunden später gab es eine deutsche Messe im Haus des Seelsorgers. Ich trampte kurzerhand hin und machte sogar noch die Adresse in dem kleinen Dorf ausfindig, die im Gemeindebrief nicht angegeben war.

Nach der Messe gab es ein Abendessen und ich sass neben einer über achtzigjährigen Frau. Ich hatte den Pfarrer vorher das eine oder andere Mal gesehen und immer den Eindruck, er mochte mich nicht recht leiden, weil er im Gegensatz zu anderen Leuten mit mir immer nur kurz angebunden war.
„Haben Sie eigentlich einen festen Wohnsitz?", fragte er irgendwann.
„Nein, so was habe ich nicht."
„Wollen Sie an Heiligabend zu uns kommen? Wir feiern im kleinen Kreis. Es ist gar kein Problem. Ich muss es nur wissen."
„Warum nicht?", fragte ich mich und sagte kurzerhand zu.
„Dann fahren Sie nach der Messe an Heiligabend mit uns."
„O. k."
Die nächsten Tage ging ich zum Mittagessen in den „Sternenkeller", wo es über Weihnachten für eine Woche lang täglich ein kostenloses Menü für Alleinstehende und Vagabunden gab. Es war von den verschiedenen Kirchen organisiert.
Einmal lud mich ein Fred ein, bei ihm am Tisch zu sitzen, ausgerechnet da, wo der nicht-mehr-mit-mir-reden-wollende Pierre sass. Dann kam auch noch Ben, der mit den zwei Hunden, der mich aus dem Squat geschmissen hatte, an denselben Tisch. Zum Glück sagte zugleich einer zu mir:
„Hier sitzt meine Freundin!", denn so hatte ich einen Grund, aufzustehen und mich einen Tisch weiter zu setzen. Da war es ruhig, denn die anderen fingen gleich nach der Paella an, lautstark mit den Verantwortlichen zu diskutieren, lauter und immer lauter, allen voran Ben. Bis er auf einmal mit drei anderen aufstand und ging.
„Und du hast mich an diesen Tisch eingeladen, den schlimmsten von allen", beschwerte ich mich später bei Fred.
„Ich wusste, dass sie heute hierherkommen, um Stunk anzufangen. Ich weiss so einiges. Aber ich habe sie nicht gelassen. Ich habe aufgepasst wie ein Dobermann, dass sie meine Freunde in Ruhe lassen. Und das ist mir gelungen."

An Heiligabend war ich also mit noch fünf weiteren Gästen beim Pfarrer zum Abendessen. Es gab Langusten, die ich in meinem Leben noch

nicht gegessen hatte und Pute, neben diversen anderen Leckereien, nachdem wir um den Weihnachtsbaum herum ein paar deutsche Lieder gesungen hatten. Neugierig fragte mich der Pfarrer, wo ich schlafe und als ich um eine Antwort herumdruckste, begann er zu erzählen:
„Ich hatte einen guten Freund, den Martin. Er war ein Deutscher ohne Zuhause, den ich ganz am Anfang, als ich herkam, kennengelernt hatte. Er war oft in der gleichen Kirche, in die ich ging. Immer, wenn ich mit jemandem reden wollte, ging ich zu ihm. Er schlief auf einem Dachboden. Sein Schlafsack war nicht warm genug und so habe ich ihm einen guten Schlafsack besorgt.
Dann ist er ganz plötzlich gestorben. Er hatte ein Staatsbegräbnis. Die Kirche war voll. Ich habe die Messe gehalten. Er war sehr beliebt in der Stadt. Alle mochten ihn. Er war aus der DDR ausgereist und seine Frau mit seinen Kindern ist geblieben. Er hat in Westdeutschland eine zeitlang gearbeitet, doch dann seinen Job verloren und angefangen, zu trinken. Er hatte hier einen anderen deutschen Freund und man sah sie oft zusammen."

Der Zivildienstleistende fuhr uns zurück in die Stadt. Ich schlug den Weg Richtung Julien ein. Er sagte letztes Mal, ich solle nicht zögern, zu ihm zu kommen. Ich war mir jedoch die ganze Zeit nicht sicher, ob ich wirklich zu ihm gehen soll, da es sehr spät war.
Als ich am Vagabundencafé vorbeikam, hörte ich auf einmal Klaviermusik, die aus einem kleinen Wohnmobil herauskam. Ich schaute zum Fenster hinein und sah einen Pianisten am Klavier.
„Frohe Weihnachten", wünschte ich ihm. „Hey, ich habe dich dieser Tage mit deinem Klavier in der Stadt gesehen."
„Ja, ich habe vor ein paar Tagen im Zentrum gespielt. Und dann gestern im Vagabundenwohnheim und sie sagten mir, ich könne morgen hier duschen. Und du? Was machst du um diese Zeit in der Gegend?"
„Ich bin auf der Suche nach einem Stall."
„Gut, wenn du einsteigen willst, der Eingang ist hinten."

Er kam heraus, um mir bei dem etwas komplizierten Aufstieg zu helfen.
„Ich habe 1990 in Paris angefangen, auf der Strasse Klavier zu spielen.

Ich war der erste Strassenmusiker mit Klavier. Nach mir gab es noch andere. Ich habe es mir selbst beigebracht, als Autodidakt. Schau her, hier sind Zeitungsartikel."

So kam ich unverhofft zu einem Bett.

Januar 7, 2010 - Donnerstag

Zwischen den Jahren

Aktuelle Stimmung: aufgedreht

Beim nächsten Mittagessen im „Sternenkeller" sass ich neben Fred und seinem Freund, als Till reinkam und ein wenig Musik machte. Er setzte sich zum Essen zu uns, sprang aber immer wieder auf, um etwas anderes zu machen.
„Er ist in dich verliebt", meinte Fred, als Till weg war. „Sein Herz schlägt für dich. Ich spüre so was. Er hatte nur Augen für dich, als er reinkam."
„Ich weiss. Ich habe eine zeitlang mit ihm verbracht..."

Am Tag nach Weihnachten fuhr ich zu Mona. Als ich das letzte Mal weggefahren bin, sagte sie, zwischen Weihnachten und Neujahr wäre sie allein und das hatte ich als Einladung verstanden. Prompt war sie nicht da und ich kam diesmal nicht ins Haus, hatte sie abgeschlossen und dachte ich, die Tür vom Abstellraum zum Wohnzimmer wäre verriegelt, dabei war sie bloss schwer zu öffnen. Und ich wollte schliesslich keine Gewalt anwenden.

So setzte ich mich in den ungeheizten Abstellraum, die neue Küche, strickte und hörte ab und an ein wenig Radio. Zwischendurch tanzte ich dazu, damit es mir ein wenig wärmer wurde, denn die Kälte kroch mir langsam die Beine hinauf, obwohl ich sie in meinen Daunenschlafsack eingewickelt hatte. Ich fasste den Entschluss, am nächsten Tag zu gehen, weil es mir zu kalt war und ich keine Lust mehr hatte weder auf Kälte, noch auf Berge. Die Saison war einfach vorbei.

Mona kam um zwölf Uhr nachts, als ich es mir gerade im Auto ihrer Tochter gemütlich gemacht hatte, dessen Heckklappe offen war. Sie regte sich ziemlich auf, dass ich mich vor ihre Haustür hatte fahren lassen, was daher kam, dass ich so schwer beladen war, hatte ich so einiges an Fressalien mitgebracht, um nicht immer mit leeren Händen dazustehen. Das dürfe man bei ihr nicht tun.

„Ich habe immer zurückgezogen gelebt. Was geht es die Leute an, was ich hier tue? Dann wird wieder geredet. Und er könnte ja zurückkommen und schauen. Das ist, wie wenn in einer Herde ein neues Schaf dazukommt. Dann kommt Unruhe rein." Und und und.
Ich blieb am nächsten Tag noch bis nach dem Mittagessen. Die Zeit verging wie immer bei Mona wie im Flug. Sie hatte sich wieder abgeregt. Sie fuhr mich dann noch ein paar Kilometer weit und ich bekam direkt Anschluss.

Ich ging zu Mehdi. Dort war allerdings ein Ägypter zum Übernachten, so dass ich wieder von dannen zog.
„Zur Not kannst du aber auch hier übernachten, falls du nichts anderes findest. Mit mir auf dem ausklappbaren Sofa."
„O.k., wenn ich nichts anderes finde, komme ich wieder."
So wartete ich eine Weile auf den Wagen von der Vagabundenversorgung, dann wurde es mir zu bunt und ich ging Richtung Julien. Da kamen sie angefahren. Ich winkte.
„Warte", sagte einer zu demjenigen, der die Seitentür öffnete, um mich einsteigen zu lassen.
„Sie haben nicht telefoniert, oder?" rief eine der Frauen, die mich vom letzten Sonntag kannte, zum Fenster heraus.
„Nein, auf Wiedersehen", sagte ich nur und winkte zum Abschied.
„Kommen Sie?"
„Ich überlege es mir."
Gar nichts überlegte ich mir. Mit ihrer Frage war die Sache für mich gelaufen. Aber ich weinte. Ich weinte und weinte, alleine weil sie mir diese Frage gestellt hatte, wo sie doch wusste, dass ich grundsätzlich nicht telefoniere. Ich weinte noch, als ich den weissen Bus mit dem Musiker wieder vor dem Vagabundencafé sah. Ich durfte wieder bei ihm übernachten. Alles gebongt.

Als ich am Morgen im Vagabundencafé sass, sprach mich einer der Ehrenamtlichen nach dem Frühstück an.
„Michelle, da ist ein Deutscher, der weder Englisch noch Französisch spricht. Kannst du dich nicht mit ihm unterhalten und übersetzen?"
„Klar kann ich das."
Der Deutsche setzte sich mir gegenüber.

„Ach, gut dass du da bist. Ich kann mich nicht mit den Leuten verständigen. Ich spreche nur russisch und polnisch. Im Englischunterricht habe ich zu viel gefehlt. Ich bin Matthias. Ich habe mit 'nem Kumpel an der Küste Urlaub gemacht. Sie haben mich überfallen und mir alles geklaut: meinen Ausweis, meine Bankkarten und 2.300 Euro. Kannst du nicht mit mir mitkommen und übersetzen? Ich muss nebenan zur Vagabundenhilfe und zum Arzt."
„Kann ich machen."
Wir gingen erst zum Arzt und liessen uns auf die Warteliste setzen. Dann gingen wir zur Vagabundenhilfe. Dort telefonierte er mit dem Konsulat. Gleich mehrmals.
„Das Problem ist, dass mich meine Freundin, bei der ich gewohnt habe, abgemeldet hat, nachdem ich mich dreieinhalb Wochen nicht bei ihr gemeldet habe. Und jetzt habe ich kein Zuhause mehr in Deutschland und aus diesem Grund will das Konsulat mir nicht helfen. Sie wollen jetzt einen Bürgen, um mir das Geld zu geben, um nach Deutschland zurückzufahren. Trampen will ich nicht, ich bin verletzt. Sie haben mir mehrere Rippen gebrochen. Ich nehme Schmerzmittel. Ein paar Leute haben mich hierher ins Krankenhaus gebracht, nachdem ich vier Nächte auf der Strasse geschlafen habe. Dann schlief ich eine Nacht in der Herberge und schliesslich hat mir einer von der Vagabundenhilfe ein Bett im Wohnheim besorgt. Der einzige, den ich kenne, der als Bürgen dienen könnte, ist ein Rechtsanwalt und der ist bis 5. Januar im Urlaub. Bis dahin soll ich warten. Und wo soll ich jetzt schlafen?
„Fragen wir mal, ob du da bleiben kannst, wo du bist."
Er konnte problemlos zwei Wochen bleiben. Ich nahm ihn noch mit in den „Sternenkeller" zum Mittagessen. Till kam auch und fragte, wo ich schlafe.
„Ich schlafe überall, das weißt du doch."
„Bist du noch da, wo wir mal zusammen waren, mit dem kleinen Garten?"
Ich wusste nicht, wo er meinte.
„Nein, da bin ich nicht mehr."
Gespräch beendet.

Ich brachte Matthias nach dem Essen zum Bus und ging recht lange im Park spazieren. Es war allzu viel passiert die letzten Stunden. Als ich zu Mehdi kam, war der Ägypter immer noch da.
„Bleibst du heute Nacht hier? Wir schlafen zu dritt."
Irgendwie konnte mich die Aussicht nicht begeistern. Ich hatte kein Vertrauen in den Ägypter. Da zog ich lieber wieder mit dem Rucksack los. Ich schaute, ob der Pianist da ist, aber er war nicht da. So kam es, dass ich im Vagabundenwohnheim vorbeiging, um zu schauen, ob es sich eventuell dort übernachten liesse.
Ich hatte Glück. Es waren liebe Menschen da, die mich kannten und die für mich den Vagabundennotruf anriefen, was die Bedingung für die Aufnahme war. Zudem freuten sich alle, dass jemand zum Übersetzen für Matthias da war.
Ihn traf ich normalerweise beim Essen.
„Du weißt nicht, was ich alles mitgemacht habe. Mein ganzer Arm ist tätowiert, bis oben hin." Mit den anderen redeten wir übers Rauchen.
„Ich habe achtzig Zigaretten geraucht, im Knast. Ich war acht Jahre bei der Bundeswehr. Zwei Jahre im Irak. Das war noch besser als Afghanistan."
Dann zog er über die Araberin her, die traditionell angezogen war: mit einem rosaroten Kopftuch und einem langen schwarzen Kleid.

Schon nach zwei Tagen nervte er mich total. Noch Stunden, nachdem ich ihn traf, gingen mir seine Geschichten im Kopf herum. Ich hatte keinen Bock mehr darauf. Sollte er selber sehen, wie er zurechtkommt.
Was mir nicht gefiel: er hatte die Frau am Empfang der Vagabundenhilfe mit so ziemlich dem übelsten Schimpfwort beschimpft, das es auf Deutsch für Frauen gibt und nachher fragte er noch:
„Hast du die Hose gesehen, die sie anhat?"
Mir platzte der Kragen. Wenn er sich noch mit ihrer Hose beschäftigen kann...
„Es ist nicht gut, über Leute herzuziehen", entgegnete ich ihm.
Dann ging ich ins Internet und holte ihm zwei Mitfahrgelegenheiten heraus, eine von einem, der gerade in der Nähe losfahren wollte und eine für die nächsten Tage. Für 30 Euro. Das Zugticket, für das er den Preis ermittelt hatte, kostete 280 Euro.

„Aber wie soll ich das denn machen mit dem Geld?"
Da platzte mir zum zweiten Mal der Kragen.
„Da musst du dir halt was einfallen lassen. Es dem Fahrer danach schicken oder so. Du musst mit ihm reden. Er ist Deutscher. Wenn du dich zwei Tage auf die Strasse stellst und bettelst, hast du auch dreissig Euro."
Er besass dann noch die Frechheit, zu sagen: „Morgen früh brauche ich dich, um mit der Chefin vom der Vagabundenhilfe zu reden."
„Aber die Chefin spricht doch deutsch."
„Aber nicht fliessend. Da muss ich ganz langsam sprechen."
Da platzte mir zum dritten Mal der Kragen. Dass er keinen Respekt für mich und meinen Schlaf hatte. So lief es nicht! Jeder, mit dem ich danach über den Fall sprach, hatte Verständnis mit mir und stand hinter mir, egal, ob im Wohnheim oder im Café. Die anderen fanden ihn ebenfalls seltsam.

Eigentlich sollte ich im Wohnheim nach drei Tagen gehen, doch als ich mit Sack und Pack zum Empfang ging, um von dannen zu ziehen, meinte eine Freiwillige:
„Ich finde es nicht in Ordnung, dass Sie heute gehen müssen, wegen der Feiertage. Ich habe beim Vagabundennotruf angerufen. Es wurde verlängert. Sie können noch bis Montag bleiben."

Beim Abendessen zu Sylvester kam Matthias zu spät. Zuvor hatte einer der Verantwortlichen Teller an alle Anwesenden verteilt. Als sie dabei war, uns aufzutun, rief Matthias auf Deutsch zu seinen Nachbarn: „Ein Teller! Ein Teller!" Entnervt sagte ich: „Warten", woraufhin er mich entgeistert anschaute. „Warten" wiederholte ich mehrere Male, denn er sah mich an, als hätte er das Wort noch nie gehört.
„Die Teller kommen nicht angeflogen. Da muss sich erst einer darum kümmern."
Das Ganze war mir zu viel. Ich hatte die Schnauze wiederholt gestrichen voll. Für mich war er schlichtweg unmöglich. So verdünnisierte ich mich nach der Lachstagliatelle. Mir war es lieber, den Silvesterabend alleine zu verbringen, als in Gesellschaft.

Ich spazierte in die Stadt und traf den Rothaarigen, der mit seinem rollenden Schuh angerollt kam.
„Hey, Michelle, wo verbringst du den Abend?"

„Ich schlendere wie gewöhnlich alleine durch die Strassen. Das ist mir lieber als mit Leuten zu feiern, und du?"
„Ich verbringe den Abend alleine an meinem Platz im Park. Tschüss, bis nächstes Jahr. Und guten Rutsch!"
Nachdem ich ein bisschen herumgestromert bin, ging ich zu François, der mir den Schlüssel zu seiner Wohnung gelassen hatte für die Zeit, die er in Urlaub ist. Dominique war abgereist, um sich woanders um ihre in einer Garage eingelagerten Sachen zu kümmern und so hatte ich die Wohnung für mich alleine. Ich verbrachte kurzerhand den Rest des Abends im Internet. Es war wie eine Zeit der Zeitlosigkeit.
Was für eine Wohltat, nicht feiern zu müssen!

Januar 25, 2010 - Montag

Tunesische Hochzeit

Aktuelle Stimmung: ausgelaugt

Als ich zu Mehdi kam, sass er mit einer Algerierin Arm in Arm auf dem Sofa. Sie hatte einen Autounfall und ein Teil ihres Gesichts war vollkommen vernarbt. Obwohl sie recht mollig war, trug sie eng anliegende Kleider.

„Michelle ist meine Frau", stellte er mich vor. „Die erste. Mein Vater hatte drei Frauen. Im Islam kann man vier Frauen heiraten. Mein Vater war ein einfacher Bauer. Die erste Frau ging die zweite für die Hochzeit holen. Und die beiden zusammen holten die Dritte. Und alle drei waren damit glücklich und zufrieden. Wir waren 14 Kinder. Und ich bin ein bisschen wie mein Vater. Er war ein guter Hahn im Korb."

Als sein Freund Amar das nächste Mal da war, sprachen wir von dessen Hochzeit.

„Ich heiratete meine Cousine. Wir waren einander schon als Kinder versprochen. Eine arrangierte Hochzeit. Wir wohnten von klein auf nebeneinander, als Nachbarn. Mein Vater ging schon in den sechziger Jahren nach Frankreich, um zu arbeiten und meine Mutter blieb in Tunesien. Er kam nur ab und an zu Besuch und danach war meine Mutter immer schwanger. Dabei habe ich meine Eltern niemals alleine in einem Zimmer gesehen. Ich weiss nicht, wie sie das gemacht haben. Sie schlief bei uns Kindern. Wir acht und sie schliefen alle im gleichen Zimmer.

Ich wollte meine Cousine nicht unbedingt heiraten. Noch am Tag meiner Hochzeit rief ich meinen Vater an und sagte: ‚Du, ich will sie nicht heiraten.' Da antwortete er: ‚Tue mir das nicht an. Heirate sie. Wenn Du sie später nicht mehr willst, kannst du dich scheiden lassen'. Wir heirateten also. Bei uns stehen sie bei der Hochzeit mit Waffen vor der Tür und warten bis man mit einem Zeichen der Jungfräulichkeit der Frau aus dem Zimmer kommt. Man darf sich nicht zu lange Zeit lassen. Die Leute wollen ja nicht ewig warten. Die Mädchen sind jedoch alle darauf vorbereitet. Ein Mädchen, das nicht mehr Jungfrau ist, darf nicht im selben Dorf heiraten. Sie muss woandershin gehen."

„Das ist auf dem Land so, wo er herkommt," warf Mehdi ein. „In der Stadt ist es anders. Da gibt es solche Gebräuche nicht mehr. In der Stadt geht ein Junge, wenn er ein Mädchen heiraten will, ins Haus der Eltern und hält um ihre Hand an. Er hat das Recht zu sehen, ob das Mädchen behindert ist und sie hat das Recht, nein zu sagen."
„Und wenn man sich scheiden lassen will?", fragte ich die Beiden.
„Das ist im Islam relativ einfach", erklärte Mehdi. „Es ist natürlich gar nicht gut, sich scheiden zu lassen und man sollte es auf jeden Fall vermeiden. Aber es ist immer noch besser, als zusammenzubleiben, wenn es nicht mehr geht."
Tagsüber war ich oft in der Wohnung von François. Mehdi fragte immer wieder: „Und du kannst dort nicht übernachten?"
„Das habe ich dir doch schon erklärt. Es geht nicht."
„Hast du es nicht nochmal probiert,"
„Ich habe es nochmal probiert und die Bestätigung bekommen, dass es kein Platz für mich zum Schlafen ist."
„Ach so."
Das nächste Mal traf ich Mehdi vor seinem Haus auf der Strasse.
„Du, ich brauche diese Woche die Abende für mich, um ein bisschen zu mir zu kommen. Aber wo schläfst du denn dann?"
„Keine Ahnung, aber mach' dir keine Sorgen. Ich werde sehen, wo ich schlafe."
„Weisst du, das Mädchen, das letzthin hier war, wollte bei mir übernachten. Aber da bist du gekommen und dann wollte sie nicht mehr. Und bei ihr übernachten geht nicht, weil sie bei ihrer Mutter wohnt."

Eigentlich hatte ich Lust, zu verreisen, doch dann überlegte ich genauer. Hier hatte ich eine ganze Wohnung für mich alleine, war also den kompletten Tag versorgt. Woanders müsste ich erstmal sehen, wie ich klarkomme. Also blieb ich da.
Als ich am Abend bei Mehdi vorbeischaute war Amar zu Besuch. Sie assen die Austern, die Mehdi letzthin tonnenweise gefunden hatte.
„Da ist sie ja, deine Frau", rief Amar erfreut.
„Sie ist nicht mehr meine Frau. Wir sind geschieden. Amar hat ständig nach dir gefragt, wenn er kam. Du musst Amar heiraten."

„Genau. ‚Wo ist Michelle?' habe ich immer gefragt, denn vorher warst du immer da, wenn ich kam und plötzlich nicht mehr."
„Ich habe sie vor die Tür gesetzt," schob Mehdi hinterher.
„Ich habe zwei deiner anderen Frauen gesehen," meinte ich zur Aufmunterung.
„Ach, mit Frauen ist nichts mehr. Es gibt keine Frauen mehr."
Insgesamt stand Mehdi mir diesmal etwas ablehnend gegenüber. Er begann, sich über mich zu beschweren.
„Man darf ihr keine Fragen stellen und wenn man Fragen stellt, bekommt man keine Antwort. Sie will einem nicht erzählen, wo sie schläft, wenn sie nicht hier schläft..."
Dann klingelte sein Handy und er verschwand. Seit er diese algerische Studentin kennengelernt hatte und ich am Abend aufgetaucht bin, just als sie bei ihm übernachten wollte, war er einfach nicht mehr der Gleiche.

Ich machte mich auf die Suche und fand auch einen neuen Schlafplatz. Es war so wie der ältere Tscheche sagte, den ich in der Bibliothek traf: „Ich bin mittellos. Und jetzt schlafe ich im Keller oder auf dem Dachboden von Bürgerhäusern..."

Januar 27, 2010 - Mittwoch

Von Höhlen und anderen Menschen

Aktuelle Stimmung: vital

Ich schaffte es tatsächlich, die Stadt mal wieder zu verlassen, da es jetzt wieder geschneit hatte und ich einfach gerne in den warmen Süden reisen wollte, nach Spanien. Ich hatte die Schnauze voll vom kalten Winter. Den kleinen, bunt geschmückten künstlichen Tannenbaum brachte ich ins Vagabundenwohnheim, wo sie sich über das Geschenk freuten und mir einen Sandwich machten, da das Mittagessen gerade vorbei war. Den Armeeschlafsack liess ich in meinem Versteck und trampte los.

Ich fand zwei Lastwagen, die mich beide etwa hundert Kilometer mitnahmen und blieb die Nacht in einer Stadt, in der ich schon einmal vor längerer Zeit auf Durchreise war.
Ich lernte auf der Strasse einen Mann kennen, der mir erzählte, dass die Vagabundenversorgung am Bahnhof vorbeikommt. Im Bahnhof sass ein weibliches Wesen wie ich es noch nie zuvor gesehen hatte: ein richtiger älterer weiblicher Clochard. Sie trug diverse Pullover übereinander, darüber eine Strickjacke, darunter eine ausgefranste braune Hose und hatte sowohl einen Schal als auch einen Wollpulli um den Kopf gewickelt.

Die Vagabundenversorgung, die etwa eine Stunde auf sich warten liess, rief den Vagabundennotruf an und meinte, es gäbe ein Hotelzimmer für mich, wenn ich dort anrufe. Da ich jedoch nicht telefonieren wollte, fiel das Hotelzimmer flach. Dafür bekam ich eine Woll- und eine Überlebensdecke aus Aluminium, Suppe, Käse, drei Tafeln Schokolade und einen Kebab, den ich mit dem weiblichen Wesen gegen zwei Schachteln Schmelzkäse eintauschte, da ich gerade einen mitgenommenen Sandwich gefuttert und somit keinen Hunger mehr hatte.
„Zum Schlafen kenne ich einen Parkplatz mit Bänken oder eine überdachte Arkade", meinte sie, als ich ihr andeutete, ich würde mich auf die Suche nach einem Schlafplatz machen. Das war mir jedoch nicht attraktiv genug und so zog ich alleine von dannen. Und fand einen ganzen

Dachboden für mich nicht weit vom Bahnhof entfernt wo ich bis halb elf schlief.

Am nächsten Morgen sass das weibliche Wesen wieder auf dem Bahnhof und ich ass kurz etwas neben ihr, während sie alles Mögliche lautstark von sich gab, wie es sich für eine richtige Verrückte gehört. Dann fuhr ich weiter in die nächste Großstadt, stieg aus, lief um zwei Ecken, als mich ein Typ mit einem kleinen Hund ansprach.
„Was machst du hier? Tourismus?"
„Leben."
„Du bist gerade angekommen?"
„Genau."
„Das hier ist Babylon. Warum kommst du nicht mit ein bisschen raus aufs Land? Ich wohne dort zusammen mit Freunden in einer Höhle."
„Höhle? Das klingt fein."
„Ich will nur einen Verstärker für meine Gitarre kaufen. Dann fahre ich zurück. Kommst du mit? Da lernst du Leute kennen, die so leben wie du."
„Warum nicht?"
Eine Höhle bekam man nicht alle Tage angeboten... Ich fuhr mit, zuerst mit dem Bus, dann noch ein gutes Stück per Anhalter.
„Ich bin in Brasilien geboren, also eigentlich Brasilianer. Ich heisse George und du?"
„Michelle."
„Wie lange lebst du schon so?"
„Seit einem Jahr lebe ich ohne Geld und seit fünf Jahren reise ich fast ständig umher."
„Ich bin wie du mit dem Rucksack unterwegs. Lebe so seit 28 Jahren. War vierzehn Jahre in Brasilien per Anhalter unterwegs, im ganzen Land. Das ist etwas anderes wie hier. Dort ist es warm. Ich komme aus dem Süden Brasiliens. Meine Eltern waren Holländer. Aber ich spreche kein holländisch. Ich bin Gitarrist. Ich mache Musik auf der Strasse. Manchmal zusammen mit einem Freund. Heute Nacht schlafe ich im Wohnmobil eines Freundes. Er hat mir seinen Schlüssel gegeben. Da kannst du mit übernachten und morgen siehst du weiter. In einer kleinen Stadt in der

Nähe gibt es sogar ein Heim, wo man schlafen kann und einen Platz zum Frühstückten. Du kannst dann einfach die Gegend erkunden."

Nach der Ankunft gingen wir in die Dorfkneipe am Platz, wo diverse Freunde von George versammelt waren. Ein Engländer setzte sich zu mir. Er trug einen langen bunten selbst gestrickten Schal und eine Pudelmütze. „Meine Frau bekommt gerade ein Baby. Es ist mein drittes. Ich habe schon zwei," erzählte er mir. Als die Bar schloss, gingen wir noch kurz zu ihm, wo ich seine Frau kennenlernte, die sich jedoch bald zurückzog. Wir gingen zum Wohnmobil und ich machte es mir bei einer Kerze gemütlich während George nochmal zum Gitarre spielen verschwand. Draussen lag noch ein wenig Schnee.

Am Morgen verdünnisierte er sich wieder für eine Weile, dann kam er, um seinen Rucksack zu holen.
„Auf auf, ich will ja nicht den ganzen Tag am Wohnmobil verbringen. Ich gehe zum Duschen. Es gibt einen warmen Wasserfall am Fluss."
Ich ging mit. Wenn er lief, war er mir grundsätzlich um einiges voraus. Ich kam kaum hinterher.
„Es gibt zu viel Wasser im Moment. Man kann den Fluss mit kaltem Wasser nicht überqueren. Es ist nichts mit duschen. Da drüben ist die Höhle; du kannst dort hingehen und Leute kennenlernen. Wenn du mit mir zusammen bist, lernst du niemanden kennen. Mich hast du auch alleine kennengelernt. Ausserdem bin ich schnell und du langsam. Das nervt mich. Es regt mich auf. Das passt nicht zusammen. Ich habe viel zu tun. Ich mache die Dinge gerne schnell. Wenn ich sie langsam mache, habe ich das Gefühl, ich komme nicht voran."
„Bei mir ist es umgekehrt. Wenn ich schnell mache, habe ich das Gefühl, ich trete auf der Stelle."
„Ich mag dich gerne und habe dich mit hierher genommen, aber die Gegend musst du selbst erkunden."
„Dann gehe ich mal zur Höhle. Bis später."
Die Höhle war nur ein Felsvorsprung, gar keine richtige Höhle. Ich war enttäuscht. Ein Mann lag dort in Schlafsack und Decken gehüllt auf dem Boden.

„Hallo. Ich bin Michelle. George hat mich hergeschickt. Ich habe ihn gestern in der Stadt kennengelernt und er hat mich mitgebracht."
„Er war vorhin hier und hat mir von dir erzählt. Ich bin Olivier. Gehen wir ins Dorf einen Kaffee trinken."
Auf der Terrasse der Kneipe trafen wir George, den Engländer, eine Amerikanerin und einen Halbamerikaner neben diversen anderen lustigen Gesellen, lauter Hippies. George lud mich zum Kaffee ein. Dann gingen wir alle um die Ecke und setzten uns aufs Trottoir zum Sit-In. Der Halbamerikaner wohnte dort und brachte einen Campingkocher zum Kaffee kochen.
„Es gibt noch eine Höhle mit jungen Leuten weiter oben und noch andere Höhlen. Aber die Höhle der jungen Leute ist voll."
Als wir unseren Kaffee tranken, kam einer der Höhlenbewohner vorbei.
„Es gibt einen Platz bei uns. Wir sind vier und fünf passen bei uns rein."
„Es gibt einen Platz bei ihnen", rief George mir zu.
„Den würde ich mir gerne anschauen."
„O.k., ich komme gleich wieder vorbei und nehme dich mit."

Paul kam in Kürze und wir machten uns an den kurzen Aufstieg durch den Wald. Er war sehr schweigsam wie auch die beiden anderen, die nachkamen.
Diesmal war es eine richtige Höhle. Sie war der Hit. Genauso wie man sich eine Bleibe der Hippies in den sechziger und siebziger Jahren vorstellt. Mit einem aus einem Ölfass gefertigten Ofen in der Mitte, den Paul gleich anmachte, als wir ankamen.
„Vor ein paar Tagen war es minus zehn Grad und es hat vierzig Zentimeter geschneit. Aber wir haben ein grosses Feuer gemacht und so haben wir davon gar nichts gemerkt."
Zwei dicke Decken dienten als Türen. Einmal angekommen, wollte ich gar nicht mehr gehen. Das einzige Problem war, dass es in der Höhle nicht viel Licht gab, weder am Tage noch bei Nacht. Es fing bald, nachdem wir da waren, an zu regnen und hörte gar nicht mehr auf. Ich verkroch mich in die Hängematte bis die Tropfen sie zur Hälfte nass machten. In der Mitte neben dem Ofen bildete sich langsam eine dicke Pfütze. An anderen Stellen tropfte es in einem fort herunter.

„Wenn es lange regnet, steht hier alles bis auf die Schlafplätze unter Wasser."

Nach einer erstaunlich guten Nacht trotz zu kleiner Matratze und in die Pfütze gerutschten Klamotten fuhr ich mit drei Leuten im Auto in die Stadt. Einer davon war auf der Reise, wie ich.
„Du bist gestern mit den Jungen in die Höhle gegangen?"
„Ja, genau."
„Vorher haben George und Olivier dort gewohnt. Sie haben alles dorthin gebracht, was da ist, die Decken, das Geschirr und so. Vorher waren es zwei separate Räume. George hat den Durchbruch gemacht. Es ist fast die ganze Wand zusammengebrochen. Ich bin eine zeitlang mit ihnen dort geblieben. Dann kamen die Jungen und George und Olivier sind gegangen."
„Ich wollte im Vagabundencafé duschen."
„Dazu ist es nun zu spät. Sie schliessen um halb zwölf und jetzt ist es halb zwölf. Da bleibt nur der Solidaritätsladen, wo du hingehen kannst, aber nicht zum Duschen. Der ist über die Brücke und dann links."

Ich machte mich auf die Suche und mithilfe eines Postboten, der mir den Weg wies, fand ich den Solidaritätsladen, bloss war er geschlossen und es gab keinen Hinweis auf die Öffnungszeiten. Auf dem Parkplatz stand ein uralter Mercedes, in dem ein Kerl mit seinen zwei Söhnen wartete. So einen coolen Wagen hatte ich schon lange nicht mehr gesehen. Ich drehte noch eine Runde durch die Stadt und sammelte Früchte und Gemüse auf, als der Markt vorbei war. Bepackt trat ich den Rückweg an und suchte nach einem guten Platz zum Trampen. Auf einmal kam der blau-weisse Uraltmercedes vorbeigefahren und alle Insassen drehten sich nach mir um. Ich machte Handzeichen und er hielt an. Der Mann hinterm Steuer trug etwas längere blond gefärbte Haare und einen Vollbart.
„Willst du mitfahren?"
„Ja, klar."
„Auf der Reise?"
„Auf der Reise."

„Ich war auch unterwegs, drei Jahre lang. In ganz Europa. Mit meiner Gitarre. Ich bin Musiker. Seit vier Tagen habe ich nun eine Wohnung in einem Dorf hier in der Nähe."
„Und die beiden Jungs?"
„Die habe ich gerade aus dem Heim abgeholt."
„Wie alt seid ihr beiden?"
„Zwölf und vierzehn."
„Ein klasse Mercedes ist das."
„Aus den sechziger Jahren."
„Cool. Ich habe euch vor dem Solidaritätsladen gesehen."
„Wir dich auch. Wir haben zweieinhalb Stunden gewartet bis sie aufgemacht haben."
„Sie haben aufgemacht? Das wusste ich nicht."
„Willst du, dass ich dich hinfahre? Aber wo ich wohne gibt es auch einen Solidaritätsladen. Wenn du willst, fahre ich dich dorthin."
„Gerne."
„Wir laden erst die Jungs ab, dann gehen wir hin. Übrigens: ich bin Jil."

Mit „essen Sie alles?", wurde ich im Soli-Laden empfangen.
„Alles ausser Fleisch."
Innerhalb von zwei Sekunden war mein Karton voll. Mit Milch, Nudeln, Brot, Sardinen, Thunfisch, Joghurts und anderen Lebensmitteln. Schneller als ich gucken konnte. Ich war baff.
„Bitte schön."
„Danke."
„Trinken wir erstmal einen Kaffee bei mir zuhause. Magst du Kaffee?"
„Ja, sehr. Kaffee ist meine Schwäche."
„Sonntags ist Markt hier im Dorf. Der beste Markt der ganzen Region, wenn nicht von ganz Frankreich. Da kommen alle aus der ganzen Gegend und verkaufen, was sie produzieren. Lauter Alternative. Ausser wenn es regnet oder schneit. Letzten Sonntag ist der Markt wegen des Schnees ausgefallen."
Er hatte ein ganzes Haus mit drei Stockwerken.
„Wenn du willst, kannst du duschen und deine Sachen waschen."
Das liess ich mir nicht zweimal sagen. Für Stunden war ich im Bade-

zimmer verschwunden. Er brachte mir sogar einen Bademantel. Ich wusch die in die Pfütze gefallenen Sachen, die voller Lehm und nicht wiederzukennen waren.
„Du kannst alles über die Heizung hängen. Da trocknet es schnell."

Ich verteilte meine nassen Klamotten im ganzen Haus.
„Ich kenne dein Programm nicht, aber du kannst die Nacht gerne hierbleiben. Ich teile mein Bett mit dir."
„Die Einladung nehme ich gerne an."
Er begann, zu erzählen:
„Meine Mutter hat mich ausgesetzt. Ich war als Kind auf der Strasse. Da hat mich ein berühmter Clown aufgenommen und mir verschiedene Sachen beigebracht. So kann ich Jonglieren und Diabolo spielen. Ich habe auch oft auf der Strasse Drehorgel gespielt. Dann haben sie gedacht, das ist nichts für einen Jungen und mich für zehn Jahre ins Heim gesteckt. Von Beruf bin ich Schreiner. Aber ich kann alles, was mit Hausbau zu tun hat. Später war ich in einer Theatergruppe für ein Jahr. Wir sind erfolgreich aufgetreten, doch dann bin ich gegangen. Dann habe ich ein bisschen gezeichnet. Schau, der Jimmy Hendrix ist von mir.
Ich lebe in der Gegenwart und aus dem Moment heraus. Daraus entwickelt sich dann alles Weitere. Ich glaube an das Leben, die Wahrheit und die Liebe. Und ich lebe aus dem Herzen heraus.
Ich konnte schon vielen Leuten helfen. Leuten, die ganz inständig bettelten. Ich habe mit ihnen geredet und ihnen gezeigt, wie sie mit ganz einfachen Mitteln ein kleines Theaterstück aufführen können und die Leute unterhalten. Mein Mittel ist eben das Schauspiel. Spielst du Gitarre?"
„Ein bisschen."
Er drückte mir ein Instrument in die Hand und ich begann, ein wenig zu spielen.
„Gar nicht so schlecht. Es fehlt dir nur eine eigene Gitarre."
Er löste mich ab und spielte Musik aus den 60er Jahren. Lieder, die ich kannte.
Dann kam ein Freund von ihm mit seinem Sohn vorbei. Mit mittellangen Spaghettilocken, drei dicken Ringen an jeder Hand und einer schwarzen Lederjacke.

„Ich bin auch überall in der Welt herumgereist. Lange Jahre. Doch jetzt mit den Kindern muss ich dableiben. Aber in den Ferien, da kommen die Kinder zu den Grosseltern und wir düsen mit dem Motorrad herum, nach Portugal oder Italien."
„Wie Easy Rider."
„Wie Easy Rider."
Jil fuhr mich am nächsten Tag nach dem Mittagessen in mein nicht sehr weit entferntes Dorf. Der Grosse der beiden Söhne rief mir „bis bald" hinterher und winkte mir zum Abschied.
Am nächsten Tag ging ich nach einer weiteren Nacht in der Höhle auf den besagten sonntäglichen Markt. Leider hatte es in der Nacht geregnet, so dass nicht sehr viele Stände da waren. Ich traf ein paar Leute, die ich kannte. Olivier spielte Gitarre. Ich gesellte mich zu ihm, nachdem ich kurz bei Jil vorbeigeschaut und das ganze Haus aufgeweckt hatte.
„Ich habe gestern Nacht im Nachbardorf ein Konzert gegeben."
„Und, waren viele Leute da?"
„Ja, sogar einer, der bei Madonna mitgespielt hat."

Zum Treffen von Leuten taugte der Markt, zum Kennenlernen jedoch weniger. Ich entschied mich zurück zu laufen, zumindest einen grossen Teil der Strecke bis mich einer die letzten Kilometer mitnahm.
Als ich zur Höhle zurückkam, war Paul gerade am Kochen.
„Du machst dir aber eine Arbeit", bemerkte ich mit erstauntem Blick in die Töpfe.
„Wenn wir schon in einer Höhle wohnen, wollen wir wenigstens gut essen. Ich will ein paar Teigtaschen machen. Mit Gemüse. Magst du Gemüse?"
„Ja, sehr. Hast du Kochen gelernt?"
„Meine Eltern haben beide gearbeitet, da musste ich früh lernen, mir wenigstens das Essen warm zu machen und mal das eine oder andere zu kochen. Ich habe es mir selbst beigebracht, indem ich das nachgemacht habe, was ich bei anderen gegessen habe. Ich bin im Februar letzten Jahres hierher gekommen. Ich lebe ohne Geld."
„Was, du auch? Du bist der erste in Frankreich, den ich treffe, der ebenfalls ohne Geld lebt."

„Ich kenne noch andere, vor allem junge Leute, die nicht das ‚Minimum' kriegen. Ich bin zweiundzwanzig. In dem Jahr hier habe ich gelernt, in der Natur zu leben. Doch langsam möchte ich gerne ein wenig Reisen und andere Kulturen kennenlernen. Am liebsten Südamerika."

Es schmeckte lecker. Einer der drei Jungen war krank; er hatte sich eine Grippe zugezogen und hustete vor allem nachts unaufhörlich. Er kam mit seinem Hund.
„Louis hat heute Geburtstag. Er hat zu viel getrunken und ist im Wald eingeschlafen. Er hat sich auf dem Weg verirrt", klärte mich Paul auf. „Aber er wird schon aufwachen, wenn ihm kalt ist."
Einer von Louis beiden Hunden kam zuerst und Stunden später kam er selbst.
„Ich hatte keine Taschenlampe und so habe ich den Weg nicht gefunden..."

Februar 1, 2010 - Montag

Long way back from Hippieland

Aktuelle Stimmung: erfreut

Ich wollte mal wieder ins Vagabundencafé zum Frühstücken und Duschen. Der zweite, der mich mitnahm, fuhr erst in den Ort, in den ich wollte, aber anschliessend noch weiter in eine mittelalterliche Stadt.
„Oh, da würde ich aber gerne mitfahren."
„Du kannst gerne mit mir mitfahren und danach bei mir duschen."
„Prima."
„Ich habe ein Haus in einem Dorf in der Nähe, das ich mit meiner früheren Freundin zusammen gekauft habe. Danach haben wir uns allerdings getrennt."
Ich frühstückte rasch im Vagabundencafé, bevor es weiterging.
„Hier in der Stadt ist ein grosses psychiatrisches Krankenhaus. Viele Jungen sind kaputt. Doch sie bevorzugen es, sie in der Psychiatrie zu belassen, als dass sie sich gegenseitig kurieren."
Wir picknickten bei herrlichstem Wetter in einem Park am Fluss mit Blick auf die mittelalterliche Stadt.
„In dem Dorf, in dem du bist, waren warme Quellen. Es kamen viele Leute deswegen, vor allem junge Leute in Wohnmobilen. Doch der Bürgermeister war dagegen und tat alles, um die Quellen zu schliessen. Sie mussten sich echt was einfallen lassen und so leiteten sie das warme Wasser mitten in den Fluss. Jetzt ist es gar nicht mehr so einfach, sich zu waschen. Es gibt nur noch die warme Dusche, bei der man durch den Fluss laufen muss. Ich muss mein Auto anmelden. Treffen wir uns in einer Stunde am Auto wieder."
Ich schlenderte ein wenig durch die Strassen und wartete eine Weile auf ihn.
„Es dauerte etwas länger. Es gibt jetzt neue Nummernschilder. Eines für das ganze Leben. Man wechselt sie nicht mehr, wenn man ein neues Auto kauft. Früher, als ich jung war, hat man die Strafzettel, wenn man kein Geld hatte, einfach weggeworfen. Sie konnten gar nichts machen. Doch das geht jetzt mit den neuen Nummernschildern nicht mehr. Big brother ..."

Bei ihm zu Hause duschte ich erstmal, während er eine Bohnensuppe und einen Kräutertee kochte.
„Wie lange habe ich schon keinen Kräutertee mehr getrunken! Der ist wirklich rar in Frankreich. Dabei ist es die einfachste Sache der Welt."
„Du kannst hier übernachten. Da ist eine Matratze. Du kannst dir aussuchen, ob du hier oben schläfst oder unten bei mir im Zimmer."
„Oh, fein. Ich glaube, ich bleibe hier oben."
„Ich arbeite als Gärtner oder beim Bau von ökologischen Häusern. Quasi überall in Frankreich. Ich habe einen siebenjährigen Sohn, der mit seiner Mutter in einer anderen Ecke von Frankreich wohnt. Dort fahre ich oft hin. Die letzte Zeit bin ich meistens dort und wohne bei Freunden. Und das schon seit drei Jahren. Jetzt habe ich den Bus gekauft, um darin zu übernachten. Hier bin ich nur zeitweise und wenn ich nicht da bin, wohnen Freunde bei mir und kümmern sich um die Pflanzen und um die Post."
Nach der Bohnensuppe kam er auf die Weltgeschichte zu sprechen.
„Europa gehört eigentlich den Amerikanern. Sie und die Engländer fühlten sich als Sieger nach dem zweiten Weltkrieg. Sie wollten am liebsten Frankreich unter den Tisch fallen lassen, doch das hat de Gaulle nicht zugelassen. Doch Churchill und Roosevelt haben zusammen Europa kreiert, um es relativ handlungsunfähig zu machen."
Ich schaute ihn fragend an.
„Stell' dir vor, ich habe ein Loch im Dach. Ist es mein Haus, dann gehe ich hoch und repariere es. In Kürze ist das erledigt. Gibt es jedoch viele Besitzer in einem Haus, dann muss erst mit allen darüber gesprochen werden und die Reparatur zieht sich eine Ewigkeit hin. Genau so ist es mit Europa. Jetzt sind fünfzig Jahre vorbei und die Archive wurden geöffnet und es wird allgemein bekannt."
Am nächsten Morgen kam er zu mir, um sich zu verabschieden.
„Ich gehe schon, sonst wird es zu spät. Mache einfach die Tür hinter dir zu, wenn du gehst. Falls du den Tag hier verbringen willst, kannst du gerne bleiben. Mach, wie du fühlst."
So spielte ich auf der Gitarre seines Freundes und ging am Nachmittag nach einer kleinen Putzaktion ein wenig spazieren. Bloss, als ich zurückkam, war die Tür abgeschlossen und meine Sachen waren im Haus. Auf mein Klopfen reagierte niemand.

So lief ich die zwei Kilometer zu Jil, der beim zweiten Anlauf da war und gerade Klamotten sortierte.
„Du kommst gerade richtig. Ich habe Kleider für dich. Schau dort."
Er hatte kistenweise Zeugs und es war einiges für mich dabei. Ich wurde komplett neu eingekleidet.
„Isst du mit uns? Komm, iss mit uns."
„O.k."
„Magst du hier übernachten?"
„Ich habe noch Zeugs im Nachbardorf wo ich gestern übernachtet habe."
„Das können wir holen."
Wir fuhren rüber, aber mein Gastgeber war immer noch nicht da. Ich überlegte, was tun. Dann schaute ich, ob ein Fenster offen war und siehe da, ich hatte Glück. Ich stieg durch das Fenster ein und holte meine Sachen.
„Du kannst morgen bei der Gemeinschaft vorbeischauen. Ich habe ihnen von dir erzählt und sie werden dich empfangen."

Also schaute ich am nächsten Morgen dort vorbei und unterhielt mich mit dem Verantwortlichen.
„Wir sind ein Verein, der die Gründung eines Ökodorfes initiiert. Wir suchen noch nach einem Grundstück. Wir laden Leute für Vorträge ein. Mit dem Eintritt können wir jedoch gerade einmal die Spesen decken, aber nicht die Miete für das Haus zahlen. Wenn du etwas anbieten willst... Wir haben mehrere Behandlungsräume. Im Büro gibt es Internet. Komm, ich zeige dir das Haus."
Er führte mich durch zwei Stockwerke.
„Ich beherberge nämlich auch Leute. Aber die kümmern sich nicht besonders um das Haus. Das Problem ist: keiner fühlt sich so recht verantwortlich. Du kannst jederzeit wiederkommen. Einfach klingeln."
Als ich zu Jil zurückkam, war er gerade am Gehen.
„Du kannst zum Campingplatz gehen, auf dem ich zwei Monate war. Vielleicht kannst du dort etwas tun: Saubermachen..."
Er setzte mich in strömendem Regen am Campingplatz ab, aber ich hatte gar keine Lust, irgendwo irgendetwas zu tun. Ausserdem war ich besorgt um meine Sachen, die ich in der Höhle gelassen hatte. Immerhin

war die Höhle bei Regen zu zwei Dritteln nass. So fuhr ich zurück und ging zur Höhle. Erst war ich allein, dann kam ein Seemann, der für eine Woche in der Gegend war und in der Höhle übernachten wollte.
„Es müsste gehen. Einer hat mir gerade erzählt, dass er woanders schläft. So ist ein Platz frei."
Der Kranke, der woanders schlafen wollte, kam mit einem Freund vorbei, um seine Sachen zu holen. Sein Freund erzählte:
„Sie haben gestern in dem kleinen Lebensmittelladen im Dorf eingebrochen. Jetzt meinen sie, wir die nicht arbeiten, waren es. Sie wollen die Höhlen zumauern. Doch es war keiner von uns. Dessen bin ich mir sicher. Wir brauchen den Lebensmittelladen. Und wir bekommen unsere Lebensmittel kostenlos woanders her. Von den Solidaritätsläden nämlich. Mir scheint, das wurde so organisiert, um einen Grund zu haben, uns aus den Höhlen zu vertreiben."
„Das hört sich für mich auch so an", pflichtete ihm der Seemann bei.

Die Jungs dampften ab und ich begann, etwas Holz zu sägen, wozu mir der Seemann netterweise zu Hilfe kam.
Am Abend unterhielt ich mich mit Paul über die Schliessung der Höhlen.
„Ach ja, das war letztes Jahr, bevor ich kam, auch so. Einer hat sieben Jahre in der Höhle gewohnt, aber sie wollten das nicht mehr und haben alle Leute, die in der Höhle waren, vor die Tür gesetzt. Der Besitzer selbst ist einverstanden, dass wir hier sind, aber nicht dauerhaft. Er sieht es wie eine Schutzhütte für Leute, die vorbeikommen so wie du beispielsweise."
Am nächsten Morgen fuhr ich mit dem Seemann im Auto zu einer grossen verfallenen Burg in der Nähe. Wir hatten herrliches Wetter und eine phantastische Sicht auf die umliegenden Berge.
„Ich möchte hier in der Burg übernachten."
Er zeigte mir zwei überdachte Räume. Mir war es hier einfach zu kalt und ungemütlich.

Er fuhr mich noch bis zum nächsten Dorf, von wo mich eine Dame für ein paar Kilometer mitnahm. Von da ab lief ich zu Fuss. Es kam einfach kein Auto vorbei. Ich lief und lief. Zwei Stunden später erreichte ich das nächste Dorf. Zwei Männer mit Schlips und Krawatte kamen aus dem Rathaus und stiegen in ein Auto ein. Ich wusste schon vorher, dass sie mich nicht mitnehmen würden. Ein Schild zeigte mir die Anzahl der noch fehlenden Kilometer: 18. Und wieder kein Auto weit und breit, das in meine Richtung fuhr.

Endlich, als es schon dämmerte, kam eine Frau und nahm mich mit, eine Deutsche.
„Ich wohne seit 38 Jahren hier. Ich bin Bäuerin. Aber es ist nicht gerade eine dankbare Region. Sie eignet sich nur für Viehzucht. Und damit ist noch keiner reich geworden.
Meine Kinder gingen hier zur Schule. Alle in eine Klasse; fünf Altersklassen. Der Lehrer kam um sechs Uhr morgens, um den Unterricht vorzubereiten. Doch das war super. Die Kinder lernen so viel mehr, als in einer Schule mit getrennten Altersklassen. Zum einen lernen sie soziales Verhalten: die Älteren lernen, in den Pausen den Jüngeren die Gummistiefel an- und auszuziehen, und die Kleinen lernen, auf die Grossen Rücksicht zu nehmen und still zu sein, wenn diese lernen müssen. Ausserdem lernen die Kinder, sich trotz eines gewissen Geräuschpegels zu konzentrieren, was ihnen später wiederum zu Gute kommt. Ich bin richtig froh, dass meine Kinder auf eine sogenannte Zwergschule gegangen sind. Manchmal hat das Leben auf dem Land auch Vorteile. Auf den weiterführenden Schulen hat sich gezeigt, dass die Schüler von Zwergschulen besser lernen und mitkommen, als die Schüler getrennter Altersklassen. Und das trotz der allgemeinen Entwicklung hin zur Schliessung und Zusammenlegung von Schulen und Trennung in Altersklassen."

Am Abend nervte mich Louis mit seinen Hunden. Als ich rausging, um mir die Zähne zu putzen, hörte ich einen weiteren Hund, der bellend näherkam. Angesichts der Dunkelheit war es mir etwas unheimlich. Ich war froh, als sich das Bellen entfernte. Dann jedoch liefen beide Hunde heraus, um sich der Sache anzunehmen. Als einer der Hunde zurückkam, bekam er ein paar heftige Schläge in die Rippen verpasst, woraufhin er aufjaulte und in die ihm zugewiesene Ecke verschwand. Auch sonst wurde der arme Hund bei jedem kleinsten Aufjaulen beschimpft.

Der zweite Hund legte sich mir nach seiner Rückkehr zu Füssen, dabei war meine Matratze für mich schon viel zu klein. So schön die Höhle war: die Hunde und deren Besitzer hatte ich so langsam satt.
Am letzten Morgen gingen die Jungen alle früh weg und ich war glücklich, allein in der Höhle zu sein. Ich nutzte die Zeit, um etwas sauber zu machen. Dann setzte ich mich in die Sonne, bis sie hinter den Bäumen verschwand. Ich ass noch etwas zu Mittag, bevor ich mit Sack und Pack den Rückweg antrat. Auf der Terrasse der Dorfkneipe sassen ein paar bekannte Gesichter. Fast alles Hippies und Alternative in mehr oder weniger starker Ausprägung. Einer trug einen roten Bettüberwurf wie die tibetischen Mönche um einen Arm gewickelt.

Ein paar Leute fuhren mit ganzer Mannschaft mit einem uralten Wohnmobil in Jil's Dorf und nahmen mich mit zum Solidaritätsladen, wo ich eine zeitlang wartete und dann ging. Ich machte es mir auf meiner Unterlegmatte in der Sonne gemütlich und ging ein wenig spazieren, um es dann bei Jil zu probieren. Das Haus war offen, aber auf mein Klingeln reagierte niemand.
So stellte ich mein Zeug ab und drehte noch eine Runde, bis ich erneut sein Haus betrat. Die Kinder kamen kurz darauf und meinten, er wäre da.
„Ich habe dein Klingeln nicht gehört", begrüsste er mich. „Du, ich kann dich heute gar nicht empfangen. Ich erwarte Gäste, fünf Leute, die von weither angereist kommen. Gehe doch zur Gemeinschaft und wenn da keiner ist zum Campingplatz."

Bei der Gemeinschaft war niemand, dafür kreuzte ein Typ meinen Weg, der mir zurief: „Dich habe ich vorhin am Solidaritätsladen gesehen!"
„Ja, da war ich."
„Wo gehst du hin?"
„Weiss ich auch nicht. Da wo ich hinwollte, ist niemand da und wo ich übernachten wollte, geht es nicht, weil fünf Leute zu Besuch kommen."
„Was machst du jetzt?"
„Keine Ahnung."
„Das nervt mich aber, dass du nicht weisst, wo du schläfst."

Er überlegte eine Weile, dann meinte er: „Du kannst mit mir mitkommen und bei meinem Bruder schlafen, wenn du Laufen kannst. Es ist eine dreiviertel Stunde zu Fuss."
„Laufen ist kein Problem."
„Also gehen wir. Es freut mich sehr, deine Bekanntschaft zu machen. Ich könnte das nicht, so leben wie du, dass ich nicht weiss, wo ich schlafe. Ich habe ja selbst keinen festen Wohnsitz, aber ich wohne bei meinem Bruder. Ich bin bloss wegen einer Dose Bier hierher gekommen. Ich laufe den Weg jeden Tag. Du, ich nehme dir deinen Rucksack ab. Oh, der ist aber bequem."
„Habe ich geschenkt bekommen, von einem Freund."
Julien hatte ihn mir zu meiner grossen Freude geschenkt.

Ein Stück des Weges gab es nicht einmal eine Strassenbeleuchtung. Wir waren mitten auf dem Land.
„Hier wohnen viele alternative Leute, wie du."
Wir kamen in sein Dorf.
„Dieses Haus gehört Engländern und das auch. Und wenn ich etwas mieten will..."
Wir betraten ein wunderschönes Haus.
„Mein Bruder arbeitet auf dem Bau. Er hat alles hier selbst renoviert. Auch wenn er hier wäre, hätte er nichts dagegen, dass du hier schläfst. Da bin ich mir sicher. Er vertraut mir. Ich bin schliesslich sein Bruder. Magst du etwas Brot essen?"
„Gerne."
Er toastete mir zwei Baguettehälften, die ich mit gesalzener Butter ass. Dazu trank ich heissen Kakao aus der Milch, die ich mitgeschleppt hatte, eigentlich, um sie Jil für die Kinder zu geben, aber das hatte ich in all der Aufregung vergessen.
„Wenn ich mich schlecht fühle, dann denke ich an all die Leute, die auf der Strasse leben. Dann geht es mir sofort besser," sagte er vorm Schlafengehen.

Am nächsten Morgen düste ich nach dem Frühstück los.
„Ich bin froh, dass ich dich kennengelernt habe", versicherte er mir zum

Abschied. „Ich hoffe, wir sehen uns wieder. Vielleicht an einem Sonntag auf dem Markt."
„Bestimmt. Ich bin mir sicher, ich komme zurück."

Ich trampte mit diesem und jenem bis kurz bevor es dunkel wurde in Richtung frühere Wahlheimat. Bei meinem Rundgang durch die Gassen einer mir noch unbekannten Stadt, traf ich auf einen älteren Marokkaner, der mich zu sich zuerst zum Kaffee und dann zu Hähnchen mit Kartoffeln einlud. Ich hätte auch bei ihm übernachten können, aber er war mir zu aufdringlich. Als ich weiterzog, sprach mich ein Algerier an, der mir versicherte:
„Ich lade dich ohne Hintergedanken ein. Ich bin selbst schon in einer solchen Situation gewesen und durch ganz Frankreich gezogen. Damals haben mir die Leute geholfen und jetzt helfe ich den Leuten. Komm mit, ich wohne nicht weit weg von hier. Ich arbeite nicht mehr. Ich bin in Rente."
Wir wuschen sogar noch meine ganzen schmutzigen Kleider in der Waschmaschine und hängten sie zum Trocknen über die Heizung.

Ich schlief recht lange und so war es nach elf Uhr, als ich loszog. Es war Sonntag und regnete. Zwar nur leicht, aber trotzdem. Ich hatte keine leichte Zeit. Es ging erst nur schleppend vorwärts, zwanzig Kilometer hier und zehn da. So würde ich nie ankommen. Ich bat einen der Fahrer, mich zur Autobahn zu bringen. Es lief eine zeitlang über Umwege besser, dann blieb ich jedoch zu Einbruch der Dunkelheit in einem Ort stecken, in dem ich noch nie gewesen war. Und das, wo mich ein junger Algerier zur Übernachtung eingeladen, ich aber dankend abgelehnt hatte. Als ich mich jedoch in dem schnuckeligen Ort umschaute, war ich entzückt. So eine schöne Kleinstadt am Meer, mit diversen Häfen voll mit kleinen Booten und komplett restaurierten Häusern, hatte ich noch selten gesehen. Noch dazu fand ich vor einem offenbar gerade nicht bewohnten Haus eine Matratze, die genau in den Treppenaufgang passte, also war für ein bequemes Bett gesorgt. Und zum draussen schlafen war es an diesem Tag auch nicht zu kalt...

Am Morgen versuchte ich wieder vergebens, auf der Autobahn weiterzukommen und so nahm ich erneut einen Umweg über eine kleine Küstenstraße in ein kleines Fischerdorf, das mich mit seinen einsamen Buchten empfing, die ich fortan entlang schlenderte. So empfand ich es als Geschenk, nicht vorher mitgenommen worden zu sein.
Und schliesslich nahm mich eine Frau ins Einzugsgebiet meiner Stadt mit. Nach drei Tagen endlich wieder „zu Hause", obwohl ich diesmal gar nicht so grosse Lust zum Zurückfahren gehabt hatte...

Februar 3, 2010 - Mittwoch

Der schönste Tag eines Lebens

Aktuelle Stimmung: freudig

Ich machte eine neue Bibliothek ausfindig, die bis acht Uhr abends geöffnet hat. Das hiess, noch eine Stunde länger einen warmen Aufenthaltsort haben.
Auf der Strasse traf ich den Studenten Laid mit seinen beiden Freunden, den ich vom Sommer her aus dem Park kannte.
„Hey, wo kommst du denn her mit Rucksack und allem?"
„Ich war in Hippieland und habe in einer Höhle geschlafen."
„In einer Höhle? Nicht schlecht."
„Du, Laid hätte Interesse an einer Beziehung," meinte sein Freund.
„Was? Nee, Beziehung ist nix für mich."
„Wieso nicht?"
„Schlechte Erfahrungen."
„Du kannst mich ja adoptieren."
„Ich werde darüber nachdenken."
„Wie alt bist du eigentlich?"
„Man fragt eine Frau nicht nach ihrem Alter. Wie alt seid ihr denn?"
„Er ist 27."
„Ich 31."
„Und ich 19. Und wir haben Hunger."
„Wollt ihr Mandarinen? Ich war heute auf dem Markt."
„Oh ja." Der Jüngste nahm eine entgegen.
„Aber aufpassen, sie sind leicht beschädigt."
„Arbeitest du?" wollte der 27-jährige wissen.
„Nee, ich lebe ohne Geld."
„Wie? Aber von irgendetwas musst du doch leben und die Mandarinen bezahlen zum Beispiel."
„Die Mandarinen gibt's auf dem Markt kostenlos. Sie wurden weggeschmissen."
„Ach so. Wir sind aber schon verspätete. Vielleicht bis ein andermal", brachte einer der drei zum Abschied.

Ich schaute am Treffpunkt der Vagabundenversorgung vorbei. Mustafa, ein Marokkaner, den ich schon lange kannte, sprach mich an:
„Ich schlafe in einer Garage. Da ist genug Platz. Da kannst du auch übernachten."
„Ach, ich habe gerade keine Lust auf Männer."
„Ich fasse dich nicht an. Ich habe eine Frau. Sie würde das nicht zulassen. Sie kommt morgen früh und bringt mir den Kaffee."
Ich glaubte ihm und wurde sogar von der Vagabundenversorgung hingebracht, da es fast auf dem Weg lag und er mit seinem Roller da war. Es handelte sich um die Einfahrt in ein Autohaus.
„Ich bin Wächter hier," gab er mir zu verstehen und liess mich unbehelligt schlafen.

Im Vagabundencafé kam am Morgen ein vorher schon vor sich hinschimpfender Schwarzer mit seinen Rastalocken zu mir und meinte: „Geh' mir nicht auf den Sack!", obwohl er vorher mit dem Rücken zu mir sass und ich absolut nichts getan habe. Ausserdem kam noch mein special friend Ben mit seinen zwei Hunden. So hatte ich grosse Lust, bald wieder zu gehen, was ich, nachdem mein T-Shirt auf der Heizung getrocknet war, auch machte. Ich machte mich auf in die Bibliothek, ass dort von meinen Vorräten zu mittag und hielt eine kurze Siesta bei Sonnenschein im Park.

Am zweiten Abend machte Mustafa dann jedoch Andeutungen. Wollte einen Kuss und am liebsten noch mehr.
„Ich bin nur mit dir gegangen, weil du mir sagtest, dass du eine Frau hast!"
„Das stimmt nicht. Ich habe gelogen. Ich hatte eine Frau und zwei Kinder, aber wir sind getrennt. Komm, wir heiraten!"
„Keine Lust."
Mitten in der Nacht rief er: „Musst du mit der Aluminiumdecke schlafen? Es macht einen Heidenlärm. Ich kann nicht schlafen. Ab jetzt bewegst du dich nicht mehr!"
Ich traute mich fortan wirklich nicht mehr, mich zu bewegen, aber jetzt war ich es, die nicht mehr einschlafen konnte und bald taten mir alle

Knochen weh. Bewegung ist einfach notwendig. Ich beschloss, dass es die letzte Nacht hier war und ich mir lieber etwas anderes suche.
Um sieben Uhr kam der Anlieferer mit Vollkaracho mit seinem Gabelwagen in die abschüssige Einfahrt gerast. Wir hatten gerade genug Zeit, uns in Sicherheit zu bringen. Der Anlieferer lag neben dem Eingang seitlich von seinem mit Autoersatzteilen voll beladenen Gabelwagen. Als er aufstand, stammelte er:
„Es war so schwer. Er ist mir davongefahren."
„Das kommt davon, dass du hinter dem Wagen läufst anstatt vor ihm", kommentierte Mustafa.

Ich verbrachte einen ganzen Tag im und am Vagabundencafé. Von acht bis vier Uhr. Ich strickte neue Socken.
Am Morgen traf ich Thierry nach langer Zeit mal wieder und grüsste ihn.
„Ich bin gegen meinen Willen da."
„Weil du eigentlich nicht hier sein magst?"
„Genau. Ich bin da wegen der Post. Ich habe Luc ab und zu gesehen."
„Ich auch. Hier. Noch vor zwei Wochen."
Julien kam zum Mittagessen, grüsste kurz und verschwand. Und ich setzte mich nach dem Abspülen zu den anderen in die Sonne.
„Und Julien?" fragte sein Freund. "Warst du mal wieder bei ihm?"
„Nein."
„Er ist traurig zur Zeit. Gehen wir ihn gemeinsam besuchen?"
„Weiss nicht. Vielleicht."
„Ich rauche nur noch meine Zigarette fertig. Dann gehen wir. Er ist echt traurig. Er ist mein Freund."
„Ich verstehe auch nicht ganz, was zwischen uns passiert ist ..."
„Beziehungskrise."
„Genau."
Er flirtete dann jedoch noch mit einer Ehrenamtlichen, was ich dazu nutzte, unbemerkt zu verschwinden. Ich hatte doch keine Lust auf Besuche.
Bevor ich das letzte Mal weggefahren bin, hatte Julien mir 20 Euro mit den Worten: „Dir hilft doch keiner hier oder hilft dir jemand?", in die Hand gedrückt.
„Nein."

„Komm mal bei mir vorbei."
„Das kann ich nicht annehmen."
Ich wollte ihm das Geld wiedergeben, aber er nahm es nicht an.
„Wenn du das Geld nicht nimmst, rede ich nicht mehr mit dir."
Ich wollte weder das Geld noch bei ihm vorbeikommen. Ich wickelte den 20-Euro-Schein in ein Stück Papier und warf es ihm in den Briefkasten.

Am Abend schaute ich bei Laid, dem Studenten vorbei. Er sass am Computer und eröffnete einen neuen E-Mail-Account. Einer seiner Freunde war bei ihm.
„Ich habe auch keinen festen Wohnsitz. Bin mal hier und mal da. Gestern habe ich in einem Buchladen eine Frau angebaggert, die dort ihr Laptop vergessen hat. Ich habe sie angerufen und ihr mitgeteilt, dass ich ihr Laptop habe und sie hat mich zu sich eingeladen. Ich bin überglücklich. Ich sage ihr dann, sie kriegt den Laptop nur, wenn sie mit mir schläft."
„Sei doch nicht so direkt."
„Naja, ich mache nur Spass."
Laid wollte in die Mensa essen gehen. Wir gingen zusammen los und trafen dort den Dritten im Bunde.
„Was ist passiert, dass du so lebst wie du es tust? Das ist doch das Interessante. Hast du auch mal ganz normal gelebt?"
„Ja, früher hatte ich ein ganz normales Leben."
„Aber es war nicht ein Mann, der dich dazu führte, alles zu verlassen?" fragte Laid.
„Doch, es war ein Mann."
Sie waren betroffen.
„Dann hast du gelernt, dich nicht an materielle Dinge zu haften?"
„Das habe ich schon früher gelernt. Es waren andere Dinge..."
„Also, wenn du einen ‚Ich räche mich an meinem Mann'-Fanclub gründen willst, bin ich das erste Mitglied," ermunterte mich Laid.
Als ich am Freitag früh ins Vagabundencafé kam, begrüsste mich Mustafa mit: „Du kannst dich für die Pferde einschreiben."
„Für die Pferde?"
Ich ging ins Café und las auf einem Aushang vom Pferdetag. Das war

vom selbigen Tag ab an jedem Freitag. Am Morgen wurde gearbeitet und am Mittag geritten.
„Wenn noch ein Platz frei ist, würde ich gerne mitkommen," informierte ich die Ehrenamtliche.
„Es ist noch ein Platz frei. Du kannst mitkommen. Wir fahren gleich. Du kennst die Bedingungen?"
„Ich habe den Aushang gelesen."
„O.k."

Wir fuhren zu siebt los. Fünf von uns und zwei Verantwortliche mit ihren Autos. Giselle fuhr zu meiner Freude auch mit. Giselle war eine Schwarze mit Kleidergröße 46, die einmal mit mir im Zimmer in der Herberge übernachtet hatte. Sie kam aus der Metropole und war sehr lustig.
„Ich habe noch nie auf einem Pferd gesessen. Du kannst dir gar nicht vorstellen, wie sehr ich mir das gewünscht habe! Ein lange gehegter Traum geht heute in Erfüllung."
Wir bekamen Klamotten aus der Kleiderkammer zum Anziehen, mit denen wir uns schmutzig machen konnten. Ausserdem fuhr noch einer mit, der mal bei mir im Squat gewohnt hatte, aber mich nicht mehr grüsste und ein Araber. Dieser rief, als wir auf der Wiese ankamen:
„Ach, ist es schön, auf dem Land zu sein!"
Wir sollten die Sprungbalken anmalen, fünf Stück pro Person. Keine zu harte Arbeit. Trotzdem war der Hausbesetzer auf einmal verschwunden.
„Er hat schlecht mit mir geredet und dann ist er gegangen", klärte mich Giselle auf. Der Araber indes war unzufrieden.
„Normal steige ich so auf's Pferd, ohne vorher zu arbeiten."
Er fing schon an zu Malen, da hatte ich noch nicht einmal die Hälfte meiner Balken geschliffen. Nach dem Mittagessen, einem Picknick mit Brot, Käse und Chips, ging es auf die Pferde. Jeder bekam Sattel und Zaumzeug eines Pferdes in die Hand gedrückt. Dann gingen wir die Pferde holen. Als die Pferdewirtin auf das Pferd zeigte, das der Araber reiten sollte, rief er entrüstet: „Ach, nein! Das Pferd ist gross und dick! Auf das Pferd steige ich nicht auf! Nein, das Pferd gefällt mir nicht!"
Alle um ihn herum versuchten, ihn zu beruhigen, was ihnen auch gelang. Zu mir meinte er hingegen:

„Was hast du für ein schönes Pferd! Du hast Glück gehabt."
Giselle war sehr ängstlich und wurde die ganze Zeit geführt. Ich sollte im Slalom um Hindernisse reiten und an einer Stelle stehen bleiben, um das Führen zu erlernen. Die anderen beiden trabten und galoppierten um uns herum. Es war herrlich. Bloss der Araber war nicht zufrieden. Er wollte mehr. Durchs Gelände reiten. Was wir dann auch taten, doch für ihn zu langsam. Als die Stunde vorbei war, war es ihm zu kurz, kam es ihm vor wie zehn Minuten. Giselle hingegen strahlte wie ein Honigkuchenpferd.
„Michelle, ich versichere dir, das war der schönste Tag meines Lebens!"

Februar 5, 2010 - Freitag

Die Kunst des Nichtstuns

Aktuelle Stimmung: locker

Eines Abends wollte ich Brot holen und traf den Gitarrelehrer vor der Bäckerei.
„Ich habe geguckt, das Warten lohnt sich. Es sind noch allerhand Sachen übrig," empfing er mich.
„Das habe ich noch nicht gemacht, vorher geschaut, was noch im Laden ist."
„Doch, dann weiss man, ob es sich lohnt, zu warten. Beim anderen Bäcker wo wir uns schon oft getroffen haben, gibt es nichts mehr. Ich weiss nicht, warum. Es gab mal einen Streit mit jemandem wegen des weggeworfenen Brots, vielleicht deshalb. So komme ich hierher. Ich kaufe nichts, ausser Öl und Eiern. Am Samstag mache ich den Markt, unter der Woche ab und zu den Obst- und Gemüseladen und die Bäckereien, das langt. Wir leben zu zweit. Und du?"
„Ich bin alleine. Ich brauche nicht viel."
„Was ist eigentlich mit Pierre?"
„Wieso? Ich weiss nicht, was mit ihm ist."
„Er grüsst mich schon seit drei Monaten nicht mehr."
„Ach so, das ist normal bei ihm."
„Ich dachte, ich hätte etwas falsch gemacht."
„Nein, mit mir redet er schon seit neun Monaten nicht mehr und ich bin nicht die einzige."
„Na, dann bin ich ja beruhigt."

Ich sah einen behinderten Araber mit steifem Arm und Bein, den ich kannte und setzte mich neben ihm auf die Bank.
„Du kannst sehen, mich respektieren alle. Weil ich mich selbst respektiere und weil ich die anderen respektiere," erzählte er.

Am Morgen suchte ich ein neues Versteck für meinen Rucksack, fand aber keins. Also musste das Versteck der letzten Tage in einem Gebüsch zwischen Wohnanlage und Schnellstrasse herhalten. Da war es relativ

sicher. In der Nähe traf ich jemanden, den ich flüchtig kannte: Philippe.
„Ich komme vom Betteln. Aber ich mag das Betteln nicht. Es gefällt mir nicht, zu Betteln."
„Dann tu es nicht, wenn es dir nicht gefällt. Magst du eine Mandarine?"
Ich hatte eine Tüte mit Obst gefunden.
„Nein, eine Birne."
Ich hab nur einen Apfel."
„Dann einen Apfel."
Wie er mit seinen wenigen Zähnen den Apfel essen konnte, war mir ein Rätsel. Der Saft tropfte ihm permanent auf seine ohnehin schon schmutzige Jacke. Im Anschluss ass er dann doch noch eine Mandarine.
„Weisst du, wie viel Uhr es ist?"
„Nee, meine Uhr geht nicht."
„Ich gehe zurück nach Wolkenkuckucksheim. Du kannst mich besuchen. Nach 14 Uhr."
Wir verabschiedeten uns.

Am Bahnhof sah ich, es war schon zwanzig vor zwölf. Da hatte ich aber lange geschlafen. Ich ging in die Bibliothek und verbrachte den ganzen Nachmittag dort. Dann traf ich Philippe wieder.
„Was machst du jetzt?", fragte er mich.
„Keine Ahnung. Ich habe noch nichts vor."
„Gehen wir ein bisschen auf der Flaniermeile spazieren."
„O. k."
Wir liefen ein paar Schritte.
„Ich mag lieber in eine Bar gehen, was trinken, aber ich habe kein Geld."
„Ich auch nicht, deshalb gehe ich in der Regel auch nichts trinken."
„Da passen wir aber gar nicht zusammen. Ich liebe es, etwas trinken zu gehen. Aber gehst du generell nicht oder weil du kein Geld hast?"
„Weil ich ohne Geld lebe."
„Dann warte."
Er ging zu einem Pärchen, das auf der Terrasse einer Bar sass und erschnorrte sich vier Euro.
„So, dann können wir was Trinken gehen. Wie wär's mit der Bar dort drüben?"
„O.k."

Wir setzten uns auf die beheizte Terrasse und bestellten die Karte.
„Was kostet ein Bier?", fragte er den Wirt.
„Drei Euro."
„Was willst du trinken? Einen Kaffee?"
„Nee, dazu ist es mir zu spät. Mit Kaffee am Abend kann ich nicht schlafen."
Er stand auf und ging.
„Gehen wir woandershin, hier ist es zu teuer."
„Gehen wir ins Selbstbedienungsrestaurant. Da ist es billiger."
„Das mag ich aber nicht."
„Du wirst aber sonst nichts für vier Euro für uns zwei bekommen."
„Also gut, gehen wir hin."
„Dort ist es warm."
Ich entschied mich für ein Eis. Drei Kugeln für zwei Euro. Vanille, Schoko und ein Beerensorbet. Ein wahres Fest.
Die Stinkige mit ihren langen verfilzten Haaren war auch da. Sie sass ein paar Plätze weiter und las. Dann ging sie raus zum Treffpunkt der Vagabundenversorgung.
Ich begleitete Philippe noch nach Wolkenkuckucksheim, da mein Rucksack ganz in der Nähe war, auch um eine Jacke zu holen. Es war mir kalt.
Mit Sack und Pack lief ich zum Treffpunkt und wartete auf die Vagabundenversorger. Sie kamen und fuhren gleich wieder in die Herberge, weil einige ihrer Schösslinge in hoffnungslos besoffenem Zustand waren und ihnen ins Auto geholfen werden musste.
„Warten Sie, wir kommen gleich wieder."
Sie kamen wirklich gleich wieder und hiessen mich und einen Tunesier, der unentwegt sprach, einsteigen, diesmal ohne zu fragen, ob wir den Vagabundennotruf angerufen haben.
„Wir haben einen Platz für Sie im Wohnheim. Ist das o.k. für Sie?"
„Ist o.k."
Ich freute mich, denn dort stand man nicht schon morgens um acht auf der Strasse wie in der Herberge und man konnte Frühstücken. Noch dazu konnte mich die Aussicht, mit der Stinkigen in einem Zimmer zu schlafen, wahrlich nicht locken.

„Ihr könnt bis Montag bleiben. Normal nur eine Nacht, weil ihr mit dem Versorgungsdienst gekommen seid, aber wegen des Wochenendes zwei."
„Und Michelle, bleibst du zwei Nächte?", fragte mich der Maghrebianer bei der Aufnahme. „Bei dir weiss man ja nie."
„Ich bleibe zwei Nächte. Inschallah."
„Weisst du, was ‚Inschallah' wörtlich übersetzt heisst?"
„So Gott will."
„Genau."
„Ich zeige dir, wo dein Zimmer ist."

Meine Zimmernachbarin stand in der Tür. Ich schlängelte mich an ihrem vollgestellten Tisch vorbei ins Zimmer. Auf ihrem Bett lag eine Decke mit Tigermuster. Ein Stofftiger passte darauf auf.
Nach der Begrüßung machte ich mich daran, mein Bett zu machen. Dabei stellte ich fest, dass meine Decke voll war mit Dreck aus dem Gebüsch. Ich öffnete das Fenster, um sie auszuschütteln.
„Ich bin sehr sauber und total empfindlich! Mit Dreck kann ich nicht schlafen!", gab sie mir zu verstehen und machte den Dreck auf meinem Bett weg.
Bei meinem Blick in den Doppelschrank meinte sie: „Der Schrank ist von mir komplett belegt. Ich habe viele Sachen. Ich bin schon lange hier. Du kannst den Spint daneben benutzen."

Als ich von der Toilette zurückkam, tönte sie:
„Dein Rucksack, der stört mich da unter dem Fenster. Kannst du die Sachen nicht in die Schränke einräumen?"
Mir platzte der Kragen.
„Langsam, langsam, ich bin gerade erst angekommen und musste auf die Toilette. Du wirst mir doch wohl Zeit geben, um meine Sachen einzuräumen!" Eine der Mitarbeiterinnen kam zu uns.
„Ich lasse mich doch nicht anschreien", rief meine Zimmernachbarin hysterisch. „Ich habe ganz nett gefragt, ob sie ihren Rucksack wegräumen kann..."
Schrei, Kreisch, Hysterie lass grüssen.

„Gibt es nicht ein anderes Zimmer?", fragte ich wie im Hotel.
„Nein."
„Dann gehe ich. Hier in diesem Zimmer bleibe ich nicht."
Ich packte meine Sachen.
„Aber wo schläfst du denn dann?", wollte meine Zimmernachbarin plötzlich wissen.
„Ich schlafe, wo ich will."
Ich stieg die Treppe hinunter.
„Michelle, wir haben noch ein anderes Bett frei."
Die Mitarbeiterin öffnete mir eine neue Tür.
„Von Monique. Die kennen Sie doch, oder?"
„Ich kenne eine Monique, wenn sie das ist."
Diesmal hingen Pferdebilder über dem Bett an der Wand: in Form von Postkarten, Kalendern und Postern. Viele Sachen standen ganz unbedarft herum. Das war weitaus relaxter. Ich atmete auf und installierte mich bis Monique kam. Es war diejenige, mit der ich zusammen im Squat gewohnt habe.
„Hey, du bist es wirklich! Da bin ich ja beruhigt."
„Ja, ich bin's."
„Ich hatte drüben bei der anderen Person binnen zwei Minuten Ärger."
„Nee, du kannst relaxen. Hier gibt's kein Problem."
Ich war froh und begann, mich langsam wieder abzuregen. Obwohl ich ernstlich an mich halten musste, der anderen Person nicht die stinkige Filzhaarige ins Zimmer zu wünschen.

Am nächsten Mittag hat sie sich dann bei mir entschuldigt.
„Du, mir ging's gestern nicht gut. Ich wusste nicht, wie ich das machen sollte, wenn jemand kommt. Entschuldige."
„Ist schon o.k."
„Ich wollte nicht, dass jemand wegen mir draussen schlafen muss."

Ich unternahm einen schönen Sonntagsspaziergang aufs Land mit herrlichem Sonnenuntergang. Dabei fand ich zwei Tüten voll Klamotten, die ich nachher im Wohnheim verteilte. Am nächsten Tag sah ich eine ältere Frau mit einer weissen Legginghose und einem schwarz-weiss-karierten

Rock aus meiner Sammlung herumlaufen und freute mich darüber. Da ich mich schon früh eigentlich nur zum Ausruhen hingelegt hatte, wachte ich mitten in der Nacht auf und ging runter, um Wasser zu holen.

„Meine Freundin“, empfing mich der maghrebianische Mitarbeiter und legte seinen Arm um meine Schulter. „Eines Tages verlasse ich noch Frau und Kinder, um mit ihr mit dem Zelt durch die Lande zu ziehen. Willst du was essen, einen Sandwich oder so?“

„Wenn ich was will, dann eine heisse Schokolade.“

Er stellte die Maschine an und fünf Minuten später hatte ich meine heisse Schokolade. Wir setzten uns mit seinem Kollegen ins Büro nachdem er den Boden im Speisesaal aufgewischt hatte. Im Fernsehen liefen Bilder über die Hitlerzeit.

„Ich kenne eine Deutsche, die schon seit vierzig Jahren in Frankreich wohnt. Sie ist 1939 geboren und war, als der Krieg aus war, sechs Jahre alt. Sie hatte in Frankreich immer ganz grosse Probleme, weil man ihr ständig die Nazizeit vorwarf. Sie hingegen meint, sie hatte damit doch gar nichts zu tun.“

„Die Deutschen heute haben mit Hitler so viel zu tun wie die Araber mit dem elften September,“ meinte er.

„Die Franken lebten vormals da, wo heute Deutschland ist. Attila hat sie vertrieben und so kamen sie nach Frankreich. Und die Sachsen gingen nach England. Deshalb heissen die Engländer Angelsachsen. Doch sie haben alle dieselbe Herkunft“, steuerte sein Kollege bei.

Als ich am Morgen gehen wollte fragten die beiden Mitarbeiterinnen:

„Wo wollen Sie hin? Verreisen?“

„Nee, ich bleibe noch ein paar Tage in der Stadt, glaube ich, aber dann verreise ich wieder.“

„Wohin soll's gehen,“

„Ins Hippieland, wo ich gerade war. Ich wollte gar nicht mehr zurück.“

„Bleiben Sie noch zum Mittagessen. Das Vagabundencafé hat wegen eines Krawalls am Freitag heute geschlossen.“

Ein Typ, mit dem der nervige Deutsche vom Dezember sich gut verstanden hatte, fragte mich wo er sei.

„Keine Ahnung. Jemand sagte, er sei im Krankenhaus."
Ich fragte die diensthabende Mitarbeiterin nach seinem Verbleib.
„Er ist in ein Krankenhaus eingewiesen worden, nachdem es mit jemandem im Vagabundencafé Krach gab."

Ich war dann noch mit Abdul aus dem Wohnheim einen Kaffee trinken und er klärte mich auf:
„Gestern Nachmittag hat im Wohnheim einer eine junge Mitbewohnerin geschlagen."
„Ach, deshalb meinte die Mitarbeiterin, es sei ja kein ruhiges Wochenende gewesen. Ich war nicht da."
„Im Wohnheim zählt echt nur Gewalt. Nicht, ob jemand nett und freundlich ist. Das gefällt mir nicht."

Ich blieb bis zur Schliessung in der Bibliothek. Im Anschluss schaute ich bei Laid vorbei, der gerade mit seinem Freund ankam.
„Seit zwei Tagen bin ich gezwungen, Shit zu verkaufen."
Er zeigte seinem Freund eine Tüte mit Gras und einem kleinen Stück Shit.
„35 Euro ohne Shit."
Eine Weile sagte ich nichts, dann platzte es jedoch aus mir heraus:
„Könnt ihr euer Geld nicht auf eine andere Art und Weise verdienen? Ich meine, so ein bisschen Shit zu verkaufen ist nicht schlimm, aber man gewöhnt sich daran, auf leichte Art und Weise Geld zu verdienen und macht es dann immer weiter und irgendwann wird man gefasst und sitzt im Knast. Und dann bereut man, was man getan hat. Ich kenne mehrere Leute, die jahrelang gedealt haben und jetzt sitzen sie im Knast. Ich sage das, weil ich älter bin und im Laufe meines Lebens schon viele Leute kennengelernt habe."
„Du hast Recht", meinte Laids Freund, „aber man wird nicht gefasst, wenn man Diplomatensohn und Freimaurer ist. Laids Vater ist libanesischer Botschafter in Zimbabwe. Die Freimaurer warten auf den Antichrist, der bald in Erscheinung treten und Israel beherrschen wird. Das steht schon im Koran. Du solltest mal den Koran lesen. Du wirst alles verstehen. Denn die Amerikaner kämpfen ja gegen die Araber, oder nicht?

Jesus Christus ist für uns nur ein Prophet. Er wurde erst im 4. Jahrhundert von einem Papst als Gottes Sohn deklariert. Das geht auf Paulus zurück, der Jesus Christus jedoch selbst nie gesehen hat...
Laid, zeige ihr mal die Reverse-Texte der Rockmusik."

Laid liess ein Programm auf dem Computer laufen, das diverse Liedtexte von den Beatles, Madonna und anderen Gruppen vorspielte und dann die dazugehörigen satanischen Reverse-Texte zeigte.
„Ich verstehe das nicht ganz."
„Sie machen satanische Rituale, sprechen die Texte und spielen sie umgekehrt auf, um die Botschaft unbewusst weiterzugeben."
„Von den Beatles war mir bekannt, dass sie..."
„...mit dem Teufel paktiert haben."

Danach traf ich Mehdi auf der Strasse. Er war mit seiner besten Freundin unterwegs.
„Wo gehst du hin?" fragte Stephanie.
„Irgendwohin."
„Sie wird dir niemals eine Antwort geben," kommentierte Mehdi.
„Ich hole meinen Rucksack."
„Und wo schläfst du heute Nacht?" wollte Mehdi wissen.
„Keine Ahnung."
„Willst du, dass ich dir den Schlüssel von der Wohnung im ersten Stock gebe?",
„Ja, gerne."

Wir gingen zusammen meinen Rucksack holen und zu ihm nach Hause.
„Ich esse kein Brot mehr."
„Ach."
„Ich mache Diät. Willst du alleine essen oder mit uns?"
„Mit euch. Dein Essen habe ich vermisst."
„Stephanie sagt, dass all mein Essen gelingt. Dabei koche ich bloss aus den weggeworfenen Sachen."

Das nächste Mal traf ich einen der Freunde von Laid in der Bibliothek.

„Komm nachher bei Laid vorbei", meinte er.
Als ich ins Studentenwohnheim rüberging, kamen sie mir entgegen.
„Wir gehen essen. In der Fakultät. Kostenlos."
Ich stiefelte mit. Aber es war noch nicht soweit. Es waren noch keine Gäste da fürs Diplomanden-Buffet. So setzte ich mich ab.

Beim Rundgang fand ich einen grossen Karton voll mit Zeugs von einem Supermarkt, von dem ich sonst meist nichts oder nur wenig gefunden habe.
Ich lief damit bis zum Obst- und Gemüseladen, wo zwei Leute am Sondieren der weggeworfenen Sachen waren.
„Wollt Ihr Vanillezucker? Davon habe ich eine ganze Menge."
„Ja, gerne."
„Hier ist auch noch eine Nuss-Nougat-Creme, wie ich sehe und Knoblauchsosse."
„Nur her damit. Willst du auch ein bisschen Obst und Gemüse?"
„Ja, ein bisschen was nehme ich gerne mit."
„Wo kommst du her?"
„Von irgendwo."
„Und was machst du hier?"
„Ich kultiviere die Kunst des Nichtstuns."
„Das ist ein Beruf."
„Ja, vielleicht kriege ich ja irgendwann ein Diplom."

Februar 24, 2010 - Mittwoch

Weihnachtsmann als Talisman

Aktuelle Stimmung: aufgedreht

Ich unterhielt mich mit Mister President im Vagabundencafé.
„Ich war letzt in der Bibliothek, von der du mir erzählt hast, dass sie bis acht Uhr abends geöffnet hat. Das ist echt genial. Ich hoffe bloss, dass Pierre nicht einen Anfall kriegt, wenn er mich sieht. Du sagtest, er ginge dort immer hin."
„Gestern war er dort, du auch?"
„Nein, gestern nicht."
„Aber Pierre grüsst mich nicht mehr."
„Das ist normal. Ich kenne noch mehr, die er nicht grüsst."
Beim Rundgang kam ich an zwei Supermärkten vorbei und fand mehrere Kartons mit Fressalien, vor allem Biozeugs. Ich lud eine Ladung in diverse Plastiktüten und nahm den Bus zu Mehdi. Das war besser als schleppen. Mit leerem grossem Rucksack und grossen Taschen ging ich wieder zurück, doch auf halber Strecke fand ich einen weiteren Supermarkt, der sich seiner abgelaufenen Sachen entledigt hatte, womit meine Taschen voll wurden. Schliesslich ging ich ein drittes Mal los und traf meinen Iraner beim Fensterputzen an der Bäckerei. Drinnen war ein älterer Herr, der herauskam und mir Avancen machte, um wieder reinzugehen und zwei grosse Taschen mit Brot abzuholen.
„Ach, Sie sind der berühmte ältere Herr, der jeden Abend hier das Brot holt. Die ganze Stadt spricht von Ihnen. Sie sind der einzige, der nicht teilt! Die andern teilen alle, von einigen Ausnahmen auf dem Markt abgesehen."
„Der bin ich, aber ich teile mit Ihnen, wenn Sie auch mit mir teilen."
„Wenn Sie mit mir mitkommen. Ich habe kiloweise Zeug gefunden. Ich gehe gerade nochmal hin."
Er war dann jedoch anderweitig beschäftigt und ich zog von dannen. Um bei der nächsten Bäckerei den Gitarrelehrer zu entdecken.
„Du kannst gleich mitkommen, es gibt einen Haufen Zeugs eine Ecke weiter."

„Aber hier gibt's auch eine Menge, schau."
„Aber dort gibt's andere Sachen, komm mit, wir gehen zusammen hin."
„O.k."
Es war noch eine Frau mit kleinem Hund da, die uns vergeblich ihr Bügeleisen andrehen wollte. Sie nahm ein wenig Brot und kam mit.
Die Kartons waren noch da und voll mit Säften, Kräuter und anderen Tees, Plätzchen, Kuchen, Milch und und und. Ich schaute in die Nachbartonne.
„Hier gibt's noch Crème fraiche und Joghurts, aber sie sind zu weit unten."
„Da muss man in die Tonne steigen. Ich steige rein."
Wupp. Mit einem Satz war er in der Mülltonne verschwunden.
„Das habe ich noch nie gemacht, dass ich in eine Mülltonne gestiegen bin".
„Irgendwann ist alles einmal das erste Mal."
Ich nahm die Milchprodukte in Empfang. Er wollte nur ganz wenig davon und überliess mir das meiste. Als ich mit meinen vollen Taschen vor Mehdis Zweitwohnung angekommen war, kam ein Typ die Treppe runter.
„Mehdi, ist er nicht da? Ich muss dringend mit ihm sprechen. Wohnen Sie bei ihm?"
„Ja, ich wohne bei ihm."
„Sind Sie seine Freundin? Haben Sie seinen Schlüssel? Wann kommt er? Sind Sie Engländerin?"
Ich wurde langsam ungehalten.
„Sie haben kein Recht, mir solche Fragen zu stellen. Ich weiss nicht, wann Mehdi kommt und Sie wissen besser als ich, ob er da ist oder nicht, weil Sie von ihm kommen und ich von unten. Wenn es dringend ist, dann rufen Sie ihn doch an."
Da er nicht aufhörte, Fragen zu stellen, sagte ich kurzerhand:
„Ich will nicht mehr mit Ihnen sprechen."
Ich hatte auch das Gefühl, dass er, wenn ich die Tür aufmache, mit mir in die Wohnung gehen will. Da ich auf seine Fragen nicht einging und langsam böse auf ihn wurde, weil er nicht ging, rief er „fuck you", was ich mit „fuck yourself" erwiderte. Was ihn wiederum veranlasste, an seinem

Hosenlatz herumzufummeln während ich nach oben ging, um zu schauen, ob mir nicht jemand zu Hilfe kommen würde. Als ich, da niemand da war, wieder herunterkam, war er zum Glück verschwunden.

In der Wohnung warf ich alles in einen grossen Karton und sortierte aus, was mich zum Mitnehmen auf meine Reisen interessierte. Es war sogar Filterkaffee dabei.
Am nächsten Tag traf ich zwei von Mehdis weiteren Frauen und lud sie ein, bei mir vorbeizuschauen, um sich mit Fressalien einzudecken. Sie freuten sich sehr.
Eine Tüte hatte ich für Laid zurecht gepackt und brachte sie ihm vorbei. Er sass mit seinem Freund in seinem Zimmer, grüsste jedoch, ohne mir einen Kuss zu geben und meinte stattdessen mit Blick auf den Koran:
„Ich bin zum Islam übergetreten, sorry."
Von meinen Fressalien wollte er nur einen Bruchteil haben, den Rest drückte er mir wieder in die Hand. Meine Tüte war am Ende fast so schwer wie vorher.
„Und was war mit der Frau und dem Laptop?" fragte ich seinen Freund.
„Es kam ein Mann und hat mich davongejagt. Er dachte, ich sei ein Dieb. Und sie selbst hat sehr verhalten reagiert. Sie hat das Laptop ihren Freunden gezeigt, als wäre es ihr Verdienst, dass sie es wieder zurückbekommen hat und nicht meiner. Es ist nicht leicht, Gutes zu tun. Hätte ich es behalten, wäre alles o.k. gewesen. Keiner hätte sich darum geschert. Wenn einer von denen, die da waren ein Laptop gefunden hätte, sie hätten es sicher alle behalten. Und hätten Gott gedankt dafür, dabei war es vom Teufel."
Dann wechselte er das Thema:
„Sie werden allen Mikrochips unter die Haut setzen und dann geht alles nur noch damit."
„Lasse das nicht machen, sonst ist es mit dir aus. In der Apokalypse kannst du nachlesen, was mit den Leuten passiert, die sich den Chip implantieren lassen."
„Ja, aber wenn du dir das Bein brichst und bewusstlos im Krankenhaus liegst und sie dir den Chip einpflanzen?"
„Wenn ich bewusstlos bin, kann ich nichts machen."

„Oder sie spüren dich auf und jagen ihn dir unter die Haut."
„Ich glaube kaum, dass man einem das Teil wie eine Spritze einjagen kann, aber man kann sowieso nur im Moment sehen, wie man reagiert. Tatsache ist, dass sie einen mit dem Tode bedrohen werden, wenn man sich keinen Chip einpflanzen lässt. Trotzdem ist es besser, es sein zu lassen, sonst ist man für immer verloren."
„Aber man kann ihn doch dann mit einem Messer wieder rausnehmen."
„Das geht eben nicht. Wenn er einmal drin ist, gibt es kein zurück."
„Du kommst oft die letzte Zeit", liess Laid verlauten, der die ganze Zeit in seinen Computer geschaut hatte.
„Stimmt, diese Woche kam ich oft, weil ich nebenan in der Bibliothek war. Aber ich bin auch mal nicht gekommen, obwohl dein Freund mich eingeladen hatte."
„Du gehst uns nämlich auf die Nerven."
Mit einem „dann bis ein andermal" stand ich auf und ging.
„Inshallah", rief Laid mir hinterher.

Auf dem Weg zu Mehdi traf ich die polnische Kunst-Doktorandin.
Mit „wie geht's?" kam sie mir entgegen und ich kam nicht umhin, ihr mein Leid zu klagen.
„Das ist typisch für Franzosen", meinte sie.
„Nein, es war ein Araber."
„Ach, noch schlimmer. Mit Arabern habe ich meine einschlägigen Erfahrungen gemacht."
Sie begann mir die Araber schlecht zu machen, dabei hatte es hier mit Rasse absolut gar nichts zu tun. So verabschiedete ich mich so schnell wie möglich.
Bei Mehdi war eine Chinesin zu Gast, die ich noch nicht kannte. Ich hatte indessen unterwegs wieder einiges Zeugs gefunden, darunter einen Teppich, den ich, weil alles zusammen zu schwer war, versteckte.
„Mehdi, ich habe einen Teppich gefunden und ihn separiert. Ich gehe ihn holen".
„Wo?"
„Da, wo wir uns das erste Mal getroffen haben."
„Ich erinnere mich nicht mehr, wo wir uns das erste Mal getroffen haben,

aber war es da, wo ein Klappstuhl am Baum steht? Ein Teppich in einer Mülltüte?"
„Ja, genau."
„Ich bin vor einer Viertelstunde daran vorbeigelaufen, habe aber nicht geguckt, weil ich dachte, er sei dreckig."
„Ich gehe mal schauen, ob er dreckig ist. Ich mache ihn dort auf."
„Schau mal, das interessiert mich. Ich will nämlich meinen Teppich oben tauschen. Der ist nicht mehr schön. Heute Abend kommt mein Bruder. Er schläft aber hier. Du kannst diese Nacht noch unten schlafen. Ich gehe ihn gleich abholen."
„O.k."
Ich faltete den Teppich auseinander. Er war mittelblau und wie neu. Ich stopfte ihn in meinen Rucksack, um mich bei Mehdi gemütlich auf ihm auszuruhen bis er mit seinem Bruder zurückkam.
„Was machst du?" wollte er wissen.
„Ich ruhe mich ein wenig aus. Nach dem Teppichholen…"
„Ist Stephanie schon da?"
„Ich habe jemand die Treppe hochgehen hören."
Stephanie war schon da und die beiden Damen hatten ein Abendessen vorbereitet. Chinesisch. Alles kleingeschnitten. Hähnchen mit Bohnen und Paprika, scharf, aber lecker.
„Michelle ist meine erste Frau, die Chefin vom Harem", tönte Mehdi.
Sein Nachbar rief an. Er habe vergessen, seine Wohnung abzuschliessen und sei übers Wochenende in die Berge gefahren. Was er machen solle.
„Ich kann in der Wohnung bleiben und darauf aufpassen", schlug ich vor.
„Gebongt. Er ist einverstanden. Es gibt aber einen ganzen Berg Geschirr zu spülen. Gestern haben fünf Personen bei ihm übernachtet. Sie haben gefeiert."
Ich hatte also erstmal zu tun bis ich die Partyreste beseitigt hatte, aber dafür hatte ich eine Wohnung mit Fenster zur Strasse hin für mich allein.
„Morgen kommt ein tunesischer Freund von mir für ein paar Tage", bereitete mich Mehdi vor. Grund genug, langsam wieder die Flucht zu ergreifen. So packte ich am nächsten Tag meinen Rucksack und machte mich auf den Weg in Richtung Hippieland. Als ich nach dem Frühstück den Schlüssel bei Mehdis Bruder abgab, war es zwanzig nach zwölf.

Ich hatte noch so viel vorgehabt, dafür war es nun zu spät. Ich wollte nämlich noch an mein Fach im Vagabundencafé, um Klamotten zu tauschen und sie machten um ein Uhr zu.

Mustafa, der Marokkaner, der mich zum Übernachten in der Garage eingeladen hatte, sah meinen Poncho und meinte:
„Hey, der stammt von mir!"
„Den hat mir Thierry gegeben, im Sommer."
„Den habe ich ihm für dich gegeben, weil ich dich damals nicht gesehen habe."
„Ja, danke."
Einem Maghrebianer, den ich schon lange kannte, erzählte ich, dass ich ins Hippieland fahre.
„Hast du Geld, um dir was zu Trinken zu kaufen?"
Er drückte mir zehn Euro in die Hand.
„Pass auf dich auf. Hier kennen dich die Leute, dort, wo du hinfährst aber nicht…"
„Doch, ich war schon mal dort."
Er brachte mir einen kleinen Weihnachtsmann aus Stoff mittels eines Schlüsselbundes an meinem kleinen Rucksack an.
„Das ist ein Talisman. Ich will nur eins: dass du vorsichtig bist. Es gibt so viele Verrückte auf der Welt".

März 2, 2010 - Dienstag

Vom Himmel geschickt

Aktuelle Stimmung: abenteuerlustig

Ich wartete zwei Mal lange, aber wurde dafür beides Mal eine weite Strecke mitgenommen. Der zweite, der mich mitnahm war ein Lastwagenfahrer und er wollte, dass ich bei ihm übernachte, aber das kam gar nicht in Frage.
Er setzte mich an der gleichen Stelle ab wie der LKW-Fahrer letztes Mal und ich lief den mir schon bekannten Weg in die Stadt hinein, um zu schauen, ob jemand von der Vagabundenversorgung am Bahnhof vorbeikommt. Aber diesmal wartete ich umsonst. Sie kamen nicht. Dabei war ich offenbar nicht die einzige, die auf sie wartete. Da waren noch ein paar Kollegen, die ich diesmal jedoch nur von Weitem wahrnahm. Ich hatte auf dem Weg einen Drei-Kilo-Eimer Obstsalat gefunden, also keinen grossen Bedarf.
Ich ging wieder zu meinem Dachboden. Die Eingangstür war glücklicherweise offen, bloss im Stock darunter befand sich ein Hund, der just in dem Augenblick zu Bellen anfing, als ich mein Zeug abstellte. Ich musste extrem leise sein, damit er nicht weiter bellte.

Am nächsten Tag regnete es heftig und ich setzte mich bis es aufhörte in die Bibliothek. Dann fand ich auf dem Weg einen kostenlosen Mittagstisch für Leute ohne Zuhause. Noch dazu gab's einige Sachen zum Mitnehmen: Butter, Brot und Käse. Die Strecke, die ich mir ausgesucht hatte, war nicht sehr stark befahren und ich hatte meine liebe Not, weiterzukommen, aber nach einigen Anlaufschwierigkeiten ging es Stück für Stück voran. Antoine, ein Typ, der mich letztes Mal beim Trampen dazu eingeladen hatte, bei ihm zu übernachten, war nicht da, so dass ich mich kurzerhand zur Höhle aufmachte. Anhand der Spuren im matschigen Waldboden sah ich schon, dass viele Leute den Weg genommen hatten. Trotzdem war ich erstaunt, neben meinen drei Jungs vom letzten Mal noch drei weitere junge Burschen vorzufinden.
„Dann ist wohl kein Platz mehr frei", konstatierte ich nach der Begrüßung.

„Doch, doch, das geht schon. Mach dir keine Sorgen. Hier im Raum schlafen wir zu fünft. Du kannst jedoch im Nebenzimmer schlafen."
Ich fand eine nicht allzu abschüssige und einigermassen trockene Stelle zum Schlafen. Sie sassen alle um das Feuer, doch es wollte diesmal gar nicht richtig wärmen, hatten sie die beiden dicken Decken, die vor dem Eingang hingen, abgehängt und durch eine Decke mit einem grossen fehlenden Eck ersetzt, durch den die kalte Luft herein blies.
„Heute Nacht soll es schneien, haben mir die Leute auf der Herfahrt erzählt."
Es wurde stündlich kälter und war einfach nicht mehr so gemütlich wie vorher.
„Sie haben die Decken als Zudecken genommen", erklärte mir Paul.
Als am Morgen nur noch eine Tasse für den Kaffee auffindbar war und diese schon benutzt wurde, hatte ich genug.

Mit einem „ich schaue, ob ich etwas anderes finde und wenn nicht, komme ich wieder", verliess ich die Jungs. Ich trampte in die Stadt und ging ins Vagabundencafé.
„Ich wollte duschen", gab ich zum Besten.
„Magst du nicht vorher einen Kaffee trinken?", fragte mich der Verantwortliche.
„Doch, gerne."
Ich ass gleich noch was dazu. Der Typ, der neben mir sass, quatschte mich an:
„Du kannst nachher bei mir duschen. Dann hast du mehr Zeit zum Frühstücken."
„Das ist fein. Dann bin ich weniger im Stress."
„Wo hast du geschlafen?"
„In einer Höhle, aber es ist zu kalt und es sind zu viele Leute dort. Ich bin weggegangen, um mir was anderes zu suchen."
„Und wie heisst du?"
„Michelle."
„Oh, ich Michel. Was für ein Zufall!"

Olivier, der noch unter dem Felsvorsprung schlief, kam mit grossem Rucksack und Hund vorbei, um seine Post zu holen.

„Olivier, du kannst mitkommen. Wir gehen zu mir. Michelle will bei mir duschen. Ich habe nur eine kleine Ein-Zimmer-Wohnung. Sie ist eigentlich zu klein."
Bei ihm zuhause zeigte er uns Fotos von sich, seinen zwei Pferden und seinem Hund.
„Das war ich letztes Jahr im Mai als ich mit meinen Pferden für ein paar Monate losgezogen bin. Ein Pärchen, das mit dem Fahrrad unterwegs war, hat die Fotos gemacht und sie mir geschickt."
„Ich verstehe nicht, warum du mit zwei Pferden unterwegs warst."
„Auf einem sass ich, auf dem anderen war mein Gepäck. Ausserdem sind Pferde, wenn sie alleine sind, unglücklich. Und ich lebe hier, weil ich hier einen Platz für die Pferde habe. Ich gehe nachher Futter holen und sie füttern. Du kannst mitkommen, wenn du willst, aber auch dableiben. Du kannst auch bei mir schlafen, wenn du Lust hast."
„Das freut mich."
„Ich gebe dir den Schlüssel."
„Ich komme mit zu den Pferden."
„Ich kann heute nicht arbeiten. Es ist zu kalt. Ich habe es eine Stunde lang versucht. Ich schneide die Weinstöcke. Man bekommt zehn Cent pro Weinstock. Wenn man schnell arbeitet, verdient man die Stunde zehn Euro. Bei fünf Stunden macht das fünfzig Euro. Ich finde es gut, ein bisschen zu arbeiten.
Meine Wohnung habe ich noch nicht mal einen Monat. Davor hatte ich zehn Jahre keine Wohnung. Nein, elf Jahre. Die letzte Zeit habe ich nicht weit von hier squattiert, oben auf dem Berg. Aber ich hatte keine Lust mehr, im Winter ohne Wohnung zu sein. Im Sommer ist es etwas anderes, da reise ich mit meinen Pferden durch die Gegend."
„Wie ein Traum."
Er zitierte Saint-Exupéry:
„Lassen Sie Ihren Traum Ihr Leben verschlingen, so dass ihr Leben nicht Ihren Traum verschlingt."
Wir fuhren Futter kaufen und zu seinen Pferden. Es waren zwei schöne dunkelbraune Stuten. Michel holte Heu.
„Zehn Kilo morgens und abends."
Er verteilte das Heu zwischen den Gebüschen und stellte den Pferden

zwei Töpfe mit Mischfutter hin, mit verschiedenem Getreide und Karotten.
„Die Karotten schneide ich klein, sonst werfen sie sie in den Dreck. Ich gebe ihnen etwas mehr Futter wegen der Kälte. Weil sei draussen sind. Nächstes Jahr will ich ihnen vielleicht einen Stall bauen. Du kannst übrigens gerne auch zwei bis drei Nächte bleiben."
Er ging früh schlafen und stand früh auf. Dann machte er Halligalli. Alle Lichter und das Radio an. Ich blieb trotzdem liegen. Vor allem: es hatte wieder geschneit und schneite immer noch. Noch dazu war es bitterkalt. Unmöglich, den Schnee richtig zu geniessen. Vor allem, weil der Wind einem beständig um die Ohren pfiff.
Ich unternahm trotzdem Streifzüge durch die Supermarktlandschaft, einmal rechts und einmal links zur Stadt hinaus und hatte beides Mal wenig Glück. Ich fand einfach nix Gescheites zum Futtern. Michel lud mich beständig ein.
Am dritten Tag fragte er dann: „Gehst du zum Solidaritätsladen?"
„Ich wollte hingehen."
„Du musst dich schon beteiligen. Ich habe nur ganz wenig Geld."

Ich war also sehr glücklich über die vielen Dinge, die man mir im Solidaritätsladen gab, um meinen Teil beizutragen. Schliesslich fand ich aber doch noch zwei Ladungen Fruchtjoghurt und da ging es mir besser. Finden war einfach genialer als geschenkt bekommen. Es war etwas anderes.
„Wo hast du die Joghurts denn gefunden?"
„Ich rede eigentlich grundsätzlich nicht darüber, wo ich etwas finde."
„Ach, wieso?"
„Einfach so. Ich mag nicht darüber reden."
„Aber warum denn? Mir kannst du es doch sagen?"
„Wo-Fragen sind bei mir tabu."
„Das verstehe ich nicht."
„Das ist einfach so."
„Du kannst es vielleicht nicht jedem sagen, aber mir schon. Guck, ich habe elf Jahre ohne Wohnung gelebt, fünf Jahre im Wohnmobil und dann fünf Jahre mit den Pferden, mal im Tipi, aber meist im Zelt. Ich habe auch die Mülltonnen durchwühlt, was glaubst du denn? Ich finde es

komisch, dass du es mir nicht sagen willst. Egoistisch. Es kränkt mich. Ich habe dich aufgenommen und gebe dir zu essen…"
„Es war beim Solidaritätsladen."
„Schämst du dich, oder was?"
„Ja, ich schäme mich. Es handelt sich nicht gerade um eine repräsentative Tätigkeit."
„Du brauchst dich aber nicht dafür zu schämen."
„Ich schäme mich aber. Das ist es."
„Nein, ich habe das Gleiche gemacht. Das ist dein Leben."
„Das ist mein Leben. Du sagst es."

Ein andermal erzählte er: „Ich arbeite nur im Winter. Von Mai bis September bin ich mit den Pferden unterwegs. Dann mache ich Halt in kleinen Dörfern. Ich gehe fast nie in die Stadt. Höchstens zum Einkaufen in einen Supermarkt alle zwei Wochen. Um meine Taschen aufzufüllen.
Letzten Sommer hatte ich eine Beziehung mit einer jungen Frau. Wir waren zweieinhalb Monate zusammen mit den Pferden unterwegs. Ich war 47 und sie 25. Aber sie wollte immer Sex. Jeden Tag. Manchmal zwei Mal am Tag. Das war zu viel. Viel zu viel. Es hat mich völlig ausgelaugt. Ich finde, einmal im Monat reicht völlig aus. Maximal zwei Mal im Monat. Den R 4 habe ich mir vor einem halben Jahr gekauft. Für sechshundert Euro."
„Der ist bestimmt fünfundzwanzig Jahre alt."
„Nee, dreiundzwanzig. Eine Freundin sagte mir: ‚Jetzt hast du ein Auto, jetzt hast du eine Wohnung und Arbeit, da fehlt dir nur noch eine Frau'. Als nächstes kaufe ich mir eine Frau. Eine Schwarze oder eine Asiatin."

Meine Nachmittage verbrachte ich meistens in der Bibliothek, die leider kein Internet hatte.
„Heute Abend gibt es ein Konzert mit drei Gruppen nicht weit von hier", liess ich Michel wissen.
„Woher weisst du das?"
„Ich habe mehrere Aushänge gesehen. Einen an der Bar am Platz."
„Es wäre nicht schlecht, hinzugehen, denn es ist selten, dass hier was läuft. Auch wenn es nichts Gescheites ist."

Wir fuhren hin und es war nichts Gescheites, aber auch wieder besser als gar nichts.
„Es gibt eine Bar mit guten Konzerten einen Ort weiter hat mir ein Freund erzählt."
„Fahren wir hin."
Dort angekommen, begrüsste uns die Wirtin:
„Wir sind gerade am Schliessen. Heute ist kein Konzert, aber dafür gibt es morgen Mittag Gedichte und Musik ab ein Uhr. Wegen Valentinstag."
Am nächsten Morgen fuhr Michel zu seinen Pferden und kam mit einer Deutsch-Iranerin und dessen Tochter zurück.
„Ich fahre für ein paar Tage weg und suche jemand, der sich um meinen Hund kümmert."
„Ich kann das machen, wenn ich wo übernachten kann", gab ich zurück.
„Du kannst bei mir übernachten. Das geht. Oh, fein. Ich wusste echt nicht, wie ich das machen soll. Einen Hamster habe ich auch noch. Den kannst du gleich mit versorgen. Kommst du bei mir vorbei, später oder morgen?"
„Eher morgen."
„Ich kann Euch zum Markt fahren", bot uns Michel an. „Ich möchte dort zu Mittag essen und dann arbeiten gehen."
Wir fuhren zu viert mit zwei Hunden los. Als ich von einem kleinen Rundgang zurückkam, redete Michel gerade mit einer Frau namens Jocelyne. Er liess mich mit ihr alleine stehen. Jocelyne drückte mir einen Zettel in die Hand.
„Das ist für dich zum Lesen."
„Du schreibst? Im Nachbarort werden heute Mittag Gedichte mit Musik zitiert. Ich wollte hingehen."
Eine grosse männliche, etwa hundertfünfzig Kilo schwere Gestalt in schwarz gesellte sich zu uns.
„Im Nachbardorf gibt es heute Mittag in der Bar Gedichte. Da möchte ich hin. Kannst du uns nicht hinfahren?", fragte ihn Jocelyne.
„Kann ich machen."
„Es ist noch zu früh. Es beginnt erst um eins."
„Gehen wir noch einen Tee trinken in der Tee-Stube", schlug Jocelyne vor.

Das war mir gerade recht, denn mir war kalt. Jocelyne lud uns zu einem Chai ein, der seinen Duft in der gesamten Tee-Stube verströmte. Dann fuhren wir zur Bar. Es sah allerdings noch lange nicht nach Gedichten aus und so fuhr ich die zwei Kilometer zurück, um die Überbleibsel vom Markt aufzusammeln. Viel war es ohnehin nicht. Wieder zurück ging es irgendwann los mit Musik von ein paar Leuten und zwischendurch Gedichten von Pablo Neruda, Lorca und anderen Poeten, auf Englisch, Spanisch und Französisch, die von verschiedenen Frauen vorgelesen wurden. Jocelyne lud mich derweil zum Essen ein.

„Mir ist ganz schlecht", sagte sie plötzlich. „Ich habe die Sozialpädagogin gesehen, die mich betreut. Sie ist miserabel. Ich wollte sie, um meine drei Söhne zurückzubekommen, die derzeit beim Vater sind. Sie sind krank, seitdem sie dort sind und ich bin auch krank. Dieser Zustand macht uns alle verrückt. Aber die Sozialpädagogin hat nichts gemacht."

Irgendwann rezitierte Jocelyne ihre eigenen Gedichte mit Applaus. Danach war ich an der Reihe. Ich las das Gedicht vor, das ich vor ein paar Monaten für die „Bio für alle"-Veranstaltung in den Bergen geschrieben hatte:

Stell dir vor

Stell dir vor,
es gäbe keinen Privatgrundbesitz, sondern das Recht eines jeden Menschen je nach seinen Bedürfnissen, in einer Wohnung oder einem Haus zu leben
(und wenn möglich, von Zeit zu Zeit in einer Ferienunterkunft zu bleiben)

Stell dir vor,
es gäbe keine Ausbeutung von Männern, Frauen und Kindern mehr auf dieser Welt und alle Produkte hätten einen fairen Preis, der jedes menschliche Wesen auf diesem Planeten in guten Umständen leben liesse

Stell dir vor,
es gäbe ein Geldsystem ohne Zins und Zinseszins

Stell dir vor,
die Menschen würden fast kein Fleisch, keinen Fisch und kein Geflügel mehr essen, das heisst, nicht mehr als zwei Mal pro Woche.
Wie viele Erdenbewohner würden heute noch leben, weil es anstelle von Flächen für Weideland und Futtermittelanbau endlich Platz gäbe, um Gemüse und Getreide zum Essen anzubauen

Stell dir vor,
wir würden alle Recyclingpapier benutzen, wie viele Bäume es noch gäbe

Stell dir vor,
es gäbe ein Pfandsystem für Verpackungen, um praktisch jede Verpackung zu recyceln
(das gäbe auch Arbeit und ein wenig Geld für die Armen)

Stell dir vor,
unsere gesamten Wasch- und Reinigungsmittel wären biologisch abbaubar

Stell dir vor,
es gäbe keine Privatwagen mehr, sondern nur noch Geschäftsfahrzeuge und Wohnmobile. Stattdessen gäbe es ausreichend öffentliche Verkehrsmittel und Carsharing zum Transport von Dingen

Stell dir vor,
es würde kein Gift gegen Pflanzen und Tiere mehr produziert, sondern nur noch alternative Methoden der Schädlingsbekämpfung angewendet

Wie wäre diese Welt beschaffen?

Die Leute waren begeistert. Bis auf eine. Meine Tischnachbarin. Sie rief: „Du lebst nicht, was du schreibst."
Sie war jedoch betrunken und ich ignorierte sie. Einer der Anwesenden kam nachher an meinen Tisch.
„Das ist ein Traum, den du beschreibst, nicht wahr?"
„Genau."
„Ich lebe genauso wie du beschrieben hast. Hier in diesem Dorf. Doch der Bürgermeister hört nicht auf, mir Unannehmlichkeiten zu bereiten."
Ein Mann lud mich zu einer Kanne Zitronenverbene aus englischem Porzellan ein, bevor ich mit einem grauhaarigen Herrn sprach.
„Die 68er haben in meinem Leben ganz viel verändert. Vorher war ich ein braver Arbeiter in einer Fabrik, doch als ich von den Unruhen in Paris hörte, da packte ich meine Sachen und fuhr mit meinem Auto nach Marokko. Ich blieb dort zwei Jahre. Als ich in Pension ging, machte ich mich nochmal auf und lebte für zwei Jahre auf einem Schiff. Ich bin die ganze französische Mittelmeerküste entlang geschippert bis nach Spanien und dann den Atlantik entlang bis Portugal."
„Ganz allein?"
„Ganz allein mit meinem kleinen Boot von fünf Metern. Meist das Kleinste, das ankam. Ganz alleine mit den Unwettern, die ganz schön heftig sein können, sogar auf dem Mittelmeer. Aber man ist gar nicht allein, denn das Meer ist mit einem, es ist wie ein Spiegel."

Jocelyne wollte gehen. Mein Teespendierer fuhr uns zu ihr.
„Ich habe zwei grosse Hunde und drei Katzen", bereitete sie mich vor.
„Es wohnt gerade eine Frau bei mir, Anne. Seit über einem Monat."
Anne kam, um uns zu begrüssen.
„Komm, ich zeig dir das Haus. Hier ist das Babyzimmer. Von meinen beiden Kleinsten, die sie mir weggenommen haben. Und das ist das Zimmer der drei Jungen, in dem ich vorher geschlafen habe und in dem Anne jetzt schläft."
Sie zeigte auf ein Foto.
„Das ist meine Tochter. Sie ist 18 und schon gross. Das ist mein Büro. Die Toilette ist draussen. Die drinnen ist verstopft. Ich schlafe jetzt unten im Wohnzimmer."
Jocelyne machte Feuer im Kamin.
„Ich bin schwanger. Obwohl ich gar nicht richtig mit einem Mann geschlafen habe."
„Du hast mir vor acht Monaten schon erzählt, du seist schwanger", konstatierte der Teespendierer.
„Du kannst hier übernachten, wenn du willst. Es ist genug Platz da", lud mich Jocelyne ein.
„Oh ja, gerne."

Wir machten mein Bett und ich schlief bis nächsten Mittag. Als ich runterkam, sassen die beiden Frauen im Wohnzimmer beim Kaffee. Ich konnte nicht an mich halten: „Anne erinnert mich an eine Hausbesetzerin."
„Eine Hausbesetzerin, genau. So sieht sie aus. Mit ihren Knoten in den Haaren traut sie sich nirgendwo mehr hin. Ich meine, sie sollte zum Frisör gehen aber sie will nicht."
Als Anne weg war, klärte Jocelyne mich auf.
„Anne nimmt Medikamente. Einen Ersatz für Kokain. Manchmal nimmt sie zwei. Dann ist es nicht mit ihr auszuhalten. Ich will nicht, dass sie in diesem Zustand im Kinderzimmer ist…
Schon vier Mal habe ich alles hier zusammengeschlagen. Aus Frust, weil sie mir die Kinder genommen haben. Ich war besoffen und habe es gar nicht richtig mitgekriegt. Erst am nächsten Morgen als alles kaputt war.

Am Freitag fahre ich für eine Woche weg. Für eine Stunde meinen Sohn besuchen. Siebenhundert Kilometer entfernt. Dann ist niemand da."
„Aber Anne ist doch da."
„Nein, sie fährt zu ihrem Bruder. Sie wollte eigentlich, dass ich mitfahre, um ihn zu behandeln. Er ist im Krankenhaus. Aber ich habe keine Lust. Ich weiss nicht, wie ich ihr das erklären soll, ich habe ihr versprochen, dass ich mitkomme."
„Ich kann Haushüten, wenn du willst. Ich habe bloss noch einen anderen, etwas kleineren Hund, auf den ich eventuell aufpassen soll. Wenn der auch noch hier sein kann…"
„Das ist kein Problem. Am Anfang sind sie wohl eifersüchtig, aber das geht vorüber. Ach, es ist ein Segen, dass du da bist. Dich hat der Himmel geschickt."

März 8, 2010 - Montag

Von Formel-Eins-Fahrern und österreichischen Zigeunern

Aktuelle Stimmung: beeindruckt

Ich wollte gerade zur Deutsch-Iranerin wegen ihrem Hund fahren, da traf ich Jil auf der Strasse.
„Hey, wie geht's dir? Bist du wieder im Lande?"
„Ja, ich bin vor ein paar Tagen gekommen und war auch bei dir, aber du warst nicht da."
„Nee, ich war drei Wochen unterwegs, in ganz Frankreich."
„Mit den Kindern?"
„Mit den beiden, ja klar. Bin vorgestern Abend gekommen. Hast du Zeit für einen Kaffee?"
„Für einen Kaffee habe ich immer Zeit. Ich wollte eigentlich in die Stadt, um mit einer Frau zu sprechen, die jemanden zum Hundesitten sucht."
„Ich fahre morgen früh und kann dich mitnehmen. Du kannst hier übernachten und dann fahren wir morgen zusammen."
Ich überlegte eine Weile, dann nahm ich die Einladung an. Am nächsten Morgen fuhren wir erst im Dorf meiner Höhle vorbei, um eine Freundin von Jil abzuholen. Wir nahmen noch zwei Tramper mit. Die Freundin bereitete uns aufs Nötigste vor.
„Jil fährt wie ein Formel-Eins-Fahrer, aber er fährt sicher."
Als ich zur Deutsch-Iranerin kam, öffnete sie erst nach einer Weile die Tür.
Mit: „Entschuldige, dass ich erst heute komme", begrüsste ich sie.
„Ach, du bist es. Ich habe schon jemand anderen gefunden, der sich um den Hund kümmert."
„Jemanden, den du kennst?"
„Ja, genau."
„Na, umso besser für dich. Kein Problem."
„Magst du einen Tee trinken?"
„Nein, jemand wartet auf mich."

Auf dem Rückweg konnte ich ob der Geschwindigkeit meines Fahrers nicht mehr an mich halten: „Du fährst, als wärst du in einer Rallye."
„Willst du mich mal wie in einer Rallye fahren sehen? Das hier ist gar nichts. Ich bin schon oft Rallye gefahren, sogar mit Polizisten. Ich fahre schon Auto seit ich zwölfeinhalb Jahre alt bin. Und oft auf nur zwei Reifen."

Nach dem Ausflug ging ich wieder zurück zu Jocelyne. Ich kochte Reis mit den Bohnen, die ich gefunden hatte, aber die beiden Frauen assen fast nichts. Dann ging ich in den abendlichen Strassen ein wenig Herumstromern.
In einer Gasse kam mir grüssend ein Mann mit grauen Haaren und Vollbart entgegen und sprach mich an: „Ja, wo bist denn du her?"
„Wieso?"
„Ja, ich komme nämlich aus Österreich und ich habe so selten Gelegenheit, deutsch zu sprechen."
„Mit mir hast du die Gelegenheit."
„Den Hund, den kenne ich doch. Der ist von Jocelyne."
„Genau. Von da komme ich her."
„Was, so ein hübsches Mädchen wie du ist bei Jocelyne? Ja, wie hat's dich denn dahin verschlagen? Und da wohnt doch jetzt auch Anne, nicht? Da darfst du auf keinen Fall bleiben. Du kannst bei mir bleiben. Kein Problem. Jocelyne kenne ich schon lange. Das ist eine Verrückte. Ich habe so viel für sie getan und jetzt hasst sie mich. Aber jetzt komm erstmal mit zu uns. Ich bin Henry."
„Wie du willst."
„Das ist mein Freund, wie ich ein Zigeuner. Er ist mein Nachbar. Ich wohne darüber. Aber iss, hier sind Kebab und Pommes. Aber jetzt erzähl mal, wie kommt es denn, dass du bei Jocelyne gelandet bist?"
„Ich habe sie letzten Sonntag auf dem Markt kennengelernt. Jemand, den ich kenne, hat sie mir vorgestellt und dann hat sie mich eingeladen, bei ihr zu übernachten."
„Weisst du, ich habe versucht, ihr zu helfen. Aber es war nicht möglich. Und jetzt hasst sie mich. Der Hund hat mich schon gebissen. Und er hat mir Flöhe in meinen ganzen Wohnwagen gebracht. Mein Nachbar ist

von einem anderen Stamm, aber wir verstehen uns trotzdem. Wir helfen uns gegenseitig. Und anderen, vor allem, wenn sie bei Verrückten sind. Du kannst echt bei mir schlafen. Und das sage ich nicht, weil du eine Frau bist und ich ein Mann. Ich bin 66 und aus dem Alter von Frauen heraus. Ich habe zwar kein elektrisches Licht und keine Heizung, aber dafür läuft das Wasser. Duschen kann man hier unten und zum Wäsche waschen gibt's eine Waschmaschine bei einer anderen Zigeunerin nicht weit von hier. Ich habe vorher in meinem Wohnwagen gelebt, aber für die Rente brauchte ich eine feste Adresse. Das ging nicht im Wohnwagen. Da habe ich mir die Wohnung zugelegt. Übrigens ich heisse Henry."

Am nächsten Tag traf ich auf der Strasse denjenigen, der mich einmal zum Schlafen bei seinem Bruder eingeladen hatte.
„Du bist wieder hier?"
„Ja, ich bin zurückgekehrt. Ich bin vor ein paar Tagen angekommen."
„Darf ich dich zum Kaffee einladen?"
„Ja, gern."

Im Café sass Henry auf der Terrasse. Wir setzten uns zu ihm in die Sonne und die beiden unterhielten sich. Henry besuchte ich fortan öfter und meist war seine Bude voll mit trinkenden Jungs.
„Aber ich höre bald wieder auf zu trinken. Ich habe gerade für dreissig Tage nichts getrunken und jetzt wieder angefangen. Ich habe nämlich ein kleines Problem mit dem Alkohol."
Als ich ihm ein wenig vom meinem Leben erzählte, gab er mir zwanzig Euro mit den Worten:
„Nimm das, bitte."
Nach ein paar Tagen bei Jocelyne fiel mir die Decke auf den Kopf. Das Dorf war mir einfach zu klein. Ich musste raus. Auch bei Jocelyne wurde es mir zu viel.

So liess ich meine Sachen bei Henry und trampte in die Stadt. Diesmal in einem Wohnmobil von einem Deutschen mit langen braunen Haaren.

„Vor zehn Jahren, als ich hier ankam, war es total klasse. Man konnte mit dem Auto ohne Versicherung und Führerschein herumfahren. Wenn sie einen angehalten haben, liessen sie einen weiterfahren mit einem „beim nächsten Mal aber…". Und jetzt mit dem neuen Präsidenten hat sich alles geändert. Komisch die Leute. Dabei leben sie noch nicht einmal."

Ich wollte dann eigentlich nur fünf Minuten bei Michel vorbeischauen.
„Hey, du bist da."
„Ja, ich habe bis eben geschlafen."
„Keine Arbeit heute?"
„Nee, es hat doch geregnet. Aber jetzt muss ich los. Es kommt einer mit einer Lieferung Heu für meine Pferde. Willst du was Essen?"
„Ja, gerne. Ich habe noch nichts gegessen."
„Ich habe schon fertig gekochten Reis und Hühnchen. Von dem Hühnchen lass mir die Hälfte übrig. Bis gleich."
Ich machte mir noch ein paar Champignons, die ich aufgestöbert hatte zum Reis dazu und trank zum Abschluss genüsslich einen Kaffee. Allerdings brachte ich den Spirituskocher nicht an und benutzte die Herdplatte.
Als Michel zurückkam, beichtete ich es ihm:
„Ich habe was Schlimmes getan."
„Was denn, das Haus in Brand gesteckt?"
„Nein, die Herdplatte benutzt, obwohl du mir doch sagtest, sie niemals zu benutzen, weil es zu teuer ist. Ich habe den Spirituskocher nicht angebracht."
„Ich gebe dir Nachhilfeunterricht in Sachen Spirituskocher."
Er spritzte einen ganzen Haufen Spiritus in den Köcher.
„Ach, deshalb ging er nicht an. Ich habe zu wenig Spiritus benutzt. Ich bin weggefahren, weil ich die Stadt vermisst habe."
„Und mich hast du natürlich auch vermisst. Ich muss Gummistiefel kaufen, kommst du mit?"
„Ja doch."
„Ich bin morgen Abend auf einer Feier eingeladen. Bei einer schweizerdeutschen Freundin etwa eine Stunde Fahrt mit dem Auto von hier entfernt. Du kannst mitkommen, wenn du willst. Es wird in einem Vereinscafé stattfinden. Und heute Nacht, bleibst du hier?"

„Weiss noch nicht. Ich habe nichts ausser einer Zahnbürste mitgebracht."

Wir fuhren Gummistiefel kaufen und dann in einen dieser riesigen Supermärkte, um ein paar Sachen zu kaufen. Ich blieb bei ihm.
Am nächsten Abend fuhren wir zur Feier. Sie war grossartig. Erst gab es ein leckeres Abendessen, zu dem mich Michel einlud, dann Live-Percussion-Musik, auf der man sich auf der Tanzfläche austoben konnte. Lediglich Gespräche kamen etwas zu kurz.

Schliesslich war wieder Markttag und Michel mich mit. Ich traf Jocelyne. Ausserdem sass Antoine, den ich vom Trampen kannte im Strassencafé und trank sein Bier. Ich setzte mich zu ihm.
„Jocelyne kenne ich auch vom Trampen. Ich kenne die meisten Leute hier, weil ich sie mal mitgenommen habe. Jetzt habe ich nicht mehr das alte Auto, sondern ein Neues."
Er ging bald und gab Jocelyne und mir je ein Kipferl zum Abschied.
Michel sass bei ein paar Leuten.
„Das sind Deutsche", informierte er mich, als ich zu ihm kam.
„Echt? Mir erzählen die Leute ständig, es gebe viele Deutsche in der Gegend, doch ich habe noch kaum welche getroffen."
„Ich bin einer."
„Und wir sind zu Besuch hier. Wir sind aus dem Osten. Wir wollten eigentlich nach Spanien und nur zwei Tage hier bleiben, doch wir sind nun schon länger hier. Es ist einfach schön in der Gegend. Aber die Zeit vergeht so schnell."
„Das ist mir auch aufgefallen. Dabei macht man gar nichts."
„Und du? Was machst du hier?"
Ich erzählte ihr ein bisschen aus meinem Leben.
„Ich habe viele hier getroffen, die nicht arbeiten und einfach ihr Ding machen. Aber wenn man Kinder hat... Ich hatte ein vegetarisches Restaurant. Es lief sehr gut, aber ich habe vierzehn Stunden am Tag gearbeitet. Die Kleine war ständig krank. Sie hatte keinen Stuhlgang, manchmal für zwei Wochen nicht. Wir waren deswegen oft im Krankenhaus. Als ich aufgehört habe mit dem Restaurant, war es schlagartig vorbei. Ich hatte vorher Angst, was passiert, wenn ich aufhöre zu arbeiten,

doch als ich die Entscheidung gefällt habe, das Restaurant abzugeben, kamen lauter Anfragen, woanders zu Kochen und so ist es viel relaxter. Jetzt habe ich mir einige Festivals ausgesucht, auf denen ich einen Stand mit Essen mache, das ist super. Und mit ein bisschen Einschränkung lässt sich davon leben. Mit dem Restaurant kam viel Geld rein, aber wie es reinkam, so floss es auch wieder raus."

Diesmal waren viele Leute auf dem Markt, doch nach drei Stunden wurde es mir plötzlich zu viel. Ich hatte eine Overdosis an Hippies und so verzog ich mich lieber zu meinem Zigeunergrossvater.
Ursprünglich hatte Jocelyne am Freitag fahren wollen. Doch dann wurde der Besuchstermin ihres Sohnes verschoben und sie plante ihre Abreise für Montag. Ich ging schon am Sonntagabend zu ihr. Am Morgen stand ich auf und sah ein frisch gebackenes Rosinenbrot auf dem Küchenschrank.
„Ich habe heute Nacht kaum geschlafen. Ich konnte nicht einschlafen. Und da habe ich das Rosinenbrot gebacken. Bis vier Uhr. Dann habe ich ein bisschen im Büroraum geschlafen. Ich wollte dich nicht stören."
Ihr früherer Freund rief an und bot ihr an, sie mit dem Auto zu fahren. Sie nahm an.
„Wir fahren über Nacht. Das ist mir recht. Da habe ich noch Zeit, mich vorzubereiten..."

März 9, 2010 - Dienstag

Meeting another nomad

Aktuelle Stimmung: erleichtert

Ich fuhr in die mittelalterliche Stadt, zuletzt mit einem Deutschen.
„Ich habe meine Frau in London kennengelernt, eine Französin. Und sie wollte wieder zurückgehen in ihre Heimat. So bin ich hierhergezogen. Das hätte ich auch nicht gedacht, wenn mir das jemand vor zehn Jahren gesagt hätte. Jetzt bin ich schon seit sieben Jahren in der Gegend."
„Es ist schön warm heute."
„Richtig Frühling. Dabei war es vor Kurzem noch ganz kalt."
„Ich war schon da, als es das letzte Mal geschneit hat."
„So viel Schnee wie diesen Winter habe ich hier überhaupt noch nicht gesehen."
„Von wegen Klimaerwärmung."
„Daran glaube ich sowieso nicht mehr nach den letzten Wintern. Es wird immer kälter. Ich fahr auch munter weiter Auto. Und was treibst du so?"
„Ich treibe nichts, ich lasse mich treiben."
„Das ist auch gut."

Er setzte mich an einer Ecke ab und ich startete den Weg in die Stadt hinein. An den ersten Wohnblöcken fand ich prall gefüllte Mülltonnen speziell für Brot. Daneben ein Sack mit Kleidung. Nicht viel weiter war der Supermarkt, der letztes Mal nichts hergegeben hatte; diesmal jedoch wurde ich fündig. Es gab Fleisch, Wurst, Garnelen und Joghurts. So viel insgesamt, dass ich dermassen schwer bepackt war, dass ich überlegte, gleich wieder zurückzufahren, denn so konnte ich unmöglich lange laufen. Irgendwie war es zu schade, die ganze Strecke nur deswegen gefahren zu sein. So kam ich auf die Idee, mir ein Versteck zu suchen. Was ich auch fand. So drehte ich eine Runde in der Stadt und lief eine Weile am Fluss entlang, um anschliessend mit drei verschiedenen Autos zurückzufahren.
Eine der Frauen fragte: „Wie machen sie das, zu Reisen ohne zu Arbeiten?"
„Ich lebe ohne Geld."

„Und wie machen sie das mit der Unterkunft? Wohnen sie bei Leuten?"
„Zur Zeit schon. Im Augenblick hüte ich ein Haus mit zwei Hunden und drei Katzen, aber das kommt selten vor."
„Und wie machen sie das, dass Sie solche Leute kennenlernen?"
„Das passiert einfach so durch die Art wie ich lebe. Ich tue einfach das, was ansteht und dabei lerne ich die entsprechenden Leute kennen. Ansonsten ist es ein Leben, das sich vom Leben der arbeitenden Bevölkerung sehr stark unterscheidet. Ich bin sozusagen im Fluss. Ich habe noch nicht einmal eine Uhr."
„Ich habe auch keine Uhr und kein Handy. Und das mit zwei Kindern."
„Das ist ja etwas Besonderes. Dann wissen Sie ja, wie man so lebt..."
„Ja, wir haben längere Zeit auf tausend Metern Höhe in einem kleinen Dorf gewohnt. Da lebten viele einfach so. Doch ich wollte irgendwann wieder arbeiten, um andere Leute kennenzulernen und etwas anderes zu tun, deshalb kamen wir hierher."

Am Abend ging ich nur kurz mit den Hunden raus, um meine restlichen Sachen beim Zigeuner abzuholen und ihm den Schlüssel von seiner Wohnung zurückzubringen, den er mir gegeben hatte. Mit dem Resultat, dass die beiden Hunde laut jaulten, als ich davonging, was ich bis zur nächsten Strassenecke hörte. Bei Henry war ein junger Mann zu Gast.
„Ich bin den ganzen Tag mit den Hunden beschäftigt", stöhnte ich. „Jetzt habe ich mir mal kurz freigenommen, um zu dir zu kommen und schon fangen sie an, zu jaulen."
„Die Hundeviecher. Die wollen nicht nur kurz Gassi gehen. Die wollen toben. Ich hatte auch schon öfters Hunde von jemandem. Das war immer ein schlechtes Geschäft. Einige Male kamen die Leute gar nicht zurück. Dann hatte ich die Hunde am Hals. Einer davon ist immer mit einem grossen Hund unterwegs gewesen und einmal kam der Grosse alleine zurück. Ich habe dann in den ganzen Dörfern der Gegend herumgefragt und eine Frau sagte, ja, den hat sie gesehen. ‚Der ist mit einem Pärchen an der Leine gelaufen'."
„Da hast du ihn gut untergebracht."
„Genau. Apropos: Er ist Pole, geboren in Schlesien."
„Ich weiss nicht, wo Schlesien liegt."

Henry stand auf und ging zu einer Wand, an der eine alte Karte hing: Deutschland mit den Grenzen von 1937.
„Hier liegt Schlesien, guck."
Ich konnte mich vor Lachen nicht mehr einkriegen. Zu komisch, dass er eine solche Karte an seiner Wand hängen hatte.
„Das ganze Stück hier haben die Polen nach dem Krieg eingesackt. Und das war Ostpreussen. Königsberg. Das gehört heute zu Russland."
„Na ja, das kommt davon, wenn man Krieg anfängt. Da muss man dafür büssen."
Der Pole meldete sich zu Wort:
„Meine Eltern waren Deutsche und Österreicher, aber ich spreche kaum Deutsch. Vielleicht 15 Prozent."
„Und du trinkst nicht?"
„Doch, ich trinke Tee."
„Nein, Alkohol meine ich."
„Nein, Alkohol vertrage ich nicht. Danach geht es mir immer schlecht. Ich trinke vielleicht zwei Mal im Jahr."

Am nächsten Tag holte ich ein paar Fressalien beim Solidaritätsladen und machte mich im Anschluss auf den Weg in die Stadt. Ich hatte gehört, dass es gerade Riesenknäuel Wolle in einem dieser Discounterläden gab. Also nichts wie hin. Und tatsächlich nahm ich einen Knäuel und ein paar neue Nadeln mit, hatte ich von den alten schon wieder eine verloren.

Mit den Hunden lief es ganz gut, weniger jedoch mit den Nachbarn. Einer von ihnen sprach mich im Vorbeigehen an:
„Der Grosse hat schon meinen kleinen Hund gebissen. Er ist verrückt."
Am nächsten Tag beschwerten sich die nächsten:
„Die beiden sind gestern in unseren Garten gekommen. Ich habe es genau gesehen. Am Abend. Sind Sie hier langspaziert?"
„Bin ich."
„Da waren Sie das. Ich erkenne die beiden Hunde."
So die Frau. Und der ältere Herr neben ihr:
„Ich wohne seit 60 Jahren hier. Ich bin von hier. Früher hat es nicht einmal Zäune gegeben. Und auch keine Hunde. Aber jetzt kommen sie

alle und bringen ihre Hunde mit. Und jetzt gibt es viel zu viele davon. Ich finde, man sollte sich nur Tiere halten, die man auch isst: Gänse, Enten und Hühner..."
„Dass es zu viele Hunde gibt, da bin ich mit Ihnen einer Meinung. Genau deshalb bin ich hier hoch gekommen, weil unten im Dorf zu viele sind."
„Die Hunde gehören jedoch angeleint, wie es das Gesetz vorschreibt."
„Aber hier ist man doch schon auf dem Land."
„Das sagen die Leute, aber hier sind noch Wohnhäuser und es fahren Autos. Da gehören die Hunde angeleint."
Ich hatte jedoch nur eine Leine, das heisst, einen zur Leine umfunktionierten Gürtel, den Jocelyne mir gegeben hatte, der zweite war nicht benutzbar, ausserdem zog der Hund zu sehr.

Ich fuhr dann mal wieder in meine mittelalterliche Stadt. Der letzte Typ war mir gleich nicht ganz koscher mit seinem teuren Neuwagen und ich wollte schon fast nein sagen, aber wagte es trotzdem. Prompt kam nach diversen allzu interessierten Fragen:
„Verbringen wir einen kleinen Moment gemeinsam?"
„Tut mir leid, ich bin nicht so eine."
„Wieso, wie muss man denn sein?"
„Weiss ich auch nicht, jedenfalls nicht so wie ich."

Er setzte mich auch ohne einen kleinen gemeinsamen Moment an gewünschter Stelle ab, aber die Fahrt war mir unendlich lange erschienen. Es war gerade Mittagsruhe am Supermarkt und so konnte ich mir gemütlich aussuchen, was ich wollte. Diesmal gab es Obst und Gemüse: Mandarinen, Orangen, Brokkoli, Mangold, Karotten... Meine Plastiktüte war schnell voll und ich versteckte sie am gleichen Ort wie letztes Mal.

Diesmal lief ich ins neuere Stadtviertel. Auf dem Platz sah ich einen kleinen Glatzkopf mit kunterbunten Klamotten und Rucksack und grüsste ihn, ging jedoch weiter. Danach sah ich ihn in der Nähe des Bahnhofs wieder. Ein anderer Mann, der nicht weiter interessant war, lud mich zum Kaffee ein und als ich gerade den Rückweg antreten wollte, stiess ich zum dritten Mal auf den lustig ausschauenden Zeitgenossen.

„Du siehst fast aus wie ein indischer Sadhu", sprach ich ihn an.
„Wieso?"
„Na, die haben keine Frau, keine Wohnung und keinen Besitz ausser ihrer Kleidung am Körper."
„Ich habe noch eine Flöte. Mit der wollte ich spielen, aber die Polizei hat es mir verboten. Sie kam und sagte: ‚Es ist verboten, für Geld Musik zu machen'. Da sagte ich: ‚Gut, dann spiele ich, ohne Geld zu nehmen.' ‚Das ist auch verboten'. ‚Ich wohne auf der Strasse und ich mache auf der Strasse, was ich will', erwiderte ich. Ich habe sie als Faschisten bezeichnet und das hat ihnen gar nicht gefallen. Und du, wohnst du hier?"
„Nein, ich bin gerade am Haushüten eine ganze Ecke von hier entfernt. In der Nähe gibt es sogar Höhlen, in denen man schlafen kann. Komm doch mit, ich zeige sie dir. Ich fahre jetzt zurück."
„Ich muss nur meinen Rucksack holen, den ich in einem Haus abgestellt habe."
„Gehen wir zusammen hin."
Es war ein Vagabundenwohnheim.
„Bin ich froh, dass ich wieder in Freiheit bin und nicht hier übernachten brauche..."

März 11, 2010 - Donnerstag

End of a story

Aktuelle Stimmung: dankbar

Wir holten meine Sachen, die ich vor dem Müllberg gerettet hatte und trampten gemeinsam zurück zu Jocelyne.
„Ich komme aus Réunion. Ich lebe ohne das ‚Minimum' und ohne Krankenversicherung und reise seit ich zwanzig bin, seit 24 Jahren. Ich bin Vollwaise", erzählte er einem unserer Fahrer. Und natürlich kam die Geschichte mit der Polizei.
„Sie haben mich regelrecht verjagt. Man bräuchte eine Genehmigung, um Musik zu machen - vom Rathaus. Ich will aber nirgendwohin gehen und um eine Genehmigung bitten. Sie haben mich zu einem Vagabundenheim gefahren, wo jedoch kein Bett mehr frei war. Ich konnte aber meinen Rucksack dort lassen und hätte auf der Couch übernachten können. Aber da kam Michelle und hat mich eingeladen, mit ihr zu kommen. Ich komme gerade aus Korsika. Ich bin Nomade. Ich bin Pilger. Ach, ist es anstrengend, Pilger zu sein!"
„Du kannst hier übernachten. Jocelyne hat mich autorisiert, Leute mitzubringen, wenn sie nett sind", sagte ich zu ihm, als wir angekommen waren.
„Oh, klasse."
„Und morgen, wenn Jocelyne zurück ist, gehen wir zur Höhle, von der ich dir erzählt habe."

Jocelyne kam in der Nacht und schlief bis zum nächsten Mittag.
„Wir sind über den Garten eingestiegen. Ihr habt die Klingel nicht gehört. Und die Hunde haben nicht lange genug gebellt. Sie haben mich erkannt. Und ich wollte dich auch nicht unbedingt wecken."
Ich berichtete ihr wie alles verlaufen war.
„Martin und ich wollten heute zur Höhle fahren."
„Aber nicht, weil ich gekommen bin. Ihr könnt gerne hierbleiben."
„Ein andermal gerne. Doch jetzt zieht's mich zur Höhle. Einer der Jungen hat mir erzählt, sie wollten verreisen."

Ich arrangierte meine tausend Sachen (es war schon wieder einiges, was sich angesammelt hatte) und mitsamt einer Tüte voller Fressalien machten wir uns auf den Weg zur Höhle. Im Dorf angekommen, gingen wir bei dem Engländer vorbei. Ich hatte einen Riesenteddy für sein neugeborenes Baby gefunden.
„Das Baby ist unterwegs, Laufen."
Es kam noch ein weiterer Gast.
„Wollt Ihr einen Kaffee?"
„Ja, gerne."
„Wo seid Ihr gerade?"
„Wir wollten hier in die Höhle. Einer der Jungs sagte mir, sie wollten verreisen."
„Nein, die sind noch da", meinte der Gast. „Aber in der Eremitage ist zur Zeit niemand. Dort könnt Ihr übernachten. Ich habe den ganzen Winter dort verbracht. Jetzt bin ich in einer Hütte in der Nähe. Ich gehe gleich zurück und zeige Euch den Weg. Man kann darin Feuer machen. Es gibt bloss ein paar grössere Öffnungen im Gemäuer, aber sonst ist es o.k."

Nach dem leckeren Espresso, den wir gemeinsam auf der Strasse tranken, liefen wir zusammen zur Eremitage. Sie lag ausserhalb des Örtchens am Fluss. Es war ein etwa sechs Quadratmeter grosses, an einen Felsen gebautes Steinhaus.
„Habt Ihr eine Plane?"
„Nicht wirklich."
„Ich kann Euch eine geben. Und einen Topf, wenn Ihr wollt."
„Und, gefällt es dir?", fragte mich Martin.
„Ja, super. Und dir?"
„Mir auch. Ich danke dem Herrn für diesen Platz zum Schlafen."
Martin holte mit dem anderen Topf und Plane und sammelte Holz, während ich mich im Dorf um ein Trinkwasser und Kartons zum Anfeuern kümmerte. Als ich zu Einbruch der Dunkelheit zurücklief, kam er mir Flöte spielend entgegen.
„Ich habe mir Sorgen um dich gemacht. Ich hatte Angst, dir sei etwas passiert."
„Man darf sich keine Sorgen um mich machen. Das ist Regel Nummer eins."

„Wenn wir zurückkommen, ist schon ein grosses Feuer am Brennen. Und saubergemacht habe ich auch."
„Wow, klasse. Zum Abendessen kann ich Brokkoli kochen."
„Du bist der Küchenchef."
„Brokkoli und Brot, einfach, aber trotzdem gut."
„Stimmt. Ich bin in Korsika den GR 20 gelaufen, trotz des Winters. Es war dort minus 30 Grad. Und die Schutzhütten waren zum Teil geschlossen. Aus einer Schutzhütte habe ich drei Decken mitgenommen. Die habe ich auch gebraucht. Ich habe einen Zettel dort gelassen und mich entschuldigt. Ich liebe dich. Ich liebe dich. Ich liebe dich."
Letzteres sagte er tausend Mal am Tag.
„Das glaube ich dir erst, wenn du meine Schattenseiten kennst und es immer noch sagst."
„Nein, glaube mir. Das ist wahr. Und genau an dem Tag, als ich dich traf, habe ich um solch eine Frau gebeten. Die reist wie ich, für die es o.k. ist, überall zu schlafen, die keinen Stress macht..."
„So eine Frau hast du gefunden."
„Ich war lange allein. Es ist Ewigkeiten her, dass ich eine Frau im Arm hatte, dass ich neben einer Frau aufgewacht bin, ja, dass ich mit einer Frau geredet habe."
„Ernsthaft?"
„Ernsthaft."

Ich schlief erstaunlich gut. Und dank Martin, der sich immer mal wieder um das Feuer kümmerte, brannte es bis zum nächsten Morgen, um Kaffee zu kochen. Es regnete leicht.
„Ich bin nicht zur Schule gegangen. Ich habe erst mit 27 Jahren Lesen und Schreiben gelernt. Mit einem Deutschen in der Ukraine. Mein Adoptivvater hat mich als Kind arbeiten lassen, schon als ich ganz klein war. Unter anderem musste ich das Geschirr aller Arbeiter an einer Wasserstelle spülen, die weit entfernt war. Seine eigenen Kinder gingen zur Schule, bloss ich nicht."
Beim Blick auf seine Glatze meinte er: „Ich habe schon mit zwölf, dreizehn eine Glatze bekommen, weil ich so viele Sorgen hatte. Fahren wir in die Stadt? Ich möchte Musik machen. Ich brauche Geld für Tabak."

„Ich kenne einen Ort, wo wir frühstücken und duschen können."
„Gehen wir hin."
Wir wurden gleich mitgenommen und duschten nacheinander.
„Es gibt einen Solidaritätsladen nicht weit von hier."
„Da möchte ich hin."
„Sie haben heute Vormittag geöffnet."

Wir schauten dort vorbei und Martin bekam eine Riesentasche mit Zeugs, die wir mühsam transportierten.
„Ich war vor einigen Jahren schon mal in der Gegend. Ich erinnere mich langsam."
„Und wie kam es, dass du ausgerechnet hierher gekommen bist?"
„Ich habe Leute getroffen, als ich von Korsika übergesetzt bin. Die haben mir von ihren Wanderungen hier in der Region erzählt."
Wir stellten uns unter die Arkaden am Platz und Martin spielte Flöte. Bei einem Rundgang traf ich den Halb-Amerikaner aus dem Dorf der Höhle mit seiner Gitarre und stellte ihm Martin vor. Sie kannten sich jedoch schon.

„Hey, du Weltenbummler! Wie geht's? Wo warst du unterwegs?"
„Ich war in Serbien, Kroatien, Bulgarien, Griechenland, der Türkei, Italien und vor drei Jahren in Südamerika: Brasilien, Chile, Argentinien, Peru, Bolivien, Venezuela, Kolumbien, Französisch Guayana..."

Sie spielten zusammen. Martin schaute in seine Mütze.
„Mir fehlt noch ein Euro fünfzig zu meinem Tabak. Wollen Sie mir nicht helfen?", fragte er diverse Leute, die vorbeikamen.
„Man darf die Leute nicht so fragen", meinte der Halb-Amerikaner.
Er bekam mit ein paar weiteren Liedern das Geld für seinen Tabak zusammen und wir fuhren zurück. Wieder in der Eremitage wollte ich nochmal los, um Wasser zu holen.
„Soll ich nicht mitkommen oder selber gehen und du kochst etwas?", fragte er mich.
„Nein, ich mag alleine gehen. Ich brauche ein bisschen Zeit für mich."
Er war nicht sehr angetan, aber akzeptierte es.

Am nächsten Morgen fragte er: „Was machen wir heute?"
„Ich würde gerne in die Bibliothek gehen. Die hat heute offen."
„O.k., gehen wir. Ich komme mit."
Vor der Bibliothek angekommen, bat ich ihn, alleine hineinzugehen, da er das letzte Mal die ganze Zeit neben mir gesessen hatte.
„Dann warte ich draussen in der Sonne."

Nach fünf Minuten merkte ich, es ging so nicht weiter. Ich ging zu ihm.
„Du, mir wird das alles zu eng. Ich brauche Luft zum Atmen. Du erstickst mich. Ich bin es nicht gewohnt, mit jemandem die ganze Zeit zusammen zu sein. Ich brauche mehr Zeit für mich, mehr als nur mal eine Stunde zum Wasser holen. Ich bräuchte Zeit alleine für mich bis morgen Mittag. Dann sehen wir uns wieder."
„Wenn ich alleine zur Eremitage zurückgehe, dann nehme ich mein Zeug und verschwinde."
„Nein, das ist keine Lösung für mich. Ich möchte nicht, dass du gehst."
„Alle Frauen sagen mir das Gleiche. Sie brauchen Zeit für sich. Und dann gibt man ihnen Zeit und dann ist es immer noch nicht genug und sie wollen mehr Zeit."
„Ich möchte heute auch nicht in der Eremitage schlafen, sondern auf einer Matratze bei Jocelyne," schob ich hinterher.
„Dann schlafen wir heute beide bei ihr und morgen gebe ich dir den ganzen Tag Zeit für dich."
„O.k., das ist eine Lösung. Gehen wir zu Jocelyne."

Ich hatte plötzlich Lust, mit den Hunden spazieren zu gehen und wir zogen los.
„Ich habe mit 17 geheiratet und wir hatten eine Tochter. Ich kannte meine Frau schon als Kind, von dort, wo ich auf der Zuckerrohrplantage gearbeitet habe. Dann ging ich zur Armee. Doch wurden wir nach einiger Zeit nach Neu-Kaledonien versetzt. Das war so üblich bei der Armee in Réunion. Dort gab es einen Aufstand und wir sollten auf die Bevölkerung schiessen. Da legte ich meine Waffen nieder und sagte: ‚Das sind meine Brüder und auf meine Brüder schiesse ich nicht.'
Mit 27 begann für mich ein neues Leben. Wir aus Réunion sind alle klein, doch wir haben ein grosses Herz."

Er redete und redete.
„Du, Französisch zu reden, macht mich auf Dauer müde. Ich brauche mal eine Pause."
„O.k., dann gehe ich voraus."
Nach einer mir wohltuenden Viertelstunde setzte er sich ins Gras.
„Du setzt mir immer mehr Grenzen. Du willst Zeit für dich, du willst, dass ich weniger rede, aber ich bin aus Réunion. Wir sprechen viel. Wir sprechen den ganzen Tag. Und Lachen viel. Und wenn ich nicht mit den Menschen spreche, dann spreche ich mit den Tieren, den Pflanzen, der Sonne, dem Mond und den Sternen. Wir sind aus zwei verschiedenen Kulturen. Es gibt grosse Kulturunterschiede zwischen uns."
„Die dazu da sind, überwunden zu werden. Weisst du, was ich gemerkt habe? Ich habe grosse Lust, zu reisen. Ich bin schon über drei Wochen hier in der Gegend. Das ist lange für mich."
„Oh ja, reisen wir. Ich bleibe auch nie lange an einem Ort. Komm mit mir. Du wirst das richtige Nomadenleben kennenlernen. Hier drehst du dich im Kreis. Immer dieselben Orte. Ich bin es leid, zuzusehen wie du dich im Kreis drehst."

Am nächsten Morgen berichtete er: „Ich war gestern Nacht zwei Stunden unterwegs. Ich überlegte zu gehen. Wenn ich dich so viel störe und du mir so viele Limits auferlegst, gehe ich lieber. Und wenn ich nicht reden darf, bin ich nicht mehr ich selbst. Doch dann traf ich einen alten Mann, der mir sein ganzes Leben erzählte. Auch von seiner Frau, die er verloren hat. Und so bin ich geblieben. Du bist meine Frau, auch wenn wir nicht verheiratet sind. Ich betrachte dich als meine Frau."

Wir machten uns auf zur Eremitage, um dort klar Schiff zu machen und liessen unendlich viele Sachen da. Ich sagte ein paar jungen Leuten, die vorbeikamen bescheid, dass sie sich aussuchen sollten, was sie gebrauchen können. Wir trampten los. Seit ich aufgestanden war, hatte ich starke Rückenschmerzen und mir war unmöglich, ausser meinem grossen Rucksack noch den kleineren zu tragen. Martin erbarmte sich, obwohl er schon eine schwere Tasche mit Lebensmitteln hatte.
Ein Herr setzte uns auf einer Hochebene ab und wir liefen ein Stück zu

Fuss - bei strahlendem Sonnenschein mit Blick über die Hügellandschaft. Ein phantastischer Augenblick. Dann trampten wir weiter, kamen jedoch nur schleppend voran. Bis wir uns entschlossen, in einem kleinen Ort, in dem uns niemand mitnahm, Halt zu machen, weil es dunkel wurde. Wir liefen durch das Dorf, nur langsam wegen meines schmerzenden Rückens und fanden den Eingang zur Kirche geeignet, um dort zu übernachten. Diesmal hatte uns einfach niemand eingeladen. Doch es war kalt. Mit Sicherheit um die Null Grad. Ich war nicht sehr erbaut.
„Du, ich unternehme noch einen kleinen Spaziergang."
„Aber nicht, dass du danach über Rückenschmerzen klagst."
„Hör mal, es gefällt mir nicht besonders, dass wir bei der Kälte draussen schlafen und ich will schauen, ob sich nicht etwas anderes finden lässt. Ich habe den ganzen Winter nicht draussen geschlafen mit einer Ausnahme und da war es warm."

.

Ich fand jedoch nichts anderes und war gezwungen, mit Martin die Nacht am Eingang der Kirche zu verbringen. Wir diskutierten heftig.
„Ich spiele nicht gerne den Maulesel. Und du mit deinem Theater mit den Rückenschmerzen."
„..."
Er sagte, ich solle abhauen, er sagte, ich solle meine Sachen packen und gehen, er sagte, er würde gehen.
Am Morgen ging die Diskussion weiter. Egal, was ich sagte, er kriegte es in den falschen Hals und verwendete es gegen mich. Mir war, als hätte sich ein böser Geist eingeschlichen. Wir packten unser Zeug zusammen.
„Trinken wir einen Kaffee?", fragte er.
„In der Bar?"
„In der Bar."
Wir sassen nicht lange, da kam der Freund von Jocelyne vorbei, der am Tag zuvor bei ihr gewesen war.
„Hey, was macht Ihr denn hier?"
„Wir haben hier übernachtet, am Eingang der Kirche."
„Whow! War es nicht kalt?"
„Mir war nicht kalt", meinte Martin. "Und dir?"
„Mir war kalt."

„Wollt Ihr noch einen Kaffee trinken?"
„Ja, gerne. Wir selbst haben kein Geld mehr."
„Kein Problem."
Der Wirt brachte drei Tassen Espresso.
„Wir wollten noch ein ganzes Stück weiter fahren. Ich kenne Leute, die ich acht bis zehn Jahre nicht gesehen habe und besuchen wollte."
„Hier seid Ihr auf verlorenem Posten. Ich kann Euch zur Nationalstrasse bringen. Das ist kein Problem."
„Das wäre klasse."
Ich sagte nichts mehr. Ich wusste eins: ich würde keinen Meter mehr mit Martin mitgehen. Jocelynes Freund erzählte, er würde am nächsten Tag in die Großstadt ganz in der Nähe meiner Wahlheimat fahren und ich dachte, vielleicht könnte ich mitfahren. Ich wollte nur noch weg.

„Ich gehe nicht mit ihm mit", verkündete ich, als wir angekommen waren.
„Dann sieh zu, wie du zurechtkommst!", rief Martin.
„Wo willst du hin? Zurück?", fragte Jocelynes Freund.
„Ja, genau."
„Ich fahre nicht zurück."
„Lass sie schauen wie sie klarkommt. Nimm sie nicht mit. Sie wird dir nur Probleme bereiten. Sie hat nichts. Sie wird dir sagen, dass sie nicht weiss, wo sie schlafen soll..."
„Ich nehme dich nicht mit. Ich lasse dich mit ihm hier."
„Wie du willst."

Ich nahm meine Sachen in Empfang, hob die Tasche mit Lebensmitteln auf, die Martin auf den Boden geworfen hatte, warf einen letzten Blick auf seine bunte Erscheinung, die sich von mir entfernte und verschwand in entgegengesetzter Richtung. Ich wollte weg von ihm. So schnell wie möglich. Ich lief und merkte: meine Rückenschmerzen waren schlagartig besser geworden. Ich konnte alles ohne grosse Probleme tragen. Da das Trampen am Sonntag nicht gut funktionierte, lief ich zu Fuss weiter. Plötzlich hielt eine Frau neben mir an.
„Wo willst du hin, so schwer bepackt? Kann ich dich ein Stückchen mitnehmen?"

„Ja, gerne. Ich weiss noch gar nicht so recht, wo ich hin will. Ich habe mich soeben von meinem Freund getrennt. Wir waren nur sechs Tage zusammen, aber es ist trotzdem schade."
„Ich fahre meinen Sohn abholen und komme danach zurück, um im Krankenhaus zu arbeiten. Ich bin Krankenschwester und heisse Patricia."
Binnen Minuten erzählte ich ihr mein halbes Leben.
„Ich biege jetzt hier ab und verlasse die Hauptstrasse."
„Ach, ich würde gerne noch einen Moment bei dir bleiben."
Wir fuhren in ein entlegenes Tal hinein.
„Mein Ex-Freund kann dich danach zurück auf die Hauptstrasse fahren."
„Du bist ein Engel, der mich gerettet hat!", entfuhr es mir erleichtert.

März 22, 2010 - Montag

Drei Würfel Zucker und Chilipulver

Aktuelle Stimmung: fröhlich

„Heute soll es schneien", kündigte mir Patricia noch im Auto an. Wir kamen an ein Haus, das fernab von allem zu sein schien.
„Das ist Albert," stellte sie mir ihren Ex-Mann vor. „Wir haben fünf Kinder zusammen. Wir haben uns vor einem halben Jahr getrennt. Ich brauchte eine Zeit für mich."
Nachdem sie das Wohnzimmer gekehrt hatte, verabschiedete sie sich. „Ich komme am Dienstag wieder. Vielleicht sehen wir uns dann."
„Du kannst hier übernachten", lud mich Albert ein. „Willst du dich erstmal hinlegen, wenn du die Nacht nicht richtig geschlafen hast?"
„Ja, gerne."

Ich schlief von eins bis vier. Als ich aufwachte, lag schon eine weisse Schneedecke über der Landschaft. Ganz zauberhaft.
„Du hast ja einen Brunnen", sagte ich voller Erstaunen bei der Inspektion der Umgebung.
„Wir haben eine Quelle. Ich wollte ein Haus mit Quelle. Das war meine Bedingung. Mir wollten sie die Quelle schliessen. Sie wollten alle Quellen in der Region schliessen, aber wir haben uns gewehrt. Erfolgreich. Ich habe ein Schild *„privat"* am Brunnen angebracht. Auf Privatgrund können sie nichts machen."
Am nächsten Tag waren wir vollkommen eingeschneit.
„Sie haben dreissig Zentimeter Neuschnee angekündigt. Das dürfte es auch sein."
Ich blieb vier Tage bei Albert. Und machte wenig ausser am Computer sitzen, mit den Hunden im Schnee spazieren gehen und mich mit Albert unterhalten, mit dem ich mich ausnehmend gut verstand. Na ja, ein Paar Socken fertiggestrickt habe ich auch. Für Albert, der gar keine Socken trägt…
„Arbeitest du?" fragte er mich.
„Nein."

„Ich auch nicht. Ab und zu heile ich mal jemanden. Ich heile mit den Händen. Aber das bezeichne ich nicht als Arbeit. Ich habe es bei jemandem gelernt, der eine Praxis hatte und viele Leute heilte. Ich wollte das gerne lernen. Der Mann, bei dem ich lernte, war bei den Rosenkreuzern. Es gibt bei den Rosenkreuzern zwei Linien. Er war bei der besseren Linie. Ich wurde auch Mitglied und bekam Lektionen per Post zugeschickt. Ich ging auch zu den Versammlungen, sagte jedoch ein ganzes Jahr lang kein Wort. Der Chef war ein Pädophiler in Afrika und als das rauskam, sind viele Leute gegangen. Ich auch."

Albert kochte jeden Tag. Richtig lecker. Sehr natürlich. Mit viel Gemüse. Und Sojasosse. So wie ich es mag. Wir sprachen über Mikrochips.
„Sie bauen sogar Mikrochips in Kondome ein und verbreiten sie dann kostenlos," meinte Albert.

Patricia kam wegen des Schnees einen Tag später als ursprünglich geplant. Sie brachte eine Tasche mit Gemüse mit, woraus ausnahmsweise ich mal einen Eintopf kochte.
„Patricia und ich waren mal ein Jahr lang in Portugal mit dem Wohnmobil unterwegs. Ganz am Anfang unserer Beziehung. Wir wollten uns dort niederlassen. Wir haben uns auch gut mit den Leuten verstanden, aber dann doch keinen Platz zum Bleiben gefunden und so kamen wir nach Frankreich zurück. Wir haben an ganz vielen verschiedenen Orten in Frankreich gelebt. Sind immer wieder umgezogen. Vor einigen Jahren haben wir uns sehr intensiv um die natürliche Geburt bemüht. Wir haben mit einer äusserst kompetenten Hebamme zusammengearbeitet und hatten mit unglaublich vielen Leuten aus allerhand Gremien zu tun. Am Ende ging es darum, dass die Abbé Pierre Stiftung ja zu dem Ganzen sagt, aber das konnten sie wiederum nicht tun und so fiel das ganze Projekt ins Wasser. Wir wollten unter anderem Geburtshäuser einführen wie in der Schweiz."

Es kam die Zeit, dass ich gehen wollte.
„Du, ich glaube, ich möchte zu meiner Freundin zurückkehren, von der ich losgezogen bin."

„Wie schade, willst du nicht noch ein bisschen bleiben?"
„Nein, lieber komme ich mal wieder."
„Ich kann dich hinfahren, wenn du willst. Wenn du nicht den beschwerlicheren Weg in der Kälte trampend vorziehen willst..."
„Das Angebot nehme ich gerne an."
So fuhren wir zuerst zur Eremitage. Ich wollte sie ihm zum einen zeigen und zum anderen schauen, was aus den Sachen geworden ist, die wir dort gelassen hatten. Ich fand zwei Taschen im Schnee und nahm sie mit. Einiges hatten die jungen Leute mitgenommen, aber einiges war noch da, sowohl was das Essen, als was die Kleidung anbelangte. Ich bereute schon, dass ich ihnen bescheid gesagt hatte, aber andererseits hätte ich nie gedacht, so schnell wieder zurück zu kommen.

Anschliessend fuhren wir zu Jocelyne.
„Ich bin wieder zurück", begrüsste ich sie.
„Ich dachte mir schon, dass du nicht lange wegbleibst."
„Wir haben uns getrennt. Es ging nicht mehr. Wir haben uns am Ende nur noch gestritten und er hat mich draussen schlafen lassen bei der Kälte! Da geht es mir besser alleine."
„Schade."
Jocelyne erzählte bei einem Kaffee ihre ganze Geschichte und Albert hörte ihr aufmerksam zu.
„Albert ist echt ein toller Mann," sagte Jocelyne, als er weg war. „Der kann richtig zuhören. Kommt er wieder her?"
„Nein, ich habe ihm gesagt, dass ich bei ihm vorbeikomme."
„Ach, schade."
„Jacques behandelt mich schlecht. Er weckt mich jeden Tag auf," beklagte sie sich am nächsten Morgen in Jacques Anwesenheit.
„Das hat Martin auch gemacht. Ich habe ihm aber gleich gesagt, dass ich das nicht will und dann hat er es gelassen. Ich kann nicht leiden, wenn mich jemand aufweckt. Ich wecke auch niemand auf. Für mich ist Schlaf heilig."
„Aber sie wacht auf, wenn ich aufstehe. Wie soll ich aufstehen, ohne sie aufzuwecken, wenn wir zusammen in einem Single-Bett schlafen?"

März 24, 2010 - Mittwoch

Getting back

Aktuelle Stimmung: geliebt

Ich machte mich auf den Weg in meine Wahlheimat. Jocelyne wollte nicht, dass ich gehe.
„Ich habe in einer Woche Gerichtsverhandlung wegen der Wohnung. Ich zahle schon länger keine Miete mehr. Ich weiss nicht, ob ich noch da bin, wenn du wiederkommst. Vielleicht muss ich raus. Aber eigentlich ist es mir recht, auszuziehen. Ich will weg von hier. Weg von der Region. Ich bin nicht von hier und mir gefällt die Mentalität der Leute hier nicht. Ich habe genug. Ich habe so viel gelitten. Ich kann nicht mehr. Ich bin fix und fertig. Einfach kaputt. Am Ende."
„Sie werden Dir aber doch sicher ein wenig Zeit lassen, um auszuziehen."
„Ich weiss nicht. Ich komme mit dir ein Stück mit. Ich habe ein Buch in der Bücherei abzugeben, das ich schon zwei Jahre lang habe."
„O.k., trampen wir zusammen."
„Meinst du, das geht?"
„Probieren wir es einfach. Wenn nicht, nimmst du den Bus."

Es ging wunderbar. Jocelyne lud mich zu Mittag zu einem Sandwich ein und danach nahm uns jemand mit, den ich schon kannte. Schliesslich tranmpte ich alleine weiter und machte in einer Großstadt Halt, von der ich bei Sonnenuntergang nicht weiterkam. Zuvor hatte ich einen jungen Tramper kennengelernt, der auf Réunion wohnte und gerade von einer Reise nach Indien, Nepal und Thailand zurückkam. Wir trampten zusammen ein gutes Stück, was viel sicherer war als alleine und mir grossen Spass machte. In der besagten Stadt wollte ich zu dem einzigen Menschen gehen, den ich mal kennengelernt hatte, einem Südamerikaner, der auf einem Marktstand Sachen aus Indien verkaufte. Er war allerdings nicht da. So lief ich eine Strasse entlang und fand eine Kirche, in die ich eintrat. Es war gerade Gottesdienst und ich setzte mich in eine der hinteren Reihen. Beim Rausgehen sprach mich eine Frau an:

„Sind Sie auf Durchreise?"
„Bin ich".
„Übernachten Sie in der Jugendherberge?"
„Nein. Ich weiss noch nicht, wo ich übernachte."
„Sie könnten bei mir übernachten, aber ich habe noch ein Treffen, um einen Gottesdienst vorzubereiten."
„Ich kann solange warten. Vielleicht auf einer Bank dort auf dem Platz."
„Warten Sie. Ich spreche mal mit den Leuten."
Nach ein paar Minuten kam sie zurück.
„Sie können zur Besprechung mitkommen und dort warten."
„Oh, fein."

Sie bereiteten mit einem der Mönche einen Gottesdienst für Vagabunden am Ende des Monats vor. Ein seltsamer Zufall. So sagte ich dem Mönch, welche Stellen aus dem Evangelium ich für die Zielgruppe als interessant empfand. Dann konnte er damit machen, was er wollte.
Nachher gingen wir zu ihr nach Hause.
„Ich muss morgen früh aufstehen. Um sieben Uhr dreissig muss ich aus dem Haus gehen."
„Das macht nichts."
„Ich arbeite mit alten Menschen. Und Sie?"
„Ich arbeite nicht."
„Und wie machen Sie das?"
„Ich lebe ohne Geld."
„Das ist interessant. Und das geht?"
„Das geht gut, aber ich bin froh, dass nicht alle Leute so leben, sonst könnten mich weitaus weniger Leute zu sich einladen. Apropos, kennen sie eigentlich Dominique?"
„Klar kenne ich Dominique. Sie hat oft hier übernachtet."
„Ich lebe genau wie sie. Mit dem Unterschied, dass ich ohne Geld lebe und weitaus gemäßigter bin in allem, was ich tue, nicht so extrem wie sie – in jeglicher Hinsicht."
„Ich glaube, sie lebt nicht ganz freiwillig so wie sie lebt. Ich glaube, sie hätte gerne einen festen Ort zum Leben."

Am Morgen frühstückten wir noch gemeinsam bevor sich unsere Wege trennten.
Gegen zwei kam ich an und setzte mich bei herrlichem Sonnenschein in einen Park und strickte. Da Mehdi nicht da war, ging ich zu François. Er kam gerade zur Tür heraus.
„Hey, ich wollte dich gerade besuchen."
„Ich bin auf dem Weg zum Einkaufen."
„Ich begleite dich, wenn du erlaubst."
„Aber gerne. Du kannst dir aussuchen, was du willst. Ich lade dich ein."
„Was, echt?"
„Ja bitte. Es ist mir ein Vergnügen."
„Dann will ich Fromage blanc (so was wie Quark nur viiiel leckerer). Und ein Eis."
„Nimm, was du willst. Nutze die Gelegenheit."
„Na ja, viel will ich nicht mit mir herumschleppen."
Er selbst hielt sich an Konserven.
„Bis 2013 haltbar. Bis nach der Apokalypse."

Bei ihm zu Hause stürzte ich mich auf das Eis. Erdbeer-Joghurt.
„Du kannst den Fromage blanc ja zum Eis dazu essen. Das schmeckt bestimmt gut."
„Was für eine phantastische Idee. Hmmm. Es ist ein Gedicht."
„Heute war der erste Frühlingstag."
„Ja, richtig schön. Weisst du, wo ich letzte Nacht geschlafen habe? In einer anderen Stadt bei einer Person, bei der Dominique auch schon des öfteren geschlafen hat."
„Dominique ist dort bekannt. Ich habe mich mit ihr zerstritten. Wir haben uns über die Hölle unterhalten. Und ich habe sie gefragt, ob sie diesen Quatsch glaube."
„Über Glauben lässt sich nicht diskutieren. Jedem seinen Glauben."
„Aber sie hat mit dem Thema angefangen. Und du? Schläfst du wieder bei dem Freund hier in der Nähe?"
„Wenn möglich."
„Wenn nicht, weisst du, dass du hier schlafen kannst."
„Klar doch."

Ich ging schnell meinen Rucksack holen, den ich in einer Bibliothek abgestellt hatte und zum Platz, an dem die Vagabundenversorgung vorbeikam.
„Heute ist der letzte Tag, an dem sie uns in die Herberge mitnehmen. Dann erst wieder nächsten Winter", wurde ich empfangen. Also schlief ich die letzte Nacht nochmal in der Vagabundenunterkunft.

Am Vormittag ging ich ins Vagabundencafé und blieb bis nach dem Mittagessen. Es waren fast alle meine Freunde da, auch die speziellen, die ich weniger mochte. Und der Pianist, der mir beim Mittagessen die Ohren voll laberte.
„Meine Mission ist, nach Amerika zu gehen und die Welt zu retten... Die Frauen im Islam, die die Mädchen beschneiden. Es sind Frauen, die dies tun... Wenn man direkt mit Gott spricht, wird man als Verrückter bezeichnet, aber wenn man mit einem Pfarrer spricht, der vielleicht pädophil ist nicht... Und das Baby, das du von mir erwartest, was macht das Baby? Mein Wohnmobil ist vorne und hinten zusammengefahren worden, bei einem Unfall auf der Autobahn. Mein Klavier ging dabei drauf. Ich habe noch eine kleine Schramme. Jetzt habe ich einen Volvo. Willst du ihn sehen? Ich zeig ihn dir. Mit einem Anhänger fürs Klavier."

Wir gingen auf den Parkplatz.
„Das Wohnmobil war allerdings geräumiger," entfuhr es mir.
„Das ist klar. Im Wohnmobil konnte ich vor allem Klavier spielen. Das kann ich so nicht. Aber ich kann hinten im Auto schlafen."

Am Abend ging ich zu Mehdi. Ein neuer Gast war zu Besuch.
„Hallo Michelle! Es ist aber nicht der erste Tag, an dem du da bist."
„Nein, ich war gestern schon da."
„Wir haben dich gesehen, wie du gestern Abend mit dem Wagen von der Vagabundenversorgung mitgefahren bist. Mein Freund meinte, er wolle dich heiraten, nachdem er dich gesehen hat. Er spricht kein Französisch. Er spricht nur Arabisch und Spanisch. Er hatte eine Spanierin als Freundin. Sie wollte überall mit ihm hingehen. Wenn er in die Moschee ging, wollte sie mit. Wenn er zu Freunden ging, wollte sie mit."

„Und dann?"
„Dann war es vorbei. Klar. Und du, warst du die ganze Zeit allein unterwegs?"
„Nein, diesmal hatte ich einen Freund aus Réunion. So klein."
„Für wie lange?"
„Sechs Tage."
„Und warum hast du dich von ihm getrennt?"
„Er wollte auch alles mit mir zusammen machen und hat mir kaum Zeit für mich geben."
„Das hat dich erstickt."
„Genau."
„Und hattet Ihr auch Auseinandersetzungen?"
„Die hatten wir auch."
„Weisst du, wie lange es Hassan mit der Spanierin ausgehalten hat?"
„Wie lange?"
„Fünf Jahre. Und du sechs Tage. Hast du gegessen?"
„Nein."
„Schau mal im Topf auf dem Herd; wo du doch gerne isst, was ich gekocht habe. Probier aber erstmal."
„Hmmm, Couscous, lecker."
„Du darfst es ausnahmsweise essen, denn eigentlich ist es für morgen für die Baustelle. Ich arbeite jetzt da, wo du mich damals hingefahren hast. Wir arbeiten von morgens bis abends. Doch wir sind bald fertig. Was machst du morgen?"
„Nichts, wieso?"
„Du kannst hier schlafen und morgen ein bisschen klar Schiff machen, wie sonst. Ich komme zu nichts mehr wegen der Arbeit. Auch Wäsche waschen im Waschsalon. Ich gebe dir Geld. Ach, ich möchte dich heiraten."
„Wieso? Du hast dich doch erst von mir scheiden lassen."
„Jetzt möchte ich dich wieder heiraten. Und nicht mehr dieselben Fehler machen wie vorher."
Hassan verabschiedete sich.
„Ich gehe auch gleich ins Bett. Ich muss Morgen um halb sieben raus. Du kannst machen, was du willst..."

Ich ging am Morgen zu meinem Versteck am verlassenen Haus und musste feststellen, dass es jemand entdeckt hatte. Alles war durchwühlt und mein Zelt fehlte. Mit dem Zelt, das ärgerte mich. Mein einziges eigenes Dach über dem Kopf! Ich hatte mich schon so auf die Zeltsaison gefreut!
Im Anschluss war ich im Vagabundencafé Mittagessen. Es gab eine grosse Ankündigung: „Nächste Woche ist geschlossen, weil es heute wieder zu gewaltsamen Übergriffen auf das Personal gekommen ist. Da müssen wir zu dieser Massnahme greifen."

März 26, 2010 - Freitag

alles gratis

Aktuelle Stimmung: aufgedreht

Bei einer Tour fand ich eine ganze Ladung Herrenklamotten, vor allem Jacken, auch für den Winter. Es war so viel, dass ich keine Ahnung hatte, wie ich das alles tragen sollte, aber siehe da, direkt daneben stand ein verlassener Kinderwagen. Nix wie rein mit den Klamotten und ab ging's.
„Guter Fang?", fragte eine Anwohnerin.
„Guter Fang."

Und so ging ich am nächsten Tag mit den Sachen auf den Flohmarkt dank des phantastischen Kinderwagens das erste Mal, ohne mich abzuplagen. Diesmal regelte der Pförtner den Verkehr, so dass ich ohne Probleme in das Gelände gehen und am Rande des Geschehens meinen Stand aufbauen konnte.
Anfangs kam ich mit meiner gewöhnlichen Nummer. Auf die Frage „was kostet das?", kam mein „was wollen Sie mir dafür geben?" Bald wurde mir das jedoch zu langweilig.
„Jetzt alles gratis!", rief ich den Leuten, die in meine Nähe kamen zu und schon hatte ich den meisten ein Lächeln entlockt. So fanden die Sachen viel schneller Absatz. Mein Nachbar gab mir gleich noch einen Sack mit Klamotten zum Verteilen, da er genau in dem Moment gehen wollte, in dem mir mein Zeug ausging. Ein Algerier kam vorbei.
„Nichts ist gratis. Gratis gibt's nichts," meinte er.
„Doch, bei mir."
Später kam ich bei ihm am Stand vorbei.
„Das habe ich noch nie gesehen, dass jemand gratis Sachen verteilt."
„Dann ist es jetzt das erste Mal."
„Ich bin ein Berber, Khabil. Kennst du die Geschichte?"
„Nein."
„Sie ist zu lange, um sie hier zu erzählen. Aber da wo ich bin, das ist mein Land. Da wo ich meinen Fuss hinsetze, das betrachte ich als mein Land. Es war schliesslich nicht ich, der die Grenzen gezogen hat."

„Da sind allerdings nicht alle deiner Meinung. Ich habe gehört, dass sie letztes Jahr 25 000 Ausländer aus Frankreich ausgewiesen haben."
Zwei Frauen, die mit ihm da waren, wollten sich meine Sachen anschauen, doch eine von ihnen bemerkte auf dem Weg missmutig: „Nein, das sollte man nicht machen, dass man etwas gratis verteilt. Etwas sollte man schon nehmen. Wenigstens fünfzig Cent."
„Wer mir was geben will, tut das, wer nicht, lässt es und nimmt die Sachen als Geschenk. Jeder wie er will."
Sie nahmen zwei Teile und gaben mir einen Euro.
Viel Geld machte ich nicht: 8,30 Euro. Aber für mich schon eine ganze Menge. Das Vergnügen, das ich dabei hatte, meine Gratiskultur zu verbreiten, nicht gerechnet.

Am Abend ging ich mitsamt meinem Rucksack auf Abenteuertour. Auf einem kleinen Platz sprach mich eine grauhaarige Dame mit einem weissen Pudel an.
„Unterwegs?"
„Permanent unterwegs. Ich reise viel, aber wenn ich nicht reise, bin ich hier."
„Warum ausgerechnet in dieser Stadt?"
„Weiss ich auch nicht. Aber hier habe ich mich vom ersten Augenblick an zu Hause gefühlt auch wenn ich kein Zuhause habe."
„Und wo schlafen Sie?"
„Ich bin gerade dabei zu schauen, wo ich schlafe."
„Jetzt um diese Uhrzeit? Es ist doch schon spät."
„Für mich früh genug."
„Es gibt aber nicht viele, die so leben wie Sie, Frauen meine ich."
„Nein, es gibt nicht viele. Ich kenne eine. Sie lebt jedoch mit Geld, ich lebe fast ohne Geld."
„Dabei machen Sie einen glücklichen Eindruck."
„Das bin ich auch, seit ich fast ohne Geld lebe."
„Das merkt man Ihnen an. Und haben Sie den Glauben?"
„Hab' ich."
„Leben Sie von der Vorsehung?"
„Sozusagen."

„Wie die Mönche früher. Sie sind auch herumgezogen und haben mit der Vorsehung gelebt. Sie haben gebetet ‚danke Gott, auch wenn ich nichts habe, aber bitte...' So ein Leben hat bestimmt etwas mit der Kindheit zu tun."
„Mit der Kindheit? Ich weiss nicht. Die Leute, die ich kenne, die so leben, hatten meist eine schwere Kindheit."
„Das meine ich. Ich kann Ihnen leider keinen Schlafplatz anbieten. Ich bin selbst seit zwei Wochen zu Gast bei einer Frau, weil ich nicht in mein Haus kann."
„Dann wissen Sie ja ein bisschen, wie es sich so lebt..."
„Bei mir ist es so: ich wollte in meinem Haus Gästezimmer vermieten, zwanzig Kilometer von hier. Da kam ein Pärchen und quartierte sich bei mir ein und wollte nicht mehr gehen. Sie meinten, es müsse mir doch recht sein, dass sie da sind, weil ich alleine bin. Aber die Leute waren nicht nach meinem Geschmack und ich wollte, dass sie gehen. Daraufhin hat er mir die Rippen gebrochen und wollte noch nicht einmal, dass ich zur Polizei gehe."
„Aber Sie sind zur Polizei gegangen?"
„Ich bin zur Polizei gegangen. Und jetzt sind sie immer noch bei mir. Und wie machen Sie das mit dem Essen?"
„Ich esse, was ich finde. Soeben habe ich eine ganze Tüte voll mit Brot gefunden und es zu einem Freund gebracht."
„Wollen Sie vielleicht ein Stückchen Käse?"
„Oh, gerne."
„Dann vielleicht bis ein anderes Mal. Ich werfe Ihnen den Käse aus dem Fenster. Ich möchte mich nicht unnötig bewegen wegen der gebrochenen Rippen. Auf Wiedersehen."
Dankend nahm ich den Käse in Empfang, den sie mir herunterwarf.

„Du hast ein schönes Leben", sagte Mehdi am nächsten Abend. „Ich würde gerne mit dir tauschen. Kein Telefon, keine Sorgen..."
Wir kamen auf den Islam zu sprechen.
„Der Islam ist eine friedliche Religion. Er ist sanft. Der Islam toleriert alle anderen Religionen."
„Mir hat letzt wieder jemand erzählt, im Koran stehe, es sei gut, einen Christen zu töten."

„Der Islam ist eine Religion der Liebe und des Friedens. Und er missioniert nicht. Er lässt die Leute selber kommen, die sich für ihn interessieren und die den Koran lesen wollen. Wenn du den Koran liest, konvertierst du dich vielleicht zum Islam. Der Islam ist sehr dicht am Judentum, die Juden sind unsere Brüder. Und er ist wie ein Derivat vom Katholizismus. Der Koran ist die letzte Offenbarung Gottes. In mir siehst du einen Vertreter des Islam. Die Großzügigkeit etwa. Obwohl ich kein grosser Gläubiger bin. Ich trinke zum Beispiel Alkohol. Für mich ist Alkohol nicht verboten, sondern nicht empfohlen."

Ich wollte gerade in die Bibliothek gehen, da kreuzte der rumänische Maler Juri meinen Weg.
„Was für ein Wunder, dass ich dich treffe! Gehst du mit mir einen Kaffee trinken?"
„Mach ich."
Wir setzten uns auf die Terrasse. Es regnete unaufhörlich.
„Ich liebe dich, ich liebe dich, ich liebe dich... Willst du mich nicht heiraten?"
„Nein."
„Warum nicht?"
„Darum."
„Wegen deiner Vergangenheit. Deinen Erfahrungen, die dich geprägt haben."
„Deshalb."
Er schüttete das Bier weg, das er bestellt hatte und goss sich das Bier aus seiner mitgebrachten Ein-Liter-Flasche in sein Glas ein.
„Und dein Auto? Schläfst du noch in deinem Auto?"
„Ich schlafe jetzt im Wald. Ausserhalb der Stadt. Aber nachher schaue ich mir eine Wohnung an. Eine schöne Wohnung mit allem drum und dran."
Das war fast das einzig Substantielle, das er sagte. Der Rest war zu vernachlässigen. Mir schnürte es langsam den Hals zu. Ich sehnte mich einzig und alleine danach, meinen Weg fortzusetzen.
„Du, wenn du mit dem Glas fertig bist, will ich gehen."
Er schenkte sich jedoch noch den Rest aus seiner Flasche ein.

„Ich habe dir doch gesagt, dass ich gehen will."
Ich stand auf.
„Warte, warte, ich komm schon."
In einem Zug trank er das Glas aus.
„Ich will im Tabakladen Zigaretten kaufen. Wartest du hier?"
„Kauf den Tabak und ich gehe. Ich mag nicht mehr."
„Ich liebe dich, ich liebe dich, wirklich. Ich will nur dein Gutes."
„Das haben mir schon ganz andere Leute gesagt."
„O.k., dann geh!"
„Mach ich auch."

Froh, ihn endlich los zu sein, traf ich ihn prompt am nächsten Tag auf dem Weg zum Markt wieder.
„Ah, treffe ich dich wieder! Ich bin gerade mit dem Taxi hergekommen. Wo willst du hin? Ich kaufe dir alles, was du brauchst. Komm, wir gehen einkaufen. Was brauchst du? Tomaten?"
„Ich will nichts von dir, gar nichts."
„Doch, komm, ich kaufe dir, was du brauchst. Ich will nicht, dass du die alten Sachen vom Markt holst. Was brauchst du?"
„Tomaten."
„Das ist alles? Und was zu Trinken. Was willst du trinken?"
Ich nahm ein paar Strauchtomaten und eine Flasche Sprudelwasser und er eine Ein-Literflasche Bier, die er fortan in sich hinein kippte. Wir standen auf der Strasse und er sprach jeden mit „hast du eine Zigarette?", an. Manche fasste er sogar an. Andere fragte er: „Ist das Ihnen?" und zeigte auf den Boden, auf dem gar nichts war.
„Du belästigst die Leute. Das gefällt mir nicht. Und du trinkst zu viel."
„Das stimmt. Das ist wegen einer Frau. Einer Frau wie du, aber ich stelle mein Bier jetzt hier hin, schau, und wir trinken einen Kaffee."
Er setzte sich an den Tisch eines Snack-Imbisses und gab mir zwei Euro fünfzig.
„Hol uns zwei Kaffee."
„Französisch oder italienisch?", fragte mich der Inhaber.
„Italienisch."
„Und wie viel Zucker?"

„Wie viel Zucker, Juri?"
„Juri ist ein russischer Name," warf die Person neben mir ein.
„Mein Vater ist Russe. Einen Zucker bitte."
Danach redete er wieder nur blödes Zeug. Ich hörte gar nicht mehr hin. Überlegte nur, wie ich meine Flucht vorbereiten könnte. Ich hatte längst meinen Espresso getrunken, da hielt er seinen immer noch schräg in der Hand. Ich wusste schon vorher, dass er ihn ausschütten würde und dem war dann auch so. Zum Glück nicht über meine Kleidung.
„Mir reicht's! Ich gehe."
Ich verschwand, doch er kam hinterher.
„Michelle!"
„Bitte, ich mag nicht mehr!"
„Gott segne dich, Amen!", rief er mir hinterher.

Am Abend lief ich am Selbstbedienungsrestaurant vorbei und schaute zum Fenster herein. Ein bekannter Tunesier sass mit dem Ägypter von Mehdi und zwei anderen Pappnasen an einem Tisch und winkte mir zu.
„Hallo allerseits!", grüsste ich die Meute.
„Hey, willst du was essen? Gratis."
„Gratis gerne. Ich habe nämlich Hunger."
„Was willst du? Nudeln, Pommes...?"
„Ein bisschen was von allem."
„O.k., ich nehme meinen alten Teller und du setzt dich neben mich."
Er kam mit einer grossen Portion mit Nudeln, Pommes, Erbsen und Linsen zurück.
„Gratis."
„Wir haben sie gestern auf dem Flohmarkt gesehen, wie sie ‚alles gratis' angeboten hat", meinte die männliche Pappnase und ich erfuhr, dass es sich um ein Pärchen aus Tunesien handelte, das ich schon öfter im Vagabundencafé gesehen hatte.
„Michelle ist nett. Im Sommer hatten wir noch nichts gegessen, mein Freund und ich und sie kam bei uns vorbei und hat uns Joghurts gegeben..."

April 12, 2010 - Montag

Nix wie weg

Aktuelle Stimmung: aufgedreht

Am Tag, an dem ich mit meinem Kinderwagen bei Mehdi angekommen war, hatte er schon gesagt: „Deinen Kinderwagen kannst du nicht im Treppenhaus stehenlassen. Die Vermieter wollen nicht, dass dort etwas steht. Sie sind sehr streng. Sie werfen alles weg, was da steht. Du kannst ihn und die Sachen meinetwegen für einen Monat auf die Terrasse stellen. Das ist das einzige, was ich für dich tun kann."
Ich wollte den Kinderwagen jedoch nicht auf die Terrasse stellen. Zum einen war es mir schlicht zu viel Arbeit, ihn in den dritten Stock zu tragen, zum anderen hatte ich die Terrasse gerade so hergerichtet, dass man sich dort aufhalten konnte, war es vorher nur eine bessere Abstellkammer gewesen. Einige Tage später, als ich mal wieder meine Finger nicht von irgendwelchen Tüten mit Zeugs lassen konnte und damit zu Mehdi kam, meinte er:
„Du bist ein Dickkopf!"
„Warum?"
„Ich habe dir doch gesagt, dass du den Kinderwagen nicht unten stehenlassen darfst. Ich will das nicht. Und jetzt will ich keine Tüten mehr hier sehen. Ich habe schon genug Zeugs, besser gesagt zu viel. Mich stresst es, dass die ganze Wohnung voll ist und dann kommst du und bringst noch mehr. Ich brauche Raum, wenn ich von der Arbeit nach Hause komme, um mich zu erholen. Noch dazu ist es eine kleine Wohnung. Ich bin es nicht gewohnt, in einer so kleinen Wohnung zu leben. Früher habe ich in grossen Wohnungen gewohnt. Und aufgewachsen bin ich auf einem Bauernhof. Ich sage das ganz nett und freundlich."
„Ja, du hast es mir schon mal gesagt, dass du kein Zeugs von mir hier haben willst."
„Und ich will es nicht zwei Mal sagen."
„Ich verstehe. Ich hole sofort die zwei Tüten, die ich heute mitgebracht habe und werfe sie weg."
„Nein, du kannst ruhig bis morgen warten."

Ich wollte aber nicht länger warten. Ich brachte die Übeltäter gleich weg und lief durch die nächtlichen Strassen. Ich war untröstlich. Schon wieder hatte ich ein Problem wegen meinen Sachen. Ich hatte immer wieder Probleme deswegen. Egal wo ich war, überall. Irgendwann hatte ich ein Problem. Aber meine Sachen waren irgendwo mein Leben. Sie waren mein ganzer Spass. Weinend lief ich umher. Es gab keinen Platz für meine Sachen auf der Welt, es gab keinen Platz für meinen Kinderwagen. Ich hatte in anderen Häusern in der Umgebung geschaut, ob ich dort meinen Kinderwagen abstellen könnte. Aber nein, es standen Schilder in den Hauseingängen, dass das Abstellen von Dingen aller Art inklusive Kinderwägen verboten sei. Für jedes dicke Auto gab es einen Parkplatz auf der Welt, aber für meinen Kinderwagen nicht. Ich konnte mich gar nicht mehr einkriegen. Ich weinte und weinte.
Auf einmal geriet ich in eine Strasse, in der ich nie zuvor gewesen war, mit vielen orange beleuchteten Bäumen auf einer kleinen Anhöhe. Auf einer Wiese sah ich zwei schneeweisse Kaninchen. Ich traute meinen Augen nicht, mitten in einer Stadt sah man doch keine schneeweissen Kaninchen. Alles schien verzaubert. Ich war wie in einer anderen Welt. Als ich in die Nähe der Beiden kam, hoppelten sie auf die Wiese vor ein Anwesen mit Säulen, ein wahrhaft phantastischer Anblick. Sie frassen dort gemütlich weiter. Die Strasse entpuppte sich als Sackgasse und ich ging wieder zurück. Ein Stück weiter hörte ich einen Frosch.
„Quak quak", tönte es aus einem von einer Mauer umgebenen Garten. Es gab eine Bank, auf der ich mich zum Hören des Froschgesangs niederliess. Ich weinte noch immer.
Da kam die Vagabundenversorgung vorbei und hielt an. Ich ging zu ihnen. Vielleicht war da ein Trost.
„Wollen sie eine Suppe?"
„Nein."
Ich wollte gar nichts und lief wieder weg. Einer der Vagabunden hatte den Notruf angerufen, deswegen waren sie gekommen und nun kümmerten sie sich um ihn.
Ich wusste eins: in dieser Stadt wollte ich keinen Tag länger bleiben. Sie hat es mir allzu schwer gemacht. Da ging ich lieber dahin, wo die Leute traurig waren, wenn ich ging…

Ich brachte also am nächsten Morgen all meine Schätze zur Wiederverwertung und zog mit meinem Rucksack von dannen. Den Kinderwagen schob ich in ein Gebüsch am Rande einer Schnellstrasse. Diesmal trampte ich im Rekord: mit nur zwei Wagen war ich in der Stadt, von der aus es für nur einen Euro einen Bus gab in meine Region. Ich konnte es kaum glauben.

Im Bus traf ich den Brasilianer, der mich damals mitgenommen hatte. Ohne Mütze hatte ich ihn erst nicht wiedererkannt. Er hatte einen Haarkranz wie ein Clown.
„Kennen wir uns?" fragte ich blöd.
„Doch."
„Ach, du bist es. Ich habe dich echt nicht wiedererkannt! Und dein Hund?"
„Er ist unter dem Sitz. Aber ich will ihn abgeben. Ich suche jemanden, der ihn nimmt. Er ist nicht praktisch zum Reisen. Willst du ihn nicht nehmen?"
„Ich mag ihn sehr, aber es ist das Gleiche wie bei dir. Ich reise und ein Hund ist schlecht zum Reisen."
„Bis wohin fährst du?"
„Bis zur Endstation."
„Aber es ist dunkel, wenn wir ankommen."
„Was kann ich da machen? Ich kann kein Licht machen. Aber ich will ja nur zwei Orte weiter. Da trampe ich ausnahmsweise mal im Dunkeln. Wir sind zusammen doch auch im Dunkeln getrampt."
Mir war auch nicht ganz wohl bei dem Gedanken, aber ich wollte es riskieren. Für die paar Kilometer. Er stieg einen Ort vorher aus.
„Ich bleibe hier. Hier ist es ruhig."
Ich stand eine ganze Weile an einer hellen Kreuzung und überlegte schon zu laufen, da hielt jemand an.
„Ich war gerade zum Singen hier. Ich bin nur zu Besuch, um meine Kinder abzuholen. Ich wohne in einer Großstadt. Du kannst mich mal besuchen. Hier ist meine Visitenkarte."
Er setzte mich bei Jocelyne ab.

„Hey, du bist schon wieder zurück!" empfing sie mich. „Wie schön! Gestern ist Jacques gegangen. Und ich habe einen neuen Gast: Richard…"

April 22, 2010 - Donnerstag

Unerwartete Besucher

Aktuelle Stimmung: verliebt

„Wir kennen uns schon fünf Jahre. Richard lebt ähnlich wie du. Er zieht ständig herum. Bloss, dass er arbeitet. Als Schreiner. Es gibt gute Nachrichten: mein Rechtsanwalt hat meine Gerichtsverhandlung wegen der Wohnung um zwei Monate verschoben."
Ich war erleichtert. Am nächsten Morgen kam Richard zum Frühstück.
„Ich gehe auf die Arbeit. Ich brauche Geld. Ich gebe mein ganzes Geld in Restaurants und Bars aus."
Ich erzählte ihm von meinem Leben ohne Geld.

An einem Nachmittag fand ich Richard und Jocelyne im Strassencafé.
„Das ist Raphaël", stellten sie mir einen Glatzkopf mit einer bunten Jacke aus Leuchtfarben vor.
„Ich wollte Euch bescheid sagen, nichts zu essen, weil ich Ratatouille kochen wollte. Ich war heute auf dem Markt und der Kühlschrank ist voll."
„Wir wollten gerne Pizza essen gehen. Pizza mit Ziegenkäse und Honig. Die ist das Nonplusultra. Wir reden schon seit zwei Stunden davon. Essen wir morgen Ratatouille."
„O.k., wenn Ihr wollt."
„Raphaël, kommst du mit?"
„Ich habe zwar gerade erst gegessen, aber ich komme mit."
Zu viert ging's in die Pizzeria. Ich bestellte wie Jocelyne die Pizza mit Ziegenkäse und Honig. Es wurde ein äusserst lustiger Abend. Ständig gab es etwas zu Lachen. Am besten kam Raphaëls Minzeisbecher mit grünem Eis und blauer Sosse. Zum Schreien. Am Ende zeigte uns Raphaël noch sein Wohnmobil, das er gerade am Ausbauen war. Eine Baustelle. Jocelyne war schlecht von dem Farbgeruch und sie ging hinaus. Richard folgte ihr. So war ich mit Raphaël alleine.

„Das Wohnmobil habe ich seit vier Jahren. Ich habe mir überlegt, mir eine Wohnung zu kaufen oder ein Wohnmobil und habe mich für das

Wohnmobil entschlossen. Aber ich habe keinen Führerschein. Und jetzt im Winter war es zu kalt um weiter zu basteln, da habe ich es gelassen. Ich wohne in einer kleinen Wohnung hier im Dorf, aber sie ist zu dunkel und zu klein. Ich wollte eigentlich umziehen in eine Stadt am Meer, aber da sind einige unschöne Dinge passiert und ich habe gemerkt, es ist nicht der richtige Ort. Jetzt habe ich keine Ahnung wie es weitergeht. Und du?"

Ich erzählte ein wenig aus meinem Leben. Daraufhin erzählte er: „Ich habe achtzehn Jahre ohne Wohnung gelebt. In Paris. Aber das war in den 70er und 80er Jahren. Die Zeiten haben sich geändert. Da war das noch einfach. Mich haben fast immer Leute eingeladen. Ich habe nur selten auf der Strasse geschlafen."

Am nächsten Tag gab es ein grosses Weinfest im Nachbardorf und ich wollte gerne hingehen.

„Ich gehe heute nicht, Michelle. Ich will mich heute ausruhen. Ich gehe lieber morgen", meinte Jocelyne. „Nimm doch Raphaël mit."

„O.k., ich gehe ihn fragen."

Raphaël wusste erst nicht recht, liess sich dann jedoch breitschlagen, mit dem Fahrrad hinzufahren. Ich wollte angesichts der angereisten Menschenmassen gleich wieder umkehren, doch er hatte einen anderen Vorschlag:

„Lass uns mal schauen, was es so alles gibt. Vielleicht ist ja was für uns dabei."

Und tatsächlich fanden wir eine Band mit brasilianischem Samba, die in der Strasse spielte und andere Gruppen, zu deren Musik wir tanzten.

„Ich hatte früher ganz lange Rastalocken und einen Vollbart. Ich habe Bilder davon, die kann ich dir zeigen."

Wir fuhren auf der mondbeschienenen Strasse händchenhaltend zurück.

„Für dich wäre es besser, wenn ich ein einem grossen Haus wohnen würde. Ich fühle das", sagte Raphaël bei sich zu Hause.

„Ach, es ist schon o.k. hier. Aber natürlich könnte es noch besser sein…"

Wir gingen am nächsten Mittag zusammen auf den Markt und setzten

uns ins Strassencafé. Als ich zur Siesta nochmal zu ihm ging, klingelte sein Handy.
„Es war Jocelyne. Sie sagte, Martin sei da und wolle sein Handyladegerät holen. Hast du das?"
„Ja, das habe ich."
„Sie sind an der Bar am Platz."
„O.k., ich gehe hin."

Martin sass mit Richard und Jocelyne an einem Tisch und grinste mich an.
„Wow, in nur drei Minuten bist du gekommen. Ich bin baff. Ich dachte schon, du seist noch sauer auf mich und willst mich gar nicht mehr sehen."
„Nein, so ist es nicht."
„Jocelyne hat mir erzählt, dass du bei jemand anderem geschlafen hast. Da war ich erstmal weniger begeistert. Ich habe zwei Nächte nicht geschlafen. Ich war in den Bergen und habe eine Hirtenhütte gefunden, aber konnte nicht einschlafen. Heute bin ich vierzig Kilometer bis hierher gelaufen. Keiner nahm mich mit. Ich dachte, vielleicht soll ich nicht kommen, aber ich tat es trotzdem. Ich wollte dich sehen. Ich habe dich vermisst. Hast du mich auch vermisst?"
„Hab ich."

Wir verbrachten einen ganzen Tag zusammen. 24 Stunden. Dann merkte ich, es ging nicht mehr mit ihm. Wie Jocelyne richtig bemerkte:
„Er ist zu besitzergreifend. Zu fordernd. Zu nervös."
Ich sagte ihm, was Sache ist.
„Ich weiss. Das wusste ich schon, bevor ich gekommen bin. Und das Schlimme ist, dass es sich bewahrheitet. Ich gehe morgen oder heute Abend noch."
Doch er blieb.
„Jocelynes Bekannter hat von einem Haus erzählt, in dem wir bleiben können, wenn wir wollen. Jocelyne weiss, wo es ist."
„Vielleicht kannst du alleine dort bleiben."
„Ja, aber er bot es uns als Paar an, nicht für mich alleine."

„Ich kann mit dir hingehen und was wir nachher machen, ist doch egal."
„Das ist eine Idee. Ich rede mit Jocelyne."
„Ich kann mit Euch hingehen".

Wir zogen mitsamt den Hunden los. Das Haus stand jedoch nicht leer. Der Pole, den ich schon von meinem österreichischen Zigeuner her kannte, begrüsste uns.
„Seit einem Monat wohne ich hier. Aber eigentlich ist es ein Refugium für jeden. Doch zwei Männer, die vorher schon hier gewohnt haben, wollten zurückkommen. Sie sollten eigentlich schon da sein."
Es gab viel Gesprächsstoff zwischen Jocelyne und dem Polen, weil auch er durch eine Trennung seine Kinder nicht mehr zu sehen bekam.
Martin indes machte keine Anstalten zu gehen.
„Das letzte Mal warst du es, die gegangen ist. Jetzt wäre ich es. Aber ich möchte nicht gehen. Es ist zu Ende zwischen uns, aber irgendwie ist es auch noch nicht zu Ende. Verstehst du, was ich meine?"
Ich verstand.
„Ich hole eine Matratze, die ich gefunden habe", sagte ich und verschwand.

Das wollte ich auch, aber dann ging ich bei Raphaël vorbei, um ihm bescheid zu sagen, was passiert war und ihm den Schlüssel von seiner Wohnung zurückzugeben, den er mir gegeben hatte. Es war alles andere als geplant.
„Willst du nicht auf einen Kaffee hereinkommen?", empfing er mich erfreut.
Und so ging ich hinein. Ich war in keinem guten Zustand. Ich war müde und mir war es entgegen sonstiger Gepflogenheiten nicht gelungen, mich zu erholen. Ich hatte auch bei einem Spaziergang viel gefunden: zu Essen, einen Stuhl und andere Sachen, die ich in zwei Ladungen zu Jocelyne gebracht hatte. Mein Zustand war geradezu prekär.

Raphaël zeigte mir seine Fotos. Ganz phantastisch. Dann wollte er zum Fussball schauen in die Cafébar gehen. Ich wollte am liebsten bleiben. Ich wollte nicht zu Jocelyne zurück, heute nicht.

„Magst du hierbleiben?"
„Gerne."
„Dann gebe ich dir den Schlüssel wieder, falls du gehen willst."
„Danke."
In der Tat war ich unendlich dankbar. Ich konnte einfach nicht zu Jocelyne und Martin zurück. Es war ein Ding der Unmöglichkeit. Bei Raphaël hingegen war es mir möglich, mich zu erholen. Es war heilsam, bei ihm zu sein.
„Ich habe innerhalb einer Woche mit drei Frauen geflirtet. Davor war drei Monate lang gar nichts. Aber du warst die netteste und die einzige, die korrekt war mit mir."
„Ist ja interessant."
„Ich habe kein Glück mit Frauen."

Am Nachmittag des nächsten Tages kam Jocelyne bei Raphaël vorbei.
„Martin ist heute Morgen gegangen. Auch ich habe es mit ihm nicht mehr ausgehalten. Er war so aggressiv. Was für eine Erleichterung!"
„Ich bin auch erleichtert. Ich konnte gestern Abend einfach nicht mehr kommen."
„Das war gut von dir. Ich hatte schon Angst, er bringt dich um. Ich habe auch ganz schlecht geschlafen."
„Ich hab' sie bei mir behalten", rief Raphaël.

Nachwort

„Der Vagabundenblog: Vom Leben ohne Geld" ist ein Buch vom Leben (fast) ohne Geld und vom Leben auf der Strasse. Das Buch eines freeganen Lebens. „Free" von frei, das heisst kostenlos und „gan" von vegan, was allerdings nicht heisst, dass ich vegan gelebt habe. Zuvor hatte ich schon eine zeitlang vegan gelebt, also könnte man „vom Veganer zum Freeganer" beziehungsweise „von der Veganerin zur Freeganerin" sagen.

Es ist ein Zeugnis eines Lebens, von dem, was ich gefunden oder geschenkt bekommen habe, im Wesentlichen ohne danach zu fragen. Und mit ein paar weiteren gefundenen Sachen habe ich mir ein kleines Taschengeld verdient, in dem ich auf Flohmärkten ein Stück Gratiskultur verbreitet habe, für das mir die Leute freiwillig etwas gaben.

Es ist auch das Buch von einer spirituellen Sucherin, die ihr Ziel nicht erreicht hat. Von einem Menschen, der Ikarus gleich (mal wieder) abgestürzt ist oder anders ausgedrückt, der an der Himmelstür stand und nicht die richtige Antwort gegeben hat. Von einem Menschen, der nach landläufiger Bezeichnung gescheitert ist. Und doch ist es auch ein Buch von einem Menschen, der trotz allem das Vertrauen in das Leben behalten hat und der durch dieses Vertrauen alle Höhen und Tiefen tragen konnte. Der das lebte, wovor viele sogenannte zivilisierte Menschen Angst haben: ein Leben ohne Arbeit, ohne ein Zuhause und ohne Geld.

„Deine Geschichten machen manchmal traurig, aber meist machen sie Mut", schrieb ein Leser als Reaktion auf das Buch. Mut machen, das sollen die Geschichten auch. Mut, was immer auch kommt mit Zuversicht zu durchleben und seine Ängste zu verlieren.

Ich glaube, es ist so ziemlich die grösste Angst von zivilisierten Menschen, obdachlos zu sein und auf der Gosse zu landen. Das Buch will zeigen, dass das nicht das Ende ist, sondern ein neuer Anfang sein kann. Zweifelsohne wenn man seinen Sturz im Alkohol ertränkt lässt der Neuanfang auf sich warten. Aber sobald der Mensch dem Alkohol (oder noch härteren Drogen) entsagt, kann es eigentlich nur wieder aufwärts gehen. Das liegt in der Natur der Dinge.

Es ist also auch ein Buch vom Leben auf der Strasse und ich möchte all jenen eine Stimme geben die auf der Strasse leben. All jenen, die Opfer wurden irgendwelcher widriger Umstände und in denen doch ein Herz schlägt. Manchmal sogar ein grosses Herz. Ein Herz voller Sehnsucht. Und Liebe, die sich bloss manchmal in Gewalt ausdrückt.

Es will auch zeigen, dass man sogar, wenn man „auf der Strasse“ lebt, also wohnungslos ist, glücklich sein kann. Vielleicht glücklicher, als man es je mit Wohnung und allem drum und dran sein kann. Auch wenn es vielleicht schwierig ist, sich das vorzustellen. Es ist doch wahr. Glücklich sein, mit dem wenigen, was man/frau hat. Weil man dankbar ist für alles, was kommt.

Und mir wird nach all dem klar: ich wollte genau dies erleben. Es passte zu mir, es entsprach meinem Wesen. Ich wollte genau diese Erfahrung machen und keine andere. Lieber auf der Strasse leben als in einem anständigen Heim. Lieber Abenteuer-, als Erholungsurlaub. Das war schon immer meine Devise.

Lieber die Abgründe menschlichen Daseins aufspüren, als in seichten Höhen zu schwelgen. Das war meine Wahl. Und so seltsam es aussehen mag, ich habe es nicht bereut. Denn wo sonst hat man so viel pralles wirkliches Leben?

Personenverzeichnis

Adriano – kleiner Portugiese, der im Krieg in Angola war

Albert – Heiler, der abgeschieden in einem Haus mit einer eigenen Quelle wohnt

Amar – tunesischer Freund von Mehdi, der als Kind seiner Cousine versprochen wurde

Anne – war mit verfilzten Haaren zu Besuch bei Jocelyne

Antoine – hatte mich beim Trampen mitgenommen

Ben – grösster Feind, auch doppelter Hundebesitzer genannt, da er zwei grosse Hunde hatte und im besetzten Haus neben uns lebte

Brigitte – hat einen marokkanischen Ehemann und ist sehr engagiert im Umweltschutz, besonders im Bereich Lichtverschmutzung

Brünette, die – Lucs eifersüchtige Freundin

Claude – lebte 17 Jahre auf der Strasse nachdem er in der Fremdenlegion war

David – s. Gothicfreund

Doppelter Hundebesitzer – s. Ben

Dominique – lebte ähnlich wie ich, nur dass sie grössere Entfernungen zurücklegte und vor allem zu Wallfahrtsorten trampte

Einarmige, der – hatte eine Armprothese und philosophierte gerne

François – Professor für Musiktheorie, den ich bei einem Gebet für Student*innen kennengelernt hatte

George – Brasilianer mit Hunde, der seit 28 Jahren auf Reisen ist und ursprünglich holländische Eltern hat

Giselle – sehr lustige Farbige aus einer Grosstadt mit Kleidergrösse 46

Gitarrelehrer – containert ebenfalls und kauft nur Öl

Gothicfreund – wohnte in einer Stadt in den Bergen, hatte längere schwarze Haare und war immer schwarz gekleidet

Gregoire – sehr netter und freundlicher Belgier, der für die beiden besetzten Häuser verantwortlich ist

Henry – österreichischer Zigeuner, der sich wegen seiner Rente eine Wohnung nahm

Jacques – Bekannter von Jocelyne

Jil – Gitarrist, war drei Jahre in Europa unterwegs, lebte als Kind erst auf der Strasse, dann im Heim und fährt wie ein Formel-Eins-Fahrer

Jocelyne – hatte zwei Hunde und drei Katzen in dem Haus, in dem sie lebte und sechs Kinder, die nicht bei ihr waren; sie beherbergte mich mehrere Monate

Julien – hat drei Jahre lang ohne Wohnung gelebt, beherbergte mich in seiner Zwei-Zimmer-Wohnung, hat Epilepsie und ein Auge dadurch verloren

Juri – Maler aus Rumänien, der in seinem Auto schlief

Laid – Student, der im Studentenwohlheim wohnt

Louis – einer der drei Jungs in der Höhle, der zwei Hunde besass

Luc – aus Guadeloupe trug einen Vollbart und lange Rastahaare, liebte Rum, hatte eine extrem eifersüchtige Freundin und ein Grundstück mit zwei Wohnwägen auf dem Land

Martin – Flöte spielender Vollwaise aus Réunion, reiste seit 24 Jahren in der ganzen Welt herum, musste als Kind schon arbeiten und lernte erst mit 27 Jahren durch einen Deutschen Lesen und Schreiben

Matthias – Deutscher aus dem Osten, der weder englisch noch französisch, dafür aber polnisch und russisch spricht; wurde an der französischen Küste komplett ausgeraubt und schwer verletzt

Max – kleiner Tätowierter im besetzten Haus

Mehdi – Tunesier, der gut und gerne kocht und es liebt, Freunde zum Essen einzuladen, fast immer zu Spässen aufgelegt ist, mich sehr oft zum übernachten eingeladen hat und mal wegen Schwierigkeiten in Tunesien nach Frankreich gekommen ist

Michel – hatte zwei Pferde und einen Hund, mit denen er im Sommer umherzog, lebte elf Jahre ohne Wohnung bevor er in ein Ein-Zimmer-Appartment zog

Mister President – senegalesischer Mitarbeiter im Vagabundencafé

Momo – Algerier mit winziger Wohnung nach mehreren Jahren, die er an Flüssen entlanggewandert ist

Mona – Deutsche über siebzig, die auf dem Land in den Bergen lebte und lange Zeit erst Ziegen-, dann Schafhirtin war, mehrere erwachsene Kinder hatte und nun bildhauerte

Monique – Mitbewohnerin im besetzten Haus, die mit ihrem grossen Hund bettelte und die Jungs verprügelte, die an ihr Geld wollten

Mustafa – Marrokaner, der in der Einfahrt eines Autohauses schlief

Olivier – schlief in Höhle, die eigentlich ein Felsvorsprung ist

Papi – Opa um die achtzig, ehemaliger Fremdenlegionär, lebte in einem Haus auf dem Land und hatte während des Krieges neun Kugeln in seinem Körper

Patricia – nahm mich beim Trampen mit

Paul – 22 Jahre alter Zeitgenosse aus einer Grosstadt, der schon seit fast einem Jahr ohne Geld in einer Höhle lebte

Petra – Schweizerin, die ein Praktikum in der Vagabundenversorgung machte

Philippe – lebte seit drei Jahren im Wolkenkuckucksheim und mochte das Betteln nicht, obwohl er es selber tat

Pierre – der Portugiese, der nicht mehr mit mir spricht, zeigte mir am Anfang das Vagabundencafé

Raphael – schamanischer Heiler

Richard – Bekannter von Jocelyne, Schreiner

Rothaarige, der – hat längere rote Haare, Vollbart und Schuhe mit Rollen

Samuel – grosser extrem dunkelhäutiger Einwohner aus Neu-Kaledonien, hatte ein Buch geschrieben und war in Frankreich gestrandet bei dem Versuch, es herauszugeben

Sebastian – Freund von Monique im besetzten Haus

Stephanie – Freundin von Mehdi

Stinkige, die – Vagabundin mit verfilzten Haaren, die mit Schuhen im Bett in der Herberge schlief

Thomas – ein Schweizer, den ich kurz nach meinem Weggang aus Deutschland kennengelernt hatte. Er hatte einen Stand mit Klamotten aus Indien und Nepal.

Thierry – schwarzer Lockenkopf, der in seinem Auto schlief

Till – benannt nach Till Eulenspiegel, Strassenmusiker, der mit seinem Dreirad und den verschiedensten Instrumenten vor allem auf Märkten Musik machte. Lebte in den Bergen.

Valérie – lebte lange in Paris, dann in einer Stadt in den Bergen, in der auch ihre Eltern leben, praktiziert Co-Counselling

Leserstimmen

„Deine Geschichten faszinieren mich. Wie soll ich es ausdrücken…? Ich denke, ich will mehr wissen.“

Dario Chissono on myspace

„Es macht immer wieder Spass, deine Geschichten zu lesen.“

EMMA on myspace

„Einfach schön!“

Mario on myspace

„Gefällt mir sehr!“

Andi_206 on myspace

„Toll geschrieben!“

Andi_206 on myspace

„Es ist immer wieder so, dass ich nicht weiss, ob das jetzt Fiktion oder reales Erleben ist. Aber ich bin davon fasziniert.“

Der Emil on myspace

„Ist doch eigentlich auch egal, … denn wie oft wissen wir das nicht. Doch ist es immer ein Vergnügen, hier zu lesen…“

EMMA on myspace

„...Trampgeschichten von einer, die auszog, um Menschen zu treffen, die ihr dann immer „zu viel" werden. Das ist spannend.
Weil ich es mir nicht erklären kann. Noch spannender allerdings ist die Frage, die sich bei Deinen kleinen Nebensätzen immer wieder auftut.
Wie schaffst du das, so „nebenbei" Sachen wie Bohnen, Champignons und Reis z. B. aufzutreiben?
Das sind doch Dinge, die existentiell viel Zeit und Kraft kosten würden für einen wahren Tramp ohne Geld? Ich habe es nicht geschafft.
Damals."

Dario Chissono on myspace

„...Nichts ist umsonst, manches vergebens und erfreulicherweise vieles gratis.
...Nichts kann so teuer sein, als sei es mit Liebe gemacht und verschenkt."

Mario on myspace